U0933230

Sister

Rosamund Lupton

亲爱的妹妹

[英]罗莎蒙德·勒普顿（Rosamund Lupton）——著

刘勇军——译

CNS PUBLISHING & MEDIA 湖南文艺出版社 HUNAN LITERATURE AND ART PUBLISHING HOUSE 博集天卷 CS-BOOKY

亲爱的妹妹

Sister

目 录

Contents

第一章　逐渐散去的柠檬味 _ 001

这些凋零的记忆却让人觉得出乎意料的暖心，犹如高速公路旁令人惊讶的流星花，惹人怜悯。

第二章　一颗流星隐约划过 _ 045

我进入公园，松软的雪花在我四周飘落，我希望再等久一点儿，第一次独享这一小时左右的时间。

第三章　如果可以忘却悲伤 _ 067

她还是那个穿着沙沙作响的便袍，坐在床头，在黑暗中散发着淡淡的面霜味的母亲。

第四章　雪地、花束、泰迪熊 _ 093

我终于理解了你和母亲对园艺的热情。这是季节性的奇迹，所有的健康、成长、新生命和复苏蕴含其中。

第五章　右边的第二颗星 _ 131

“你知道鸟儿唱歌的时候也会按照一定的顺序吗？”他问，“先是画眉，然后是知更鸟，再是鹪鹩、苍头燕雀、柳莺和歌鸫。这里以前还有夜莺。”

第六章　没有起点，没有终点 _ 151

办公室里太热了，从窗户倾泻进来的阳光令房间的温度更高了，让人昏昏欲睡，我将咖啡一饮而尽，试图让自己清醒起来。

第七章　儿时的魔法棒 _ 171

父亲满怀慈爱地凝视着我，一个自私的人仍然拥有爱他人的能力，不是吗？即使他们曾伤害了别人，令人失望过。

第八章　罗森教授的办公室 _ 207

十分钟过后，罗森教授的秘书陪着我从接待处乘坐泡泡电梯抵达顶层，教授在那里迎接我。

第九章　是谁播放《摇篮曲》_ 227

“睡吧，睡吧，宝贝儿 / 爸爸在照顾小绵羊 / 妈妈在摇晃梦乡的树 / 树上会为你掉下甜蜜的梦儿 / 睡吧，睡吧，宝贝儿。”

目录

Contents

第十章　我又为你买了一束矢车菊 _ 251

我们得尽力代替彼此，不仅是我们两个，还要代替你、里奥和父亲的责任。在人生遭遇最低谷的时候，我们必须振作起来。

第十一章　一起走过海德公园 _ 273

趁他跟花店老板说话的当儿，我给卡莎发了条短信：odcisk palca，我知道她会明白我终于印上爱的指印。

第十二章　等待天亮的时刻 _ 319

想来你那里应该比这儿冷得多吧。大雪会淹没树的声音吗？那里也是天寒地冻、万籁俱寂吗？我的外套能让你感到温暖吗？

感谢 _ 327

第一章

C h a p t e r O n e

逐渐散去的柠檬味

这些凋零的记忆却让人觉得出乎意料的暖心，犹如高速公路旁令人惊讶的流星花，惹人怜悯。

星期天晚上

亲爱的苔丝：

我愿意付出一切，只盼着此时此刻能与你相守，紧握你的双手，凝视你的脸庞，倾听你的细语。区区信纸，寥寥数言，如何抵得过亲手触摸、亲眼得见和亲耳聆听的感觉？只是，我们早已习惯以文字来交流了，对吗？自从我上了寄宿学校，我们便再也不能一起玩，一起大笑，喁喁诉说我们的秘密，我们能做的，只有写信。

我都忘了给你的第一封信中写了什么，只记得我把信纸撕成一块一块，打乱顺序，如同拼图一般，以免女舍监偷看（果然不出我所料，她早就对拼图失去了兴趣）。然而，对于我在撕成碎片的纸上写下的思家之情，你是如何回复的，我至今依然记忆犹新。我还记得，我只有用手电的光照在信纸上，才看出你的字迹。从此之后，在我看来，善良仁慈都散发着柠檬味。

记者一定会对这个小故事青睐有加，夸我自小就有侦探头脑，竟然看得出你是用柠檬汁写的信，还会称赞你我姐妹一向亲近，感情好得很。其实他们此时就在你的公寓外面，另外还有摄影师和录音师（他们满脸汗水，身着沾满污垢的夹克，电线从台阶上延伸下来，缠绕在栏杆上）。没错，这么说确实显得有些若无其事，但我还能说什么呢？我都无法肯定你对出名这事

（勉强算是出名吧）怎么看，但我估摸你会觉得当个名人很有意思。有趣，却也很古怪。我则只认为这种事既怪异又滑稽，但我们的幽默感自始至终都不一样，不是吗？

“学校都禁止你外出了，事态严重啊。”我说，“再有下一次，你一准会被开除，妈妈的烦恼已经够多了。”

你把兔子带到学校，却不幸被发现。听听我那语气，真是姐姐味十足呢。

“不过，这挺好玩儿的，不是吗，碧儿？”你问道，还噘着嘴，强忍着不笑出来，我觉得此时的你很像一瓶葡萄汁饮料，滋滋冒着泡，马上就要流出来。

只是想到你的笑，我便觉得有勇气自心底升起，于是，我走到窗边。

我认得外面的一个记者，是卫星新闻频道的。我位于纽约的私人公寓里有台等离子电视，我早已习惯在那上面看到他那二维平面的脸。但此时此刻，他是真人，是立体的，就站在切普斯托路上，直勾勾地透过你家地下室的窗户，凝视着我。我的手指蠢蠢欲动，真想按下遥控器上的关闭键，但我能做的只是拉上窗帘。

可看不到他们，我感觉更糟糕了。他们弄出的灯光穿透了窗帘，他们的声音冲击着窗户和墙壁。他们的存在具有巨大的压力，这压力闯入了你家的起居室。记者们当然不是吃素的，这种情况若再继续下去，我一定会窒息而死。好吧，这么说的确有些夸张，换作你，八成还会出去，给他们倒咖啡。但你也知道，我这人动不动就会发火，又极其看重个人空间。我应该去厨房，想想办法，控制眼下的局面。

这里还算清净，我总算能静下来思考。说来好笑，我竟然会如此惊讶，一般而言，这不过是小事一桩。比如说吧，昨天的一份报纸只是宣称我们姐妹情深，却只字未提你我在年龄上的差距。我们现在都长大了，或许年龄的差距便不再要紧，但在儿时，这可是件大事儿。“五岁呀，差距蛮大的……”人们会说谁不知道呢，末尾语气轻轻上扬，将这句话变成一个问句。我们都想到了里奥和他留下的差距，不过或许用鸿沟这个词更为合适。然而，我们从不这样说，对不对？

我听到一个记者在后门外面打电话。她肯定是在对电话另一边的人发号施令，我的名字自她嘴里蹦出来——“阿拉贝拉·碧翠斯·赫明”。母亲说过，从没有人管我叫阿拉贝拉，所以我一直认为，就算我还是个孩子，他们也看得出我不叫阿拉贝拉，这个名字用黑色墨水写起来弯弯绕绕的，仿佛有很多手写花体字。有的女孩子叫贝拉、贝尔斯和贝尔（形式如此之多，而且都很好听），但这些名字统统是阿拉贝拉的缩写。不，从一开始，我显然就是碧翠斯，这用新罗马字体写起来非常明确，没有任何修饰，没有任何缩写。但父亲在我出生之前就给我取名阿拉贝拉。现实必定令人失望至极。

这会儿，那个女记者的说话声又变得清晰可闻。我估摸她此时是在与另一个人通话，她正因为加班加点而歉意连连。过了一会儿，我才意识到，害她不能整点下班的人正是在下，阿拉贝拉·碧翠斯·赫明。我真想出去跟她说句对不起，你知道我是个什么样的人，每次妈妈一生气，把锅碗瓢盆弄得乒乓响，我总是第一个冲进厨房。记者走远了。我听不清她在说什么，但能听到她的语气——抚慰、解释、小心谨慎。她的声音突然变了。她一准儿是在和她的孩子说话。她的轻声细语穿透门窗，让你的公寓变得暖暖的。

也许我应该做个善解人意的人，让她回家。可惜你的案件还在审判中，在审讯结束之前，我都不能和他们说一句话。好在她和别人一样，对此心知肚明。他们并不打算探听出关于你的事情，只希望我能表露情感。他们盼着我将双手紧握在一起，让他们拍到我指关节发白的特写。他们想看到我痛哭流涕，脸上布满蜗牛爬过似的黑色睫毛膏泪痕。所以，我一直待在屋里。

记者和工作人员终于离去，在你公寓的台阶上留下一大堆烟灰，宛如潮水退去的水位线，你的水仙花盆里满是烟蒂。明天，我会把烟灰缸拿出来。实际上，我对有些记者的看法失之偏颇。有三个人为他们私闯民宅的行为道了歉，有个摄影师还从街角的花店买了些菊花送给我，我知道你从来不喜欢这样的花。

“可是，即便是在春天，花儿也是校服的红褐色，或是秋天的颜色。”你笑着说，嘴上是在赞美花的优雅和寿命，实则是在揶揄我。

“花通常都是亮丽的颜色。”我说，却并没有笑。

“太鲜艳。”花是用来装饰车库前院的那块水泥地的。

这些凋零的记忆却让人觉得出乎意料的暖心，犹如高速公路旁令人惊讶的流星花，惹人怜悯。

送菊花的摄影师告诉我，晚上的“十点新闻”会“专门”报道你的事儿。我刚打电话告诉母亲。我想以母亲特立独行的性格，得知你受到这么大的关注，准会为你自豪。将来，你受到的关注还会更多。一位录音师说明天还会有外媒到这儿采访。真是挺有意思的，说来也怪，我早在几个月前就想把这事告诉人家来着，可就是没人听。

星期一下午

现在，所有人都趋之若鹜：媒体、警方、律师不停地记录着什么，歪着脖子打听消息，录音机也嗡嗡地响个不停。今天下午，我在皇家检察署向一名律师提供证词，为四个月后的审判做准备。他们说我的证词是此案的关键，因为我是唯一一个知道整件事情的人。

皇家检察署的律师莱特先生拿着我的证词坐在对面。我估摸他有四十岁，也许还要年轻些，只不过他见过太多像我这样有故事的人，脸上显得饱经风霜。他表情警惕，朝我微微倾身，像是在给我打气。我想他肯定是个很好的听众，可也拿不准他到底是个什么样的人。

“要是没什么问题，”他说，“我希望你从头说起，把事情的经过一五一十地告诉我，我到时候再厘清其中的关系。”

我点点头：“其实我也搞不清该从哪儿开始说起。”

“要么你试试从最先觉得不对劲的地方说说看。”

我留意到他穿着一件上好的意大利亚麻衬衣，不过涤纶领带上的花纹很丑，一般人不会选择这样的搭配。其中一样定是别人赠送的礼物。倘若领带是礼物，他这样系上想必是个好人。我不知道有没有跟你说过，我现在有了个新习惯，每次我不愿考虑眼下的事情时，就会胡思乱想。

我抬头看着他，我们四目相对。

“那时我妈给我打电话，说她失踪了。”

母亲打来电话时，我们正在举行星期日午餐派对。食物和宴席都是当地一家熟食店提供的，典型的纽约风格，东西很时髦，没有半点儿家常菜的样子。其实，我们的公寓、家具，甚至我们的关系同样缺少家的感觉。号称大苹果城的纽约却没有果核。我知道这番话定会让你讶异，但我在纽约的生活可以暂且不说。

我们是那天早上赶回来的，当时正在缅因州的一间小屋里度假，享受“浪漫的雪景”，大家正在庆祝我晋升为客户总监。托德十分享受我们那个铸成大错的午餐派对。

“我们倒不是奢望极可意的按摩浴缸，但洗个热水澡总行吧。要是能打电话的话就好了，好像连手机都用不了，我们的运营商似乎并没有在这里搭建信号塔。”

“这次旅行是临时决定的吗？”莎拉怀疑地问道。

你也知道，我和托德从来不会心血来潮去做某件事情。莎拉的丈夫马克在桌对面给她使眼色：“亲爱的。”

她迎着他的目光。“我讨厌你喊‘亲爱的’。潜台词不就是‘你给我闭嘴’吗？”

你肯定会喜欢莎拉的。也许这就是我跟她成为朋友的原因，从一开始她就让我想起你。这会儿，她转身面对托德。“你跟碧翠斯上次吵架是什么时候的事了？”她问。

“我们两个都不喜欢生事。”托德回答道，以为这样就能让她不再说下去了。

可莎拉偏不是那种轻易打退堂鼓的人：“看来你也嫌麻烦。”

接下来是一通尴尬的沉默，我礼貌地打圆场：“你们喝咖啡还是花草茶？”

我在厨房里把咖啡豆放进研磨机里，这是我为这顿饭唯一出力的地方。莎拉跟着我走了进来，懊悔地说：“对不起，碧翠斯。”

“没事。”要说我这个女主人还真不是盖的，我面带微笑抚慰她，顺便研磨咖啡，“马克的咖啡加不加牛奶？”

“加。我们现在都不会笑了。”她说着坐在餐台上，晃动着双腿，“至于性生活……”

我转身面对研磨机，希望机器的噪声能让她安静。她的声音却盖过了咖啡机的声响。

“你跟托德怎么样？”

“我们挺好的，谢谢。”我回答道，将磨好的咖啡豆倒进那个价值七百美元的意大利浓缩咖啡机里。

“你们还会笑，还会做爱吗？”她问。

我打开一个盒子，里面放着一些二十世纪三十年代的咖啡勺，这些珐琅勺子颜色各异，宛如融化的糖果：“这些是我们上星期天早上在古董集市上买的。”

“你在转移话题，碧翠斯。”

你该晓得我并不是在转移话题。每个星期天早上，别的夫妻还在床上缠绵，我和托德就出去逛古董店了。我们的身份也从恋人变成了一起购买东西的伙伴。我想用我们精心挑选的东西装点公寓，共筑未来。我仿佛听见你在奚落我，克拉丽斯·克利夫茶壶可不能代替性。但于我而言，这玩意儿让人感觉踏实得多。

电话铃响了，莎拉没有理会。

“夫妻之间得有性生活，得说说笑笑，这就好比一段感情的心和肺。”

“我得去接电话了。”

“你觉得什么时候该关掉呼吸机？”

“我真的该去接电话了。”

“你觉得什么时候该拆分共同承担的抵押贷款、银行账户，什么时候该跟共同的朋友撇清关系？”

我拿起电话，庆幸有借口打断刚才的谈话：“你好？”

“碧翠斯，我是妈妈。”

你已经失踪四天。

我已不记得是怎样收拾行李的，只记得托德进来时，我刚好关上行李箱，转身对着他。“我们坐哪个航班？”

“得明天才走得了。”

“可我现在必须走。”

从上个星期天开始你就没去上班了，你的经理给你打过电话，却接到留言机上。她还去了你的公寓，你没在。谁也不知道你去哪儿了。现在警方也在四处寻找你。

“你能开车送我去机场吗？不管剩下什么航班，我都得买票。”

“我帮你叫车。”他答道。托德喝了两杯葡萄酒。他为人一向谨慎，过去我挺欣赏他的这个优点。

当然，在莱特先生面前，这些事情并没有提及半句，我只是告诉他母亲在纽约时间一月二十六日下午三点半给我打了电话，说你失踪了。跟你一样，他只留心大局，对细枝末节并不上心。你小时候也会将画画得特别大，画纸都容不下，我却用铅笔、尺子和橡皮擦画得格外细致。长大后，你用鲜亮的色彩挥毫泼墨，在画布上勾勒抽象画，尽显画作真实的一面，而我在设计公司，竭力让世界所有的颜色都能对上色卡，这样的工作对我来说再合适不过。我没有你那种挥洒自如的绘画技巧，但我希望把这个故事的点点滴滴都告诉你，希望能像点彩派画家一样，用色点构建画作，等到完成后，我们自然会明白事情的来龙去脉。

“所以你母亲给你打电话的时候，你压根儿就没察觉到哪儿不对劲吗？”莱特先生问。

我感到一种似曾相识、叫人恶心的愧疚感涌上心头：“没有。我并没发现任何异常。”

我坐的是头等舱，因为别的票都卖完了。飞机穿越险如地狱的云端时，我想象自己责备你的样子，为何要让我吃这样的苦头。我想象着让你答应我，不要再做这种出格的行为。我提醒你你马上就要当妈妈了，应该有个大人的样子。

“碧儿，你用不着老是端出姐姐的范儿。”

那时候我都在你面前数落过什么？可能说过很多吧。关键是我一向把姐姐的身份当成一种工作，一种我完全能够胜任的工作。我飞去找你，是因为我能找到你（把你照顾好也是我这份工作的重要组成部分），一个自恃高人一等、成熟稳重的大姐告诫那个佻薄轻浮、不负责任的妹妹现在应该懂事了。

飞机在希思罗机场降落，伦敦西区在我们脚下延绵开来，地面铺着一层薄薄的雪。安全带警示灯亮起的时候，我对上帝暗暗发誓：你若能平安，要我做什么我都愿意。

飞机颠簸着在柏油跑道上滑过时，胡思乱想带来的烦扰变成了令人恶心的焦虑。在孩子的童话故事里，上帝会化身为英雄。我这个做姐姐的却没有任何魔法。里奥的死仍然历历在目。痛彻心扉的感觉让我觉得自己是那般可怜，我无法再忍受失去你。

对于一间办公室来说，这里的窗户还真是大得出奇，春日的阳光倾泻进来。

“你是觉得苔丝的失踪跟里奥的死有关？”莱特先生问。

“没有关系。”

“可你刚才说你想起了里奥？”

“我经常想起他。他是我弟弟。”念及弟弟，我身心俱疲，“里奥八岁时死于囊性纤维症，我和苔丝并没有遗传这种病，我们生下来就很健康。”

莱特先生想要关掉头顶刺目的灯，但不知为什么总是关不掉。他抱歉地朝我耸耸肩，再次坐下。

“后来发生什么事了？”他问。

“我跟我妈见了面，跟着我便去了警局。”

“能详细跟我说说吗？”

母亲在出站口等我，她穿着那件耶格牌驼色大衣。我走近时，发现她连头发也没梳理，只是胡乱地化了下妆。我心中一凛，上次见她这个样子还是在里奥的葬礼上。

“我是从小哈德森镇一路打车过来的。你的飞机晚点了。”

“只晚了十分钟而已，妈。”

我们周围接机的人群中有重聚后拥抱在一起的恋人、亲朋好友。我和母亲向来觉得亲密接触挺尴尬的，我们好像都没亲吻过。

“我不在家的时候她可能打过电话。”母亲说。

“她可能还会再打。”

但其实在飞机着陆后我就无数次查看过手机了。

“我真是挺搞笑的，”母亲继续道，“我等哪门子电话呀，她压根儿就不会打给我。我想可能是她觉得太烦了吧。”我晓得这是母亲掩饰内心烦躁的惯常做法，“她上次主动来看我是什么时候的事了？”

我不知道她什么时候才能谈到跟上帝签订契约的事。

我租了一辆车。当时是早上六点，但M4大道前往伦敦的车辆已经十分拥挤。现在算得上高峰时段，本就令人沮丧、上火的交通因为下雪更加缓慢了。我们的车径直朝警局开去。我没能让司机把车里的暖气开起来，只要我们一说话，冰冷的空气中就会飘起白雾。

“你已经跟警方谈过了吗？”我问。

母亲的话像是带着一丝烦恼蜷缩在空气中：“谈过了，幸好谈过了，关于她的生活我又知道些什么呢？”

“你知道是谁报警说她失踪的？”

“她的房东，好像是叫阿米亚斯还是什么。”母亲答道。

我们谁也不记得房东姓什么了。我突然觉得挺奇怪的，为什么是你那个上了年纪的房东去报警，说你失踪了。

“房东告诉警方她老接到骚扰电话。”母亲说。

尽管车里很冷，但这话还是让我直冒冷汗：“什么样的骚扰电话？”

“警方没说。”母亲道。我望着她。她焦虑的脸上是那样的苍白，显然是擦了粉，看起来活像一个打了倩碧粉底的中年艺伎。

七点半，我们到达诺丁山警局时，天空仍然透着隆冬季节的灰暗。道路十分拥挤，不过，新铺好沙石的人行道上空空如也。我以前只到过警局一次，报案说手机丢了，结果发现并没有失窃。我也没曾到过接待处。这次，我被人陪着进入了接待室后头的会面室，犹如进入了一个完全陌生的世界，警察荷枪实弹，拿着警棍和手铐，此情此景怎能跟你扯上关系？

“你见过芬伯勒警探吗？”莱特先生问。

“见过。”

“你觉得他怎么样？”

我用词非常谨慎：“心思缜密，考虑周全，是个正人君子。”

莱特先生脸上露出惊讶的表情，但很快掩饰过去了：“你还记得你们初次见面时都说了些什么吗？”

“记得。”

刚听到你失踪的消息时我整个人都蒙了，但我的感官很快变得敏锐。我看到了很多细节、看到了很多色彩，仿佛这个世界就像皮克斯的动画一样。我其他的感官也变得敏锐起来，我听到时钟的指钟嘀嘀嗒嗒地响着，椅腿摩擦油布发出刺耳的声音，我能闻到门上挂着的夹克上吸附的烟味。如同白噪声开到了最大的音量，像是我的脑子再也无法排遣掉那些无关紧要的小事。每一件事都变得异常重要。

母亲被一名女警带去喝茶，我一个人跟芬伯勒警探待在一起。他举止礼貌，甚至有些老派。他看起来不像一名警察，更像牛津大学或剑桥大学的一名老学究。我看到窗外下起了雨夹雪。

“你能试着想想你妹妹失踪的原因吗？”他问。

“想不到。一点儿头绪都没有。”

“她会告诉你吗？”

“会。”

“你住在美国？”

“我们经常打电话，发电邮。”

“看来你们的关系挺亲密的。”

“非常亲密。”

我们当然很亲密。虽然性格迥异，却十分亲密。我们之间的年龄差距从来不是问题。

“你最后一次跟她通话是什么时候？”他问。

“上个星期一吧。星期三，我们去爬山了，一起待了几天。我好几次从一家餐馆给她打电话，但她的电话老是占线。她每次在电话上跟朋友聊天，一讲就是几小时。”我想发火来着，毕竟交电话费的是我，你总得念及姐妹之情呀。

“她的手机呢？”

“大约两个月前丢了，要么就是被偷了。她向来这样毛毛躁躁。”我再次想表达我的愤怒。

芬伯勒警探顿了顿，想着怎么措辞。他的举止十分体贴。“所以你觉得她的失踪并非主动行为？”他问。

“不是主动的。”这显然是恶性事件的委婉说法。在我们第一次会面时，谁也没提及“绑架”或者“谋杀”这样的字眼。我和芬伯勒警探不言自明，其实我很感激他的老练。如若一开始就提及这是一起恶性事件，显然太仓促。我强迫自己问了这样一个问题：

“我妈告诉我她最近老接到骚扰电话？”

“按照房东的说法，的确是这样的。可惜一些细节问题她并没同房东讲。苔丝跟你透露过吗？”

“没有。”

“她有没有跟你说过觉得害怕或者受到威胁的话？”他问。

“没有，从没说过这样的。她表现得很正常，也很开心。”这时，我问了一个问题，“所有的医院你们都检查过了吗？”问题一出，我察觉到这话有些无礼，像是暗含批评，“我认为她本应该早点儿去分娩的。”

芬伯勒警探放下咖啡，哐当一声吓了我一跳。

“我们不知道她怀孕了。”

像是突然出现了一个救生圈，我拼命游了过去：“要是她早点去分娩，现在应该在医院才对。你们并没有检查产科医院，是吗？”

“我们会叫人检查所有住院的病人，也包括产房。”他回答道，最后一根救命稻草也漂走了。“孩子的预产期是什么时候？”他问。

“不到三周。”

“你知道孩子的父亲是谁吗？”

“知道。埃米利奥·科迪。他是艺术学院的一名导师。”

我一口气把话说完，一刻也没有停留。芬伯勒警探考虑了一下，并没有表现出任何惊讶的神情，也许警察对这种事情早就身经百战了。

“我去过艺术学院……”他说，但我打断了他的话。塑料杯中咖啡的味道变得格外强烈，叫人恶心。

“你肯定很担心她。”

“我考虑事情向来周全。”

“嗯，当然要这样。”

我不希望芬伯勒警探认为我表现得歇斯底里，而是觉得我是一个理智、聪明的人。我记得当时我想他怎么看我并不重要，后来才发现这事关系重大。

“我见过科迪先生。”芬伯勒警探说，“除了告诉我苔丝是他以前的学生，他们之间的关系他没再提及半句。”

埃米利奥仍然不愿承认他跟你的关系，甚至你失踪了亦是如此。很抱歉。但这一直是他的“策略”，总是将“与我无关”这样的字眼隐藏在一个更体面的名词后面。

“你知道科迪先生为什么不想把他俩的关系告诉我们吗？”他问。我自然清楚得很：“大学不允许老师和学生发生性关系。而且他已经结婚了，他把苔丝的肚子搞大后就让她‘休假’了。”

芬伯勒警探起身。他的举止像是换了个人，更像警察而不是牛津剑桥的老学究了。“当地有档寻找失踪人员的新闻节目。我想让电视台拍一档节目，重现她近来的行踪。”

金属框窗外有只鸟在唱歌。我记得你的声音，是那样的动听，好似你现在就跟我在房间里一样。

“在有些城市里，噪声喧嚣，鸟儿听不见彼此的声音。过了一阵儿，它们便忘记了歌声中的繁复和美妙。”

“可这跟我和托德到底有什么关系？”我问。

“有的鸟完全忘记了鸣叫，只会完美地模仿汽车的鸣笛声。”

我的声音变得生气，透着一丝不耐烦：“苔丝。”

“托德能听到你的歌声吗？”

如今，我已经没将你当时的那种学生腔当回事，许多年前，我自己也会夹带这样的情绪。但置身警局的房间里，我又想起了我们之间的谈话，因为无论是关于鸟鸣、托德还是别的一切，都是对现实的逃避。芬伯勒警探察觉出了我的沮丧，说道：“我觉得还是谨慎点儿为妙。特别是我现在才知道她怀孕了。”

他向手下吩咐了几句。我们就摄制组和谁来扮演你的问题进行了一番讨论。我不想让陌生人来演你，便自告奋勇地说由我来扮你。我们离开房间时，芬伯勒警探转身对着我：“科迪先生比你妹妹大很多吗？”

他比你大十五岁，是你的导师，本该扮演父亲的角色，而非情人。没错，我知道我无数次地对你说过这话，这些话让你忍无可忍，然后义正词严地叫我不要多管闲事，只有你才会三番五次地叫我不要干涉你的事情。芬伯勒警探仍在等着我的回答。

“你先前问我是不是跟她很亲近，可没问我是不是了解她。”

现在，我觉得我还是了解你的，可当时我并不这么想。

芬伯勒警探又跟我说了场景重现的话题。

“一个在展览路邮局工作的女士回忆说苔丝在下午两点前曾在那里买了一张卡片和一些航空邮件。不过她没说苔丝怀孕了，但是我想她们之间隔着一张柜台，她没看见也正常。”

这时，我看见母亲沿着走廊过来，芬伯勒警探继续说：

“苔丝在两点一刻从同一家邮局寄走了卡片。”

母亲疲惫的声音中透着一丝不耐烦，气冲冲地说：“那是我的生日贺卡。她好几个月没来看我了，几乎连电话都没打。只是寄张破卡片过来，好像这样就能糊弄过去。”

几星期前，我提醒过你母亲的生日快到了，对吧？

因为我得如实地还原事情的本来面目，在继续讲下去之前，我得承认，你说的关于托德的事情是对的。他从没听过我的歌。因为我压根儿就没在他面前唱过。当然，我也没对别人唱过。也许我就像那些只会模仿汽车鸣笛的鸟儿一样。

莱特先生起身关上软百叶窗，将明媚的春光挡在外头。

“那天晚些时候你就参与了场景重现的拍摄吧？”他问。

“是的。”

莱特先生手头上就有场景重现的录像带，无须了解有关我扮相的细节，但我知道你想了解，想知道我把你扮成了什么样。说实话，其实我演得还不错，我会原原本本地告诉你整个过程。

一位名叫弗农的中年女警把我带到一个房间去换衣服。她面色桃红，散发着健康的光泽，看起来更像是刚刚挤完牛奶，而不是从伦敦的街头回来的。我能感觉到我的面色肯定十分苍白，因为刚刚才下了夜航航班。

“你觉得这样管用吗？”我问。

她冲我笑了笑，飞快地抱了我一下，我吓了一跳，却挺喜欢这种感觉。“当然管用啦。要是没有办法唤醒一个人的记忆，场景重现可能更有效果。

现在，我们还知道苔丝怀孕了，别人关注她的可能性更大。好啦，我们先把你的衣服选出来，好吗？”

后来我才知道弗农尽管已经四十岁了，但她当警察才几个月。尽管身为警务人员，但她为人热情，像一位能干的母亲。

“我们从她的公寓里拿了些衣服，”她继续说，“你知道她可能穿什么衣服吗？”

“裙子吧。这会儿她肚子已经很大了，而且她又买不起孕妇装。幸好她的裙子还算宽松，没几件像样的衣服。”

“这样穿起来舒服，碧儿。”

女警弗农打开一个手提箱。她将一些破旧的衣服折得整整齐齐，还用绵纸包着。我被她的细心感动了，如今仍然觉得感动。

我选了一件相对来说算保存得不错的裙子，就是那件刺绣镶边的紫色薇斯莱斯裙，很宽松。

“这条裙子是她五年前在特卖会上购买的。”我解释说。

“还是做工好的衣服比较耐用，不是吗？”

我们像是在塞尔福里奇百货公司的试衣间里。

“嗯，没错。”

“要是可能，好好珍惜它。”

要说弗农拉家常的本事还真不赖，这点我很感激她，她有本事与境遇如此不同的人聊得还算投机。

“那就选这件吧。”她说，我脱掉身上那件做工不错但穿起来不怎么舒服的西服时，她识趣地转过身去。

“你跟苔丝长得像吗？”她问。

“不像，现在不像了。”

“你是说以前像？”

虽然这次我仍然对她这种无关紧要的闲聊心存感激，但我希望她说的话题更加严肃。

“表面上挺像的。”

“噢？”

“我妈总想把我们打扮得一样。”

尽管我们的年龄差距不小，但我们都穿着苏格兰短裙和费尔岛毛衣，或是根据季节的变化换成条纹棉布裙。我们从来不穿那种夸张或者饰以褶边的裙子，记得吗？也从不穿尼龙布料的衣服。

“连我们的发型也都一样。”

“帮你们剪个美美的发型呗。”母亲话音未落，我们的头发便纷纷落地。

“有人说苔丝长大一些会像我，但我们知道他们这么说只是出于好意。”

我很惊讶居然把那句话大声说了出来。以前从没跟人这样说过，但我心知肚明，你长大后会比我漂亮得多，我以前从没在你面前说过这话，对吗？

“这事对她来说肯定很难。”弗农说，我犹豫着是不是要纠正她的话，可就在这时，她又继续说，“她头发的颜色跟你的一样吗？”

“不一样。”

“那她肯定不是人们眼中的金发女郎。”

“其实很不自然。”

“不好说。”

不过接下来的谈话惹得我有些不快：“如果你戴上假发可能更好。”

我心存怯意，但还是尽量掩饰了：“是的。”

她拿出一盒假发，我将裙子从头上套了下去，感觉洗过无数次的柔软棉布从我身上滑落，像是你突然抱住了我。片刻过后，我才意识到那只是你身上的气味，可惜我以前从没留意过：那是一股混合着洗发水和肥皂之类的气味，或是夹杂着某种连标签都没有的东西的味道——这样的味道只有在我们拥抱的时候才会出现。我深吸了一口气，那种近在眼前却远在天边的感觉让我始料不及，我感到一阵眩晕。

“你没事吧？”

“我闻到她的气息了。”

弗农那如慈母般的脸庞流露出一丝同情：“嗅觉还真是一种非常强大的感官。有医生曾用它唤醒昏迷的病人，刚刚剪过的草坪就有这样的功效。”

她只是想让我知道我并非反应过度。她充满同情心，有着敏锐的观察力，能有她作陪我真的非常感激。

假发盒上有各种各样的发型，我想这些假发不只是用作失踪人员的场景重现，还可能用在暴力犯罪的受害者身上。我感觉那是一堆头皮堆在那里，我在里面翻找着，感到一阵恶心。弗农也注意到了。

“好啦，还是让我来吧。苔丝的头发是什么样的？”

“挺长的。她从来不剪，所以发端参差不齐。不过她的头发很亮。”

“颜色呢？”

色卡编号 PMS 167，我立马想到了。但普通人并不能将颜色跟色卡的编号对上，于是我重复道“焦糖色”。还别说，你的头发总是让我想起焦糖。确切地说，是光亮似水的罗洛巧克力夹心糖。弗农找了一顶跟你的头发非常像的假发，闪着尼龙的光泽。我强迫自己把它戴在我刚剪得整齐的头发上，接着手指蓦地缩了回去。我想这下应该准备妥帖了，但弗农偏偏是个完美主义者。“她化妆吗？”她问。

“不化。”

“你介意把妆卸了吗？”

听到这话我是否犹豫了？“当然不介意。”我答道，但其实我挺介意的。即便我早上醒来的时候，还会留着头天晚上粉红色的口红，妆容依然会残留在脸上。我在一个边缘放着肮脏咖啡杯的小公共水槽上卸了妆。一转身，我看见了你。爱，刺痛了我的心。不一会儿，我看见自己看到的只是映照在一块全身镜中的我的影像。我走到近前，看着自己，却发现自己衣着脏乱，形容憔悴。我需要化妆，穿一身剪裁得体的衣服，留一个漂亮的发型，但你无须这些照样漂亮。

“恐怕得弄个假肚子才行。”弗农说。她递给我一个靠垫的时候，我终于把一直萦绕在心底的问题说了出来：“你知道为什么苔丝的房东报警说她失踪的时候，没跟警方说过她怀孕的事吗？”

“我不知道。你可以问问芬伯勒警探。”

我又在裙子下面塞了个靠枕，把肚子弄得鼓鼓囊囊的，看起来像个如假包换的孕妇。不一会儿，这样的扮相就变成了笑话，我不由得哈哈大笑。弗农也不由自主地笑了。我发现她的笑是那样的自然。她既要表现得特别严肃，又要饱含同情心，做出这样的面部表情绝不容易。

这时，母亲走了进来。“我给你带来点儿吃的，亲爱的。”她说，“你得好好吃饭才行。”我转身，看见她手里拿着满满一袋吃的，她的关心让我很感动。可是当她看着我时，脸变得僵硬。可怜的母亲，刚才我觉得弄假肚子的时候只是个黑色的幽默，现在却变得那般残酷。

“可你要告诉她。事情隔得越久，只会越糟糕。”

（那日，我看到一条茶巾上面印着这样的字。下面写着：今日事今日毕。）

“苔丝……”（那天我是不是又端出姐姐的范儿，意味深长地叹了一口气？）

你笑了，一个劲地揶揄我。（在那星期接下来的日子里，你仍然穿着那条绣花灯笼裤吗？）

“你这是在转移话题，我九岁的时候就不穿这玩意儿了。”

“你真在适当的时候穿过吗？”

“你要是不告诉她，她会痛心的。”

我回头看着母亲，只能以沉默来回应她的问题。没错，你的确怀孕了。没错，你还没告诉她，没错，现在整个世界，至少是在有电视的世界里都将知道这件事。

“孩子的父亲是谁？”

我心中一凛，没有回答。

“所以她才好几个月没回家看我，对吗？真不要脸。”

母亲的话更像是个陈述句，而非问句。我试图平息她的情绪，但她少见地双手一摆，打断我的话：“照我说，他至少得娶她。”

她看着我手指上那个我从没想过取下来的订婚戒指。“这是我的，妈。”她以前从没留意过我的戒指，这让我很受伤。我将手指上那枚大钻戒取下来，给了她。她看都没看便拉开手提包的拉链，把戒指放进去。

“他有打算娶她吗，碧翠斯？”也许我应该好心地告诉她，埃米利奥·科迪早就结婚了。这么说怕只会火上浇油，而且也不用让她这么快就感受到冰冷的恐惧。

“妈，我们还是先找到她，现在可不是担心她归宿的时候。”

警局的摄影部设在南肯辛顿的地铁站附近。作为这部小电影的主角，我此刻接受一个年轻警员的指示，他戴着的是军帽，而非头盔。这位新潮的警察兼导演说：“好了，开始。”我便离开邮局，沿展览路走去。

你从不需要用高跟鞋来衬托自信，所以我只得不情愿地把我的高跟鞋换成你的平底芭蕾舞鞋。但你的鞋子我穿着太大，我在脚尖处塞了一些纸巾。你还记得我们穿母亲的鞋子时就是这样做的吗？高跟鞋兴奋地发出咔嗒咔嗒的声音，这样的声音也意味着成年了。你那双柔软的芭蕾舞鞋走在地上无声无息，柔软的皮革没入冰块裂开的水洼里，浸在刺骨的冷水中。自然历史博物馆外，没有耐心的孩子和焦躁的家长排着长长的队，流露出暴躁的情绪。孩子们看着警察和摄制组的工作人员，家长则看着我。在他们进入博物馆看到那些电子暴龙和大白鲸之前，我自然成了他们免费的消遣。但我并不在意，我只希望他们当中有人在上星期四注意到过你离开邮局。接下来怎么办呢？他们又会发现什么问题呢？我不禁在想，怎么可能所有的罪恶都恰好有这么多目击者呢？

天上再次下起了雨夹雪，冰冷的雨夹雪敲打着人行道。一名警察告诉我继续往前走，尽管那天下着雪，但雨夹雪的天气也差不了多少。我瞥了一眼历史博物馆外面的队伍。婴儿车上面都支起了塑料棚。家长也戴上了兜帽打起了伞。糟糕的天气让他们看不了太远，没人再看我了。当时也不会有人看到你的，谁也不会注意周遭的任何情况。

雨夹雪淋透了长长的假发，顺着后背淌下来。在我那件敞开的夹克下，冰冷的雨水早已将你那件精美的棉布裙浸透，紧贴着我的身体，令我身上凹凸有致的部位全都暴露无遗。你定会觉得这一幕很搞笑，原本是警方的场景重现，如今演变成了一部尺度不那么大的色情片。一辆车缓慢经过我身旁，司机是一个中等年纪的男人，坐在温暖、干爽的车里透过风挡玻璃看着我。我在想，如果有人停车搭你一程，接下来会发生什么事呢？但我不允许自己这样想你的遭遇。如若胡思乱想，我会进入一个恐怖的迷宫中而失去心智，我必须保持冷静的头脑，要不根本帮不了你。

回到警局后，母亲在更衣室等我。我全身都湿透了，寒冷和疲惫让我不由自主地哆嗦着。我已经整整二十四小时没合过眼了，总算可以把你的裙子脱掉了。“你知道这些气味是由扩散的小分子组成的吗？”我问她，“我们上学的时候学过。”可是母亲并不感兴趣，只是摇摇头。但是我走进雨夹雪的天气中，便记起来了，意识到你裙子的气味是那些极小的分子渗透进精细的棉花中造成的。想到你一直如影随形并非全无道理。好吧，这样想还真是有点儿骇人。

我把裙子给了母亲，换上自己那套设计师的西服。

“你扮演她的时候有必要穿得这么寒酸吗？”她问。

“她平常就这个样，妈。要是没人认出她，那就白忙活了。”

每次照相的时候，母亲都会把我们收拾得干干净净。即便是在别的孩子的生日派对上，只要发现相机，她就会赶紧把我们嘴角上残留的巧克力擦干净，再用一把手提包大小的梳子使劲在我们头上划拉。即便在那个时候她也会向你唠叨：“如果你像碧翠斯一样多花点儿心思，会比现在漂亮得多。”我虽然有些难为情，但也委实高兴，因为如果你真的肯“花点儿心思”，大家就能清楚地看到我们之间外貌上的巨大差异，因为母亲的批评实则是在间接夸赞我，让她表扬可不是件容易的事。

母亲把订婚戒指还给我，我重新戴在手指上，才发现戒指的重量给我的手指带来一种舒适感，如同托德握着我的手一般。

弗农进来了，雪水令她的皮肤湿漉漉的，她那粉红色的面颊也比先前更红润了。

“谢谢，碧翠斯。你做得很出色。”这样的称赞令我莫名高兴。“节目将在本地的伦敦新闻中播放。”她继续说，“有消息芬伯勒警探会第一时间通知你。”

我担心父亲的朋友看到节目后会致电他。还是弗农考虑周全，建议由法国的警察“当面”把你失踪的事告诉父亲，效果看起来会比打电话好，我接受了这样的建议。

莱特先生松了松那条涤纶领带，春日的第一缕阳光悄然将办公室照得热烘烘的，我非常喜欢这种暖暖的感觉。

“那天你还对芬伯勒警探说了什么？”

“只是把电话号码留给他了，方便联系。”

“你什么时候离开警局的？”

“六点半。我妈比我早走一小时。”

警局的人谁也不知道母亲不会开车，自然不知道她连车都没有。弗农向我表达了歉意，说要是早知道母亲不会开车，就送她回家了。现在回想起来，我觉得弗农真是富有同情心，能够看穿隐藏在海军蓝百褶裙和中产阶级愤怒外表下的那个脆弱的人。

警局的门晃荡着在我身后关上了。阴凉似水的空气如同寒冰一样拍打着我的脸。车头灯和街灯扰得人意乱情迷，拥挤的人行道令人望而生畏。那一瞬间，我在拥挤的人群中望见了你。从那时候起，我就发现相爱的人离别后容易在陌生的人群中见到彼此。我脑中识人辨物的细胞蠢蠢欲动，很容易被某些因子激活。尽管脑海中这种残忍的把戏只持续了片刻，但也足够让我的身体对你有种强烈的需要感。

我把车停在你公寓的台阶顶上。跟周围高大古朴的建筑物相比，你的公寓如同一个穷困潦倒的亲戚，这么多年都没钱置办一套白色的外衣。我提着装满你衣服的箱子，沿陡峭冰冷的台阶往地下室走去。橘色的街灯投下昏暗的光，让我勉强能看清脚下的路。不晓得你这三年是怎么过来的，居然没扭伤脚踝。

我按响你的门铃，手指已经冻得麻木。接下来的那一刻，我好希望你来开门。接着，我查看了花盆底下，知道你会把前门的钥匙放在某个花盆下，你曾跟我说过那盆花的名字，我却不记得了。你和母亲都喜欢摆弄花花草草。对了，我还曾苦口婆心地劝你要有安全意识。怎能将前门钥匙留在门边的花盆下，而且是在伦敦这个地方。实在太不负责任了，这不是引狼入室吗？

“你干什么？”头顶一个声音响起。我抬头望见你的房东。上次见他时，感觉他活像童话书里的老爷爷，贴上白须，活脱脱一个圣诞老人。这会儿，他冷冷地嘟着嘴，没刮胡须，眼里闪着凶光，充满年轻人的暴戾。

“我是碧翠斯 · 赫明。苔丝的姐姐。我们以前见过的。”

他的嘴角不再紧绷，眼里也闪出老年人的光亮。“我是阿米亚斯 · 桑顿。抱歉，记性不太好喽。”

我小心翼翼地走过光滑的地下室台阶。“苔丝没再将她的备用钥匙放在那盆粉红色的仙客来下面了，她已经交给我了。”他打开钱包放硬币的夹层拉链，拿出一把钥匙。过去你全然不曾理会我的劝诫，为何现在突然变得这么有安全意识？

“两天前我曾交给警察过。”阿米亚斯继续说，“他们也许能找到什么线索。有消息吗？”他差点儿哭了。

“恐怕还没有。”

这时我的手机响了。我们两个都吓了一跳。我匆忙接下电话，他看着我，眼里满是希望。

“你好？”

“嗨，亲爱的。”是托德的声音。

我冲阿米亚斯摇摇头。

“最近没人见过她，她老接到一些奇怪的电话。”我说，颤抖的声音令我自己都感觉害怕，“今晚电视台有档警方拍摄的场景重现的节目，我在节目里扮演她。”

“可是你长得一点儿也不像她呀。”托德答道。我发现他直来直去的性格倒是挺安慰人的。他更多的是关心角色而非影片本身，显然觉得场景重现有点儿大费周章。

“我可以扮得像她，在某种程度上还是有点儿像吧。”

阿米亚斯小心地爬上台阶，朝自家的前门走去。

“有她的信吗？警方说她失踪前买过航空邮票。”

“没有，邮箱里什么都没有。”

不过，在这么短的时间里邮件恐怕还到不了纽约吧。

“我回头再打给你好吗？我得保持电话畅通，万一她打电话给我呢。”

“好吧，随你。”他说这话的时候好像有些生气，不过让他感觉到醋意我倒是挺高兴的。他显然以为你会毫发无损地回来，到时候他会第一个跟你讲讲道理。

我打开你公寓的门，走了进去。我以前来过两三回，不过从没在这里逗留。大家都有种如释重负的感觉，想必是因为这里没有我和托德的房间，我们只能去住酒店吧。你家窗户的配件实在不敢让人恭维。冷风呼呼地往缝隙里灌。墙壁摸上去冰凉如水。几盏昏暗的灯半天也发不出像样的光亮，我把中央空调开到最大，却只有顶部两英寸的散热片发出热气。你只是没有留意吗？还是比我更崇尚清苦的生活？

我发现你的电话线是断开的。难道这就是我这几天一直想联系你，却发现你的电话一直占线的原因？但你显然不会总是拔掉电话线。我竭力想冷静下来，却担心得要命——你画画或者听音乐的时候喜欢把电话线拔掉，你会对突如其来的电话声大发牢骚，所以一准是你上回在家的时候忘记插上电话线了。我正准备将手提箱里的衣服放进衣橱里时，平日里那种恼怒的感觉再次涌上心头。

“可是，你为什么不能将衣橱放在卧室呢，衣橱不就是这么设计的吗？放在这里看起来真是奇怪。”

我第一次来的时候就想，你到底是哪根筋搭错了，非得将大衣橱放在这么个狭小的客厅里。

“我把卧室当成了画室。”你如是答道，话没说完便笑起来了，相对你的这间小地下室的卧室而言，“画室”是多么奢侈的名字。

我喜欢你的一个原因是，你总是比别人先发现自己的荒唐之处，先于别人笑出声来。我认识的人中，你是唯一一个把自己的荒诞当作笑料的人。你公寓里的东西看起来是那样的寒酸。你的衣服都是从慈善商店里购买的，家具是人家不要的，不过，婴儿的衣服却是全新的，价格也不菲。我拿出一床淡蓝色的开司米婴儿毯和一顶很小的帽子，它们摸起来是那样的柔软，显得我的手是那样的粗糙。真的好漂亮，就像是在巴士站找到一张埃姆斯躺椅一样。这些东西你可买不起，钱到底是谁给你的？我原以为埃米利奥·科迪想逼着你引产呢。到底发生什么事了，苔丝？

这时，门铃响了，我赶紧跑去开门。门打开时，“苔丝”两个字差点脱口而出。台阶上是个年轻的女人。我将“苔丝”二字咽了回去，有些字是有味道的。旋即我便意识到在肾上腺素的冲击下，我竟颤抖起来。

她应该有六个多月的身孕了，虽然天气寒冷，但那件剪裁不怎么得体的莱卡上衣还是将她鼓鼓囊囊的肚子暴露无遗，腹部上的纽扣也快扣不上了。她那头黄色头发跟她的孕肚一样容易辨识。

“苔丝在吗？”她问。

“你是她朋友吗？”

“是的，是她朋友。我叫卡莎。”

我记得你跟我提过卡莎这个人，是你的波兰朋友，但你的描述跟站在台阶上的这个人并不相符。你的那些溢美之词简直是对事实的歪曲，这人跟光艳动人压根儿就沾不上边。她穿着一条荒诞的迷你裙站在那里，腿上满是鸡皮疙瘩，因为怀孕而青筋暴起。我觉得她跟“多纳泰罗的画作”相去甚远。

“我和苔丝在诊所见过。她男朋友也没在。”

比起她说话的内容，她那蹩脚的英语更让我感兴趣。她抬头望着一辆停在台阶顶上的福特护卫者：“三星期前。他回来了。”

我希望我脸上的表情能告诉她，我对她的私生活完全没有兴趣。

“苔丝什么时候回家？”

“我不知道。没人知道她在哪儿。”我的声音有些颤抖，但我绝不会在这个女孩面前显露出半点儿情绪。母亲身上那种高人一等的气质完全遗传给我了。跟着，我继续用轻快的口吻问："自从上星期四开始就没人见过她了。你有可能知道她去哪儿了吗？"

卡莎摇摇头："我们在度假。在马略卡。赶时间。"

福特车里的男子靠在车喇叭上。卡莎朝他挥了挥手，我发现她看上去很紧张。跟着，她用蹩脚的英语让我告诉你她来过了，便匆匆上了台阶。

是的，弗洛伊德小姐，发现她不是你我确实很生气，但这不是她的错。

我上了地下室的台阶，按响了阿米亚斯的门铃。他来开门了，正摆弄着门链。

"你知道苔丝那些昂贵的婴儿服是哪儿来的吗？"我问。

"她曾在布朗普顿路大买特买，"他答道，"她当时真是高兴坏了……"

我不耐烦地打断他的话："我的意思是说她怎么会有钱买这些东西。"

"我一般不会去问这些。"

我的话像在责难。他态度很好，可我却没有好脾气。

"你为什么报警说她失踪了？"我问。

"那天她没回来跟我吃晚饭。她答应过的，以前她从没食言过，即便是对我这样的老人。"

他打开门链。虽然上了年纪，但他身材高大，没有驼背，比我起码高好几英寸。

"也许你应该把婴儿的东西扔掉。"他说。

我被他刚才的话激怒了："现在就认定她出事了未免也太早了吧，不是吗？"

我转身匆匆走下台阶。他在后面叫我，但我懒得理会他在说什么。我走进你的公寓。

"再等十分钟今天的工作就结束了。"莱特先生说，我如释重负，这真是一个费体力的活儿。

“你进过她的浴室吗？”他问。

“进去过。”

“你查看过浴室柜吗？”

我摇摇头。

“也就是说你没发现任何可疑的东西？”

“不，我发现了。”

我疲惫不堪，蓬头垢面，而且冷得要命，巴不得洗个热水澡。场景重现还要两小时后才会在电视上播放，时间还很充裕。我担心你打电话来的时候我听不到。我觉得接下来的做法倒不是个好点子。据说是这么个逻辑：当你脸上敷着面膜，穿着邋遢的睡衣出现在门阶上时，你心心念叨的人就会出现。好吧，我承认，这跟逻辑沾不上边，但我真的希望洗澡的当儿你会给我打电话。而且，我的手机还能收到短信。

我进入了你的浴室。当然，里面并没有淋浴设备，只有一个搪瓷脱落的旧浴缸，周围有几个水龙头。这跟我在纽约的浴室相比简直有天壤之别，让我深感震惊——我那个别致的浴室以铝合金和石灰岩建成，充满现代气息。我想，待在这么个地方你怎么可能觉得干净呢？那一瞬间，一种似曾相识的优越感油然而生，也就是那个时候，我看到了那些东西，架子上放着你的牙刷、牙膏、隐形眼镜护理液、一把缠绕着长发的毛刷。

我意识到自己正怀揣着这么个希望：你不过是干了一件蠢事，像学生一样暂时外出了，去参加宴会或是抗议活动，你这人向来不怎么靠谱，哪会顾得上现在已经怀孕八个多月了，说不定跑去雪地露营了。我幻想告诫你不要做这种没脑子的事情。不过，你满架子的洗漱用品粉碎了我的幻想。希望的泡沫破碎了。无论你在哪儿，那里都不是你想去的地方。

莱特先生关掉磁带录音机。“今天就到这儿吧。”我点点头，努力不去想你用毛刷梳你那头长发的样子。

一位神情严肃的秘书进来告诉我们，公寓外面的记者已经人满为患。莱特先生是个热心肠，问我是否需要找个别的地方住。

“不用了，谢谢。我想待在家里。”

我管你的公寓叫作家，希望你不要介意。现在，我已经在这里住了两个月，感觉这里像家一样。

“要我送你一程吗？”莱特先生问，他定是看出我脸上惊讶的表情了，因为他笑了，“一点儿也不麻烦。想必今天对你来说挺难熬的。”

那条涤纶领带是别人送的礼物。他是个好人。

我礼貌地拒绝了他，他陪我走到电梯旁：“你的笔录还有几天，没问题吧？”

“当然没问题。”

“因为你不仅是我们主要的调查人员，还是重要的证人。”

就我做的这些事情而言，“调查人员”这样的字眼过于专业。电梯到了，莱特先生替我按着电梯门，让我安全地走进去。

“你的证词是我们这个案子的关键。”他告诉我，跟着拥堵的电梯下行时，我想象诉讼的过程就像一艘船的外壳，那我的证词就如同将船体密封的柏油，让船密不透水。

外面，春日的阳光令傍晚的空气变得暖暖的，如同白蘑菇一样的遮阳伞从咖啡馆旁边坚硬、灰暗的人行道上冒了出来。皇家检察署的办公室离圣詹姆斯公园仅仅隔着几条街的距离，我想我还是步行回家。

我本想抄近路去公园，未曾料到走进了一个死胡同。我从原路折了回来，听见身后响起了脚步声，不是高跟鞋发出的令人安心的咔嗒声，安静的脚步声是一名男子发出来的，听着瘆人。我很害怕，老想着女人被坏人跟踪时的情形，虽然我竭力不去想这事，但脚步声仍在继续，咚咚咚的声音越来越大。那人很快会追上我，如果他在对面，肯定不想加害我。可是，他现在离我越来越近。我能感觉到脖颈后面他的冰冷呼吸，我吓得战战兢兢，快步跑起来。终于来到那条死胡同的另一头，看到人行道上熙熙攘攘的人群，我很快没入人群中，头也不回地朝地铁走去。

我告诉自己这不可能。他仍在被押候审中，这会儿，还关在监狱里，不能被保释。审判结束后，他一辈子都得关在大牢里。刚才肯定是幻觉。我进入地铁后，壮着胆子看了看车厢周围。眼前突然出现了你的照片，印在《伦敦标准晚报》的头版上，照片是我在佛蒙特州为你拍的，两年前的夏天你去过那里，风儿从后面吹拂你的秀发，宛如一叶漂亮的风帆，你脸上光彩照人，美得不可方物。难怪他们会选这张照片放在头版。文章里面还有一张你六岁时我给你拍的照片，你抱着里奥。我知道你在哭，不过照片上看不出来。你冲我笑时脸上的表情又恢复如初了。你的照片旁边有一张他们昨天给我拍的照片。我的表情没有恢复。幸好我现在并不在意照片是什么样的。

我在拉德布罗克丛林站下了车，发现伦敦人的身手还真是敏捷，他们匆匆走上台阶，穿过检票口，居然都不会跟其他人接触。我来到出口，再次感觉有人紧跟在我身后，冰冷的呼吸贴着我后颈，威胁的感觉如芒在背。于是我加快脚步，慌乱中，我撞在了另一个人身上，并试图告诉自己这只是底下的火车带来的气流造成的。

也许，只要切身体验过令人胆战心惊的事情，都会深深烙在你身上，即便恐惧的因子消失，也会埋下种子，而且很容易被唤醒。

我来到切普斯托路，被熙来攘往的人和车水马龙吓到了。英国的每个地铁站都有不少新闻工作者，看得出来，国外的媒体占了多数，昨天济济一堂的媒体会面只不过是一场演变成疯狂冒险主题公园的乡村盛宴。

我离你的公寓只有十扇门的距离时，上回送菊花给我的那位摄影师看见了我。我抖擞精神，他却转身离去。他的善良再次令我吃惊。距离你的公寓只有两扇门的距离时，一名记者看见了我。他朝我走过来，所有的记者都走了过来。我快步跑下台阶，进入屋内，重重地关上了门。

外面喧嚣震天，如同三脚妖[①]无孔不入。可恶的镜头贴在窗玻璃上，我拉下窗帘，但灯光透过轻薄的布料晃得人眼花缭乱，我像昨天一样退回到厨房里，但那里并不是避难之所。有人重重地敲打后门，前边的门铃嗡嗡地响个不停。电话铃声顶多停一秒钟，就会再度响起。我的手机也发出刺耳的声音。他们是怎么知道我的电话号码的？响声一刻也没有停歇，给人一种咄咄逼人的感觉，如若不回绝就不会善罢甘休。我想起了在你的公寓待的头一个晚上，彼时我曾想，一个电话都不响怕是世上最孤独的事情了。

晚上十点二十分：我坐在你的沙发上观看电视上播放的场景重现的节目，我将你的印度织毯拉过来盖在身上，依然不觉得暖和。从远处看，我真的挺像你的。节目行将结束的时候呼吁人们提供线索，还留下了电话号码。

晚上十一点半：我拿起电话，想看看电话是否坏了，但旋即又担心得要

① 科幻小说中一种会分裂的邪恶植物，曾出现在《生化危机》系列电影中。——译者注

命，生怕这个时候有人打电话找你，说不定你也会打来电话，也许警方会打来电话告诉我找到你了。

十二点半：什么情况也没发生。

深夜一点：四周死一般的寂静让我感到窒息。

深夜一点半：我听见自己呼喊你的名字。或许，你的名字就埋在寂静深处。

深夜两点：我听见门边有什么动静，急忙去开门，却发现是只猫，是那只你几个月前收养的流浪猫。冰箱里的牛奶已经过期一个星期了，早已变得酸臭。猫凄凉地叫着，我却无力阻止。

凌晨四点半：我进了你的卧室，从你的画架和一堆画布中挤了过去，割伤了脚。我弯腰发现地上有碎玻璃。我把卧室的窗帘拉下来，看到一块聚乙烯板在破裂的窗玻璃上敲打着。难怪公寓里头这么冷。

我上了床，聚乙烯板依旧在寒风中拍打着，怪异的声音毫无规则地响动，跟寒冷一样令人不安。枕头底下放着你的睡衣，味道跟你的裙子一样。我抱着衣服，一是因为寒冷的天气，二是因为担心你，我无法成眠，但最后总算睡着了。

我梦见了红色：是介于色卡 PMS 1788 到色卡 PMS 1807 之间的红色，是红雀的红、娼妓的红，热情奔放，浮华艳丽，是从压碎的昆虫身上提炼出来的胭脂红，深沉，鲜艳，是生命的颜色、是鲜血的颜色。

门铃唤醒了我。

星期二

春天正式来临的时候，我来到皇家检察署办公室。旋转门每次转动，公园里新剪的草坪散发的淡淡清香都会飘然而至，前台的接待穿着夏日的裙子，脸和四肢都呈现出褐色，想必是昨晚做过防晒。尽管天气暖和，我却穿着厚厚的衣服，着装过于正式，而且脸色苍白，像是冬天在我身上仍旧没有褪去。

我朝莱特先生的办公室走去，准备将昨晚有人跟踪我的事告诉他。我想再次听到他说那人被关在监狱里，判决过后，他将在监狱里度过余生。但是，当我走进去时，春日的阳光洒满了整间屋子，电灯发出耀眼的光，在日光和灯光的照耀下，昨天那个恐怖的幽灵刹那间消失无踪。

莱特先生打开录音机，我们继续开始。

“今天，我希望你从苔丝怀孕这事儿说起。”他说，我感到他有少许责备之意。昨天，他叫我从“最先觉得不对劲的地方”说起，我便说是参加午宴的时候接到母亲的电话开始的。但我知道我并不是从那个时候才察觉到异常。我还知道，如果我多花点儿时间陪你，如果我不是心无旁骛地忙着自己的事情，如果我能仔细聆听你的倾诉，可能早在几个月前就会发现事情很不对劲了。

“苔丝和埃米利奥·科迪交往后六个星期就怀孕了。”我说，说到这件事情的时候我并没让感情外露。

“她自己是怎么看待这件事情的？”莱特先生问。

“她说她发现自己的身体简直是个奇迹。”

我想起了我们的电话。

“碧儿，无数的奇迹在这个世界上演，我们却并不相信它们。”

“她有没有将这件事情告诉埃米利奥·科迪？”莱特先生问。

“说了。”

“他什么反应？”

“希望她把孩子打掉。苔丝则告诉他孩子不是火车，不能想停就停。”

莱特先生笑了，但很快掩饰起来，我却挺喜欢他的笑。

“她声称不会打掉孩子后，他叫她在肚子看得出来之前离开学校。”

“她离开了吗？”

“是的，埃米利奥告诉校方，她被安排到别处休假了，我想他甚至会真的说出某个学校的名字。”

“有人知道这个情况吗？”

“她的几个好友知道，包括一些艺术生。但苔丝叫她们不要告诉学校。”

我不明白你为什么要维护埃米利奥。他不值得你这么做。那家伙什么都没做，压根儿就不值得你这么做。

“他帮助过苔丝吗？”莱特先生问。

“没有。他还怪她，说她使了什么手段怀孕，还说他不会就范，休想让他帮助她或者孩子。”

“她真的耍了什么手段吗？”莱特先生问。

他居然问得这么详细，这让我十分惊讶，但我很快记得他想让我把所有的细节都告诉他，随后再让他决定是否跟案子相关。

“没有。那次怀孕只是个意外。”

我记得我们那次电话后面的内容了。我在办公室检查一家连锁餐馆新提供的企业标识，同时不忘扮演姐姐的角色。

“怎么可能是意外呢，苔丝？”

“设计团队选了Bernard MT Condensed字体，但这种字体看起来过时了，原先我要求你用复古风格。”

“意外听起来有点儿消极，碧儿，说惊喜更好。”

“那好，现在大街上到处都能买得到避孕套，‘惊喜’从何而来？”

你爽朗地笑了，我在责备你的时候你揶揄我：“当时人家情不自禁了呗。”

我暗含批评道：“那你现在打算怎么办？”

“让肚子变得越来越大，然后把小孩生出来。”

你说话的口气跟个小孩一样，行为举止也很幼稚，你怎么当得了这个妈妈？

“这是个好消息，别生气啦。”

“她想过流产吗？”莱特先生问。

“没有。”

“你们是天主教徒吗？”

“是的，但这并不是她不去流产的原因。苔丝唯一信奉的天主教圣礼就是珍视当下。”

“对不起，我不是很明白……”

我晓得这对案子的判罚没什么用，但我希望他能更多地了解你的情况，而不是从一堆文件夹里得到一堆冷冰冰的事实。

“就是活在当下的意思。”我解释道，“体验现在的生活，不用担心将来，也不用计较过去。”

我从不会信奉这样的圣礼，这也太不负责了，只会及时行乐，这样的信条可能是希腊人添加进去的。酒神狄俄尼索斯不请自来加入了天主教教义，要在当中把酒言欢。

我还有些事情想告诉他：“刚开始怀孕的时候，可以说小孩还没成形，她就很爱他，所以她才觉得她的身体是个奇迹，这也是她决不流产的原因。”

他点点头，停顿了一下，这样的举动十分得体，表达的是对你孩子的尊重。

“孩子是什么时候得了囊性纤维症的？”他问。

我很高兴他把他称作孩子，而不是胎儿。在他眼中，你和你的孩子慢慢也有人情味了。

“十二周。”我回答道，“因为我的家族有囊性纤维症的病史，所以她去做了基因筛查。”

“是我。”我听得出来，电话那头的你强忍着没有哭出来，“是个男孩。”我一下就明白了。“他得了囊性纤维症。”你说话的声音听起来是那样的年轻。我不知道该说什么。咱俩对这太熟悉了，我没必要再说些陈词滥调的话来安慰你。“他会渡过难关的，碧儿，就像里奥一样。”

“那是八月吧？”莱特先生问。

“是的，八月十号。四个星期后，她打电话跟我说医院给孩子做了基因治疗。”

“她了解这种治疗方式吗？”莱特先生问。

“她说是把健康的基因注入婴儿体内，取代囊胞性纤维基因。这种手术能在子宫里完成，随着婴儿的长大，新的基因会不断取代有缺陷的囊胞性纤维基因。”

“你当时什么反应？”

“我对他承受的危险蛮担心的，首选是带菌载体……”

莱特先生打断我的话：“带菌载体？抱歉我不是……”

“是新基因进入身体的载体。好比是出租车。通常会用病毒作为带菌载体，因为它们容易感染人体细胞，在感染的同时把新的基因导入。”

“你还真是这方面的专家。”

“因为里奥的关系，我们家所有人都是半个专家。”

“可是苔丝，有人就死在这种基因治疗上。所有的器官都衰竭了。”

“请听我说完好吗？他们不是用病毒作为传染载体。这次手术高明的地方就在这里。已经有人成功地用人造染色体将新的基因注入婴儿的细胞里。所以对婴儿没有风险。不可思议吧？”

的确如此。但我仍然担心你。咱们余下的谈话内容我也记得，毕竟，我这个当姐姐的必须肩负最大的责任。

“那好，现在我对带菌载体没有疑问了。可是改良基因呢？要是它不能治愈囊性纤维症，反而会产生不可预料的后果怎么办？”

“你就不要担心了。”

“还有可能造成某些可怕的副作用。也许会破坏身体别的机能，这个谁也说不清楚。”

“碧儿。”

“好吧，也许的确是有点儿冒险。”

你截住我的话头：“假如不做这个治疗，那他一定会得囊性纤维症。这样的概率是百分之百。所以，我必须承担这样的小风险。”

“你是说他们要对着你的肚子注射？”

我能听到你的声音中含着笑意：“还有别的法子可以将基因注入婴儿的体内吗？”

“所以这种基因治疗也会对你带来很大的影响。”

你叹了口气，像是在说：“别在这里啰唆了。”是妹妹不喜欢姐姐絮叨的那种叹气。

“我是你姐，我有权利担心你。”

“我是孩子的母亲。”

你的反应让我吃了一惊。

“我会写信给你的，碧儿。”

你挂断了电话。

“她经常给你写信吗？”莱特先生问。

我在想他是不是对这个话题感兴趣，要么就是这样问有他的目的。

“是的。通常是她觉得我反对什么事情的时候。有时，她需要用写信的方式厘清头绪，希望我好好听听她的主意，试探我的想法。”

我也不大肯定你是否知道这个情况，但我其实挺喜欢你这种单方面的沟通方式，虽然这么做总会惹恼我，却也能让我从批评者的角色中解脱出来。

“警方把她的信复印给了我一份。”莱特先生道。

抱歉，我必须把你的信提交给警方。

他面带微笑：“那封提到人间天使的信。”

我很高兴他特意提到了跟你有关的东西，尽管这对他的调查无足轻重。我不需要看信，自然记得信中的部分内容：

所有这些人，所有我不认识的人，甚至压根儿都不了解的人都在夜以继日地寻找治疗方法。起初，这项研究成果只是由慈善团体捐赠的。他们真的是天使，是来自人间的天使，他们穿着实验室的白大褂、花呢裙，组织募捐长跑、蛋糕义卖，组织摇水桶募捐活动，然后等到将来某一天帮助一个素未谋面的人治好她的孩子。

“她给你写信后，你就没那么担心治疗了吗？”莱特先生问。

“不是的。我收到信的前一天，美国的各大媒体全是有关基因治疗的新闻。报纸上和各家各户的电视上全是克拉姆医疗公司有关囊性纤维症治疗的报道。而且还有很多已经治愈的婴儿的照片，但很少有科学理论方面的介绍。就连大幅海报上的广告词也是‘奇迹宝宝’而不是‘基因治疗’。”

莱特先生点点头：“没错。我们这里也一样。”

“而且网络上铺天盖地也都是有关这种疗法的介绍，这样，我们就能对它了解得更彻底。我发现这种实验符合所有的法规，实际上，还不仅仅符合所有法律法规。英国有二十个得了囊性纤维症的婴儿诞生，他们都非常健康，妈妈的身体也没有产生任何副作用。美国那些被检查出婴儿患有囊性纤维症的孕妇也纷纷要求治疗。这个时候我觉得苔丝能接受这样的治疗真是幸运。”

“你对克拉姆医疗公司了解吗？”

“这家公司制度非常完善，在基因治疗领域做了很多年了，他们购买了罗森教授的染色体，聘请他继续做研究。”

可以不用那些穿花呢裙的女人组织募捐活动了。

“我还看了发明这项治疗的人——罗森教授对五六个人的电视采访。”

我知道这项治疗不会带来什么重大的影响，但确实是罗森教授改变了我的看法，至少是开启了一扇窗。我还记得第一次在电视上见到他的情形。

早间电视节目主持人得意地问他：“有些人说你是‘奇迹背后的人’，这种感觉怎么样？”

坐在对面的罗森教授戴着金丝眼镜，双肩狭窄，脑门上布满皱纹，样子看起来格外迂腐，镜头之外的地方挂着一件白色的外套：“尚不能称为奇迹。这项研究我可是花了几十年时间……”

她打断了他的话："没错。"

刚才的话本是句结束语，但他误会了主持人，以为她想引导他继续谈下去。"囊胞性纤维化的基因位于第七条染色体上，产生了一种叫囊胞性纤维横跨膜调节器的蛋白质，简称 CFTR。"

她整了整紧贴在两条细长双腿上的铅笔裙，微笑着对他说："不知道能不能说得简单点儿，罗森教授。"

"这就是简单的说法了，我发明了一种人造小染色体……"

"我觉得我们的观众不会很明……"她挥舞着双手说，好像教授的解释已经超越了人类理解的范围。我被她的行为激怒了，看到教授也发脾气了，我很高兴。

"你的观众难道没有脑子吗？我的人造染色体能安全地将健康的新基因注入细胞内，没有任何风险。"

我想应该有人教他将科学研究用傻瓜都能听得懂的语言表达出来。罗森教授被主持人弄得很是沮丧，没有控制住自己的脾气："人造染色体不仅可以导入体内，而且可以稳定地维持治疗基因的活力。"

主持人连忙打断他的话："今天的科学课恐怕只能到此为止了，教授，因为有人要特别感谢你。"

她切换到大屏幕，电视上直播的是医院的画面。一个泪眼婆娑的母亲和一个一脸自豪的父亲出现在画面上，两人抱着一个刚出生的健康宝宝，正在感谢罗森教授的治疗，赐予他们一个这么漂亮的小男孩。罗森教授显然被眼前的画面弄得心情不快，整个人也挺尴尬的。他没有因为自己取得的成绩而得意忘形，这点我很喜欢。

"你信任罗森教授吗？"莱特先生问，并没有主动表达自己的想法。不过那段时间满大街都是他的新闻，莱特先生肯定在电视上见过他。

“是的，就我看过的他的电视访谈来说，他就是个不折不扣的科学家，完全不会跟媒体打交道。他为人似乎很谦和，被人赞扬反而会不好意思，而且显然对电视带给他的名人效应不怎么感冒。”

接下来的情况我并没有告诉莱特先生，但他还让我想起了诺曼先生（他是你的数学老师吗？），他为人善良，从来不会跟傻乎乎的无知少女有任何瓜葛，只会像发射连珠炮似的大声喊出方程式。如果说从来不懂得跟媒体打交道、戴着一副金丝眼镜、像个老学究这些理由就能证明实验是安全的，听起来似乎也并不符合逻辑，但我需要鼓起勇气才能克服心中的保守思想。

“苔丝在接受治疗的时候，跟你说过有关情况吗？”莱特先生问。

“并没有说得很详细。她只说已经接受注射了，但还要等等。”

你是半夜给我打的电话，可能是忘了时差。托德醒来接的电话，他很生气，一脸苦相地把电话给我，天哪，当时可是凌晨四点半。

“成功了，碧儿，他治好了。”

我泣不成声，眼泪簌簌而下。一直以来我真的好担心，不是担心你的孩子，而是担心你居然对一个患有囊性纤维症的孩子如此照顾、如此怜爱。托德觉得这本身就是一件非常可怕的事情。

“真是太好了。”

我不知道什么事情令他这么惊讶，是因为我为这样一件天大的好事哭哭啼啼，还是因为我爆粗口了。

“如果妈妈不介意，我想叫他泽维尔。”

我记得当时里奥就特别为他的中间名感到自豪，他很希望大家叫他这个名字。

“里奥肯定会觉得这个名字很酷。”我说，可是想到一个这么小就逝去的人，说着“很酷”这样的词，我感到心如刀绞。

“是的，他肯定会觉得很酷的，不是吗？”

这时，莱特先生身边那个中等年纪的女秘书给我送来了矿泉水，我突然觉得渴得要命。我将纸杯里的矿泉水一饮而尽，她似乎有点儿不满。秘书接过空杯子的时候，我发现她的手心略显橘黄，她昨晚肯定做了防晒。这个身材肥胖的女人也想把自己打扮得青春靓丽让我为之动容。我冲她笑了笑，但她没有看见。这会儿，她正看着莱特先生，我从她的眼神里看得出来她爱莱特先生，所以昨晚才把胳膊和脸晒成了褐色，她身上穿的那条裙子也是为他买的。

莱特先生打断了我脑海中的八卦想法：“那照你看来，孩子或者怀孕这样的事情都没有问题了吗？”

“我觉得都很顺利。唯一的担心是她要学会怎样做一个单亲妈妈。当时看起来这才是最大的问题。”

暗恋老板的秘书小姐终于走了，可惜莱特先生几乎没有留意她，只是看着桌对面的我。我替秘书小姐瞥了一眼他的手，没戴婚戒。好吧，我再次浮想联翩，不愿再继续讲下去了。你知道接下来发生什么事情了。对不起。

第二章

C h a p t e r T w o

一颗流星隐约划过

我进入公园，松软的雪花在我四周飘落，我希望再等久一点儿，第一次独享这一小时左右的时间。

有那么一瞬间，门铃声也是我红色梦境的一部分。我会飞快地跑向门边，以为这次肯定是你。芬伯勒警探知道他不是我等的那个人。他的教养真不错，既表现得有些尴尬，又抱着一丝同情。他对我接下来表现出来的情绪心知肚明。“没事，碧翠斯，我们还没找到她呢。”

他来到你的起居室，身后跟着那个叫弗农的女警。

“埃米利奥·科迪看了场景重现的节目，”他坐在你的沙发上说，“苔丝把小孩生了。”

你应该告诉我的。“肯定搞错了。”

“圣安妮医院已经证实了，苔丝上周四在那家医院生产，当天就把孩子生下来了。”他顿了顿，脸上带着一丝同情，随手扔出了一颗手榴弹，“不过是个死婴。”

我以前常觉得“死婴”二字听起来很平静，如同“一潭死水”这样的字眼一样，不会让我心跳加速，也并无波澜。现在，我却觉得这个字眼等同死神，粉饰的外表下是残忍的真相。那时我甚至没想到你的孩子。对不起，这件事情发生一星期了，我仍然没有你的消息。

“我们跟圣安妮精神科的医生谈过。”芬伯勒警探继续说，“因为孩子死了，苔丝随即被安排就诊了。尼克尔斯医生在照顾她。我在家的时候跟他谈过，他告诉我苔丝得了产后抑郁症。”

这些消息如同弹片一样将我们的关系炸得粉碎。你都没告诉我孩子是什么时候死的。你心情沮丧至极时也未曾求助于我。我熟悉你画的每一幅画、交的每一个朋友、读的每一本书，甚至你那只猫的名字（叫布丁，我记起来了）。我知道你生活中的每个微小细节。但发生这么大的事情，我却不知道，我甚至都不认识你了。

看来魔鬼终于要跟我交易了：我要接受我跟你关系泛泛的事实，而交易的筹码是你没被绑架，没被谋杀，仍然活着。倘若真是如此，我会毫不犹豫地接受交易。

“时至今日，我们仍然很关心她的权益，”芬伯勒警探说，“但看起来这事跟其他人没有任何关系。”

为了礼貌起见，我顿了顿，好确定交易的细则：“那些骚扰电话怎么解释？”

“尼克尔斯医生觉得是因为苔丝情绪极不稳定，很可能反应过度了。”

“那她破碎的窗户呢？我去她家的时候发现卧室地板上还有玻璃。”

“我们接到报案后第一时间便调查过了。星期四那晚，这条路上有五辆车的车玻璃被一个小混混砸碎了。苔丝的窗户肯定也是被砖块打碎的。”

我紧张的身体突然有种如释重负的感觉，无尽的疲惫席卷而来。

他们离去了，我去见了阿米亚斯。“你知道她的孩子死了，对吗？”我问他，“所以你才说把小孩的东西都送人。”

他沮丧地看着我：“对不起，我以为你早就知道了。”

我不想走上这条路，至少现在还不想。

“你为什么不把小孩的事告诉警方？”

“她还没结婚。”他随即发现我一脸的懵懂，“我担心别人会觉得她是个随便的女人。那样警方可能就不会花心思去找她了。”

虽然他说得不一定全对，但也有一定的道理。一旦警方知道你得了严重的产后抑郁症，可能就不会这么迫切地找你了。但此时我很难接受这样的事实。

“苔丝跟我说过她的孩子被治好了，对吧？”我问。

“是的，囊性纤维症已经治好了。但另外有些情况他们始料未及。我想可能是他的肾有问题吧。”

我开车去了母亲那儿，把这个好消息告诉她。没错，是好消息，因为你还活着。先前我没想到你的孩子，对不起，正如我说的，这是魔鬼的交易。

却是笔所托非人的交易。开车的时候我想，我这么容易上当还真是个十足的傻瓜，我迫不及待地想接受这笔交易，乃至被真相蒙蔽了双眼。自打你出生后，我就对你知根知底。父亲离开的时候，我在你身旁。里奥去世的时候，我在你身旁。我知道你人生中所有发生过的大事。你也会把孩子的事情告诉我的。如果你要离去，你也一定会告诉我的。所以，肯定有什么事情，或者什么人阻止你这么做。

母亲跟我一样也有种如释重负的感觉。虽然很残忍，但我还是戳破了这个虚假的泡沫:“妈,我觉得他们的推断有问题,她不可能瞒着我去别的地方。”

但是母亲却像看见了一根救命稻草一样紧紧抓着这个好消息，不愿轻易让我拽走：“亲爱的，你从来没怀过孩子，自然无法了解她的心情。不说别的，光是产后抑郁症就够糟糕的了。”母亲说话的时候总是很委婉。“我不是说她的孩子死了我很高兴，”她继续道，“但至少又多了一次机会。不是很多男人都能接受另一个男人的孩子。”当妈的把事情考虑得这么周全也无可厚非，她已经给你想了一条康庄大道。

“我真觉得她不会玩消失。”

可是母亲压根儿就听不进去。“她将来还会有孩子的，到时候环境比现在要好得多。”尽管她试图将你的未来说得那么有保障，但她的声音颤抖着。

“妈……”

她打断我的话，不愿再听："你知道她怀孕了，对吧？"

母亲不再规划你的未来，而是准备探究过去，总之，死活不愿谈及你的现在。

"你觉得她有能耐做个单亲妈妈？"母亲问。

"你自己不也行，而且你还向我们证明了这事能应付过来。"

我本是出于好意，却进一步激怒了母亲。

"苔丝的做法跟我的完全没有可比性。我是结婚后才怀孕的。我的丈夫放弃了这段婚姻，这并不是我能选择的。"

我以前从未听她说过"我的丈夫"这样的字眼，你听过吗？她向来都说"你们的爸爸"。

"而且我还多少知道什么叫羞耻，"母亲继续说，"苔丝了解一点儿这样的事情不会有什么坏处。"

正如我说，愤怒能代替恐惧带来的寒冷，至少可以短暂代替。

我从小哈德森开车回伦敦时暴风雪四起，将 M11 公路变成了剧烈摇晃的大雪球。漫天雪花疯狂飘落，噼里啪啦地击打着风挡玻璃。雪很多，速度又快，雨刮器来不及清理。高速公路上指示灯闪烁，警示各种危险驾驶情况，还标明了低速限制，保证驾驶员的安全。一辆救护车发出刺耳的声音呼啸而过。

"这不能叫喧嚣震天，碧儿。"

"好吧，姑且就叫喧嚣吧。"

"警笛是二十一世纪的骑兵踏上征途发出的声音。"

你进艺术学校没多久，脑子里充满了理想——只有你才会怀揣着这样的理想。而且，你跟其他令人生厌的学生没两样，认定如果只要不是学生，就没法儿理解你。

“我说的是消防车、火急火燎赶去治病救人的警车或者救护车。”

“苔丝，我第一时间就明白了，谢谢。”

“你觉得太幼稚，不值得在这样的事情上发表评论吗？”

“是啊。”

你咯咯笑起来：“不过，说真的，警笛声是文明社会保护市民的声音。”

救护车消失在了视线外，警笛声也听不见了。你身旁有这样的车辆吗？我不再胡思乱想。我没法想象你出了什么事。但我却有种如坠冰窟的感觉，好害怕，好孤独。

靠近你公寓的那条路还没有铺上沙石，车辆行驶在冰面上十分凶险，我停车时滑行了一段距离，差点撞上你公寓旁边停着的一辆摩托车。一名二十来岁的男子坐在最底下的台阶上，手里捧着格外大的一束花，雪花刚落在玻璃包装纸上便融化了。从你的描述中我认出了他，他叫西蒙，是国会议员的儿子。你说得没错，他那穿孔的嘴唇的确让那张稚气的脸看起来有几分扭曲。他的机车服已经湿透，手指也冻得发白。我在寒冷的空气中仍能闻到须后水的味道。我记得你曾跟我说过他尽管笨手笨脚，却也有了进步，还跟我说了你的反应，你肯定是少数几个能真心实意称赞朋友的人之一。

我告诉他你失踪了，他将那束花抱在胸前，里面的花被挤压得不成样子。他用伊顿公学学生才有的声音轻声问道：“多久了？”

“上星期四。”

我想他的脸变得苍白：“上星期四我跟她在一起。”

“在哪儿？”

“海德公园。我们四点左右的时候还在一起。”

是你在邮局现身后的两小时。他肯定是最后一个见过你的人。

“那天早上她给我打电话，约我见面。”西蒙继续道，“她建议我们在肯辛顿花园蛇形画廊见面。我们去那里喝了杯咖啡，看看事情进展如何。”

他变成了伦敦北部的口音，也不知道哪个口音才是真的。

“之后我问她要不要送她回家，”西蒙继续说，“不过她拒绝了我。”他的声音满是自怨自艾的意味，“后来我就没给她打过电话了，也没见过她。没错，我也不赞成这样的举动，就是想让她尝尝热脸贴冷屁股的感觉。”

他这个人太自我，相信在你的孩子死后，他受伤的心灵仍然会让你心生怜悯，或者说在你失踪后，亦能触动我。

“你在哪里撇下的她？”我问。

“是她离开我的好吧？我陪她去了海德公园。然后她就走了。我可没撇下她。”

我确定他在撒谎。伦敦北部的口音是假的。

“到底在哪儿？”

他没有回答。

我再次冲他吼道：“在哪儿？！”

“露天游泳池旁边。”

我从没朝人咆哮过。

我打电话给芬伯勒警探，留言说是十万火急。西蒙在你的浴室里，用热水龙头温暖他那冻得麻木苍白的手。之后，你的浴室里定会充斥着他的须后水的味道，我会生气，因为这样会遮住你的肥皂和洗发水的味道。

“警方怎么说的？”他进来便问。

“他们说会查清楚。”

“真是美国人的做派。”

我只会允许你这样揶揄我。警察其实是这么说的：“我会马上调查的。”

“他们会搜查海德公园吗？”西蒙问。

但我尽量没去想警方说的“调查”是什么意思。我用美国式的委婉代替了英国式的含蓄，将他言语中的尖锐问题用气泡膜遮盖起来。

“他们会给咱们打电话吗？”他问。

我是你姐姐，芬伯勒警探自然会打电话给我。

“是的，如果有什么消息，芬伯勒警探会给我们打电话的。”我答道。

西蒙四仰八叉地躺在你的沙发上，那双带着雪块的靴子弄脏了你的印度织毯。但我得问他几个问题，所以并没有将我的厌恶表露出来。

“警方认为她得了产后抑郁症，你觉得呢？”

他一时没有回答，我在想他要么是在努力回忆，要么是在想怎么说谎。“她当时很绝望，”西蒙说，“她必须服用那种特殊的药才不会分泌乳汁。她告诉我这种事情太难受了，孩子死了，奶也不知道喂给谁好。”

孩子死亡这事慢慢给我带来了影响。不过对不起，这种影响力并没有持续太久。我现在唯一担心的是你，而不是孩子。

我对西蒙有种说不出道不明的厌恶，但我还是将这种感觉强压在心头：“你提到她很绝望的时候用的是过去式。”

他吃了一惊。

“你说她当时很绝望？”

我一度觉得他被逼得没有退路了，但他很快变得镇定，再度端出了那种明显装出来的伦敦北部口音：“我是说星期四下午见她的时候她很绝望。她现在怎么样我怎么知道呢？”

我发现他的脸不再有那种孩子气了，而是变得残忍。穿孔的嘴唇不再是青春叛逆的标记，而是乐在其中的受虐倾向。我还有问题问他。

“苔丝告诉我孩子治好了？”

“是的，反正囊性纤维症是好了。”

“是因为早产了三个星期吗？”

“不是的。她告诉我即便孩子是足月生产的，他也活不了。好像是孩子的肾脏出了问题。”

我鼓足勇气问道：“你知道孩子死了的时候她为什么不告诉我吗？”

“我以为她跟你说了。”他的脸上露出得意的神情，“你知道吗，我原本要做教父呢！”

我礼貌的暗示一反常态变成直率的要求后，他没好气地走了。

我等了两个半小时，芬伯勒警探仍旧没有回电，我又往警局打了电话。一名女警告诉我芬伯勒警探没在。我决定去海德公园，希望不要见到芬伯勒警探，希望他正在调查一件更加紧迫的案子才顾不上我这边，你的案子只是被归入了失踪人员的案宗里，适当的时候你就会出现。你只不过是在孩子死后去了某个地方。我锁上门，把你的钥匙放在那盆粉红色的仙客来下面，我外出的时候万一你回来了呢。

快到海德公园的时候，一辆警车呼啸着超过了我，刺耳的声音令我心如逐鹿。我开得更快了。等我来到兰卡斯特门的入口时，那辆超过我的警车也跟别的警车停在了一起，电子警笛仍在嘶声长啸。

我进入公园，松软的雪花在我四周飘落，我希望再等久一点儿，第一次独享这一小时左右的时间。对大多数人而言，这样做有些自私，但你一直生活在悲痛中，更确切地说，你的部分生命已经悲伤地逝去，所以我知道你会理解的。

在离停车场还有一段距离的时候我看见了警察，有十来个。警车朝他们驶了过去，进入停车场。旁观者也去看热闹了，直播开始了。

雪地上到处都是脚印和轮胎印。

我慢慢朝他们走过去。这会儿，我的脑子出奇的冷静，但每走一段距离，我发现我的心脏都会胡乱撞击我的肋骨，我的呼吸也有点儿急促，身体哆嗦得厉害。不知怎的，我的思绪仿佛总是跟身体保持着一定的距离，而不是身体反应的一部分。

我从一名园林官身边走了过去，他穿着一身褐色的制服，正跟一名牵着拉布拉多犬的男子说话：“他们问了我们海滨浴场和湖里的情况，我想他们可能要在里面打捞吧，不过他们的头儿决定先搜查一下废弃的建筑物。因为自打裁员后，很多房子都弃用了。”其他遛狗的人以及在公园慢跑的人也都拥了过来，“这么多年来，那边的房子都用作男厕，不过翻新总比重新砌房子便宜。”

我经过他和其他看热闹的人身边，朝警察走去。他们已经在低矮的建筑物周围拉起了警戒线，那是一幢维多利亚时代的建筑，已经废弃，半掩在灌木丛中。

女警弗农在离那幢建筑物不远的地方。她平日里红润的双颊变得苍白，眼睛也哭肿了。她的身体在颤抖。一名警察用一只胳膊抱着她。他们没有看见我。弗农说话的语速很快，气息不匀：“是的，我见过，但只是在医院的时候见过，但从来没见过这么年轻、这么孤独的人。”

后来，我对她溢于言表的同情心很是喜欢。当时，她的话一字一句都烙在了我的意识里，逼迫我去思索正在发生的事情。

我走到警戒线那儿，芬伯勒警探看见了我。有那么一瞬间，他有些蒙，不知道我来此做什么，跟着，一丝同情心随即浮现出来。他朝我走了过来。

“碧翠斯，很抱歉……”

我打断了他。倘若我能阻止他把接下来的话说出口，那件事就不是真的。“你搞错了。”

我想逃离他，他抓住我的手，我以为他是想控制我，现在想来他只是想不动声色地表达他的善良。

“是苔丝，我们找到她了。”

我想挣脱他的手逃离这个地方：“你们也不能确定吧？”

他表现得很得体，仍旧望着我，我们四目相对，即便这个时候接受这样的事实也需要勇气。

“苔丝身上带着她的学生证。我想不会错的。抱歉，碧翠斯，你妹妹死了。”

他松开我的手。我从他身边走开。弗农在身后追我。“碧翠斯……”我听见芬伯勒警探把她叫了回去："她想一个人静静。"

我很感激他。

我坐在一片黑色的小树林下，光秃秃的树枝在寂静的雪中死气沉沉。

我是什么时候知道你已不在人世的？是芬伯勒警探告诉我的时候，是我看到弗农苍白的脸上满是泪痕的时候，还是看见你洗手间里那些化妆品的时候？抑或是母亲打电话告诉我你失踪的时候？我到底是什么时候知道的？

我看见他们从废弃的洗手间里抬出一副担架。担架上是一个裹尸袋。我朝担架走过去。你的一缕头发卡在拉链上。

我终于知道了。

我为什么要把这些写下来给你看？上次我回避了这个问题，只是提及了我需要清楚事情的来龙去脉，也说过我要像点彩派画家的画作一样，了解事情的点点滴滴。但我回避了核心问题：为什么偏偏要写给你？难道这是一个近乎疯狂的虚假游戏？用床单和毯子搭成帐篷，制成海盗船或者城堡。你是无畏的骑士，里奥则是神气活现的王子，我是公主，是故事的讲述者，这个故事是按照我的逻辑讲述的。我一直都是那个讲述故事的人，不是吗？

我觉得你会听见我说话吗？答案既是肯定的也是否定的。选择权在你，我每个钟头都在想这个问题。

简单地说，我需要跟你谈谈。母亲曾跟我说过你出生前我不大爱说话，后来我有了一个可以倾诉的妹妹，话匣子便关不住了。即便现在我也不愿停下来。一旦停下来，我便像丢了魂似的，怀念彼时的我。我知道你没办法批评或者评论我给你写的信，其实我知道过去你常会批评、揣测我的信。只不过现在只能由我跟你沟通，这也是我跟你沟通的唯一方式。

而且，写这封信还是告诉你，为什么你会被人谋杀。我可以从结局开始，告诉你答案，告诉你最后的结局，但你肯定会提问，到时候我还得往回翻几页才能回答，然后你又会抛出另一个问题，到时候又会回到现在。所以，我得把我发现的问题一五一十地告诉你，而不是当个事后诸葛亮。

“有个我没见过的警察叫我去辨认她。”

除了那个跟恶魔的交易，我已经把告诉你的事情全都跟莱特先生说了，当然，叙述的过程中还有些无关紧要的跑题。

“当时是几点？”他问道，声音很亲切，整个笔录过程都是这种态度。但我没办法回答他，你被发现的那天像是时空错乱了。一分钟有半天那么久，一小时又转瞬即逝。如同孩子的童话书，我仿佛在某个世界里过了几星期，又仿佛过了数年，即使朝着右边第二颗星直走，也永远不会天亮[①]。我仿佛置身于达利的画中，到处都是软塌塌的钟[②]；又像身处疯帽子先生[③]的下午茶派对中。难怪奥登说过这样的话：“停下所有的时钟。”那是疯狂的人绝望地想抓住理智的稻草。

“我当时并不知道几点。”我回答道，决定冒险把真相讲出来，“那天，时间对我没有任何意义。通常时间能改变、影响一切事物，但当你的至亲去世的时候，时间并不能改变什么，再多时间也不能改变这点，所以，当时，时间对我来说没有任何意义。”

当我看到你的那缕头发时，便知道悲痛跟再也无法挽回的爱一样。我承

---

① 出自《彼得潘》，第二颗星是指去永无乡的路标：“如果你问彼得潘，那个永远长不大的男孩会对你说：朝着右边第二颗星直走，走到天亮就到了。”——译者注

② 萨尔瓦多·达利，西班牙超现实主义画家和版画家，以探索潜意识的意象著称，曾创作《永恒的记忆》，里面的钟表都变成了柔软、有延展性的东西。——译者注

③ 《爱丽丝梦游仙境》中的角色。——译者注

认，这么说莱特先生或许无法理解，但我只希望他能更多地了解你死亡的现实。短短几天、几小时，或是几分钟自然无法释怀。记得那些二十世纪三十年代生产的咖啡勺吗？每一把勺子都如同融化的糖果。我就是这样过活的，什么都得以微小的单位来衡量。但你的死亡如同浩瀚的大海，我正在下沉。你知道海水可能有七英里深吗？阳光也无法照射到那么深的地方。那里是无尽的黑暗，只有一些奇形怪状、无可辨认的生物才能生存，在你去世之前，我哪里知道还会有这种怪异的情绪在内心滋长。

“要休息一下吗？”莱特先生问我，那一瞬间，我怀疑我会把心里的想法大声说出来，他则会担心我是个疯婆子。幸好我把自己的想法压在了心底，他也很体谅我。不过，我不想这天再重来一次。“我想把事情说完。”他一愣，几乎无法察觉，但我感觉他在强打精神，从没想过这样的事情会让他这么难做。在《古舟子吟》里，老水手[①]讲述自己的故事令其难堪，但那些参加婚礼的可怜宾客被动听到那个故事时同样勉为其难。他点点头，我继续讲述。

“警方把我妈带到了伦敦，但她没办法去辨认苔丝，于是我独自一人去了警局的停尸房。一名警佐陪我前往。他快六十岁了。我忘了他的名字，不过他对我挺好的。”

我们进入停尸房，那名警佐一直紧握着我的手。我们经过一间验尸房。闪亮的金属表面、白色的瓷砖和刺眼的光亮无不让人觉得那是一间高科技含量十足的厨房。他领着我进入你所在的房间。防腐剂的气味扑面而来。警佐问我是否准备好了。这样的事情我如何准备？不过我仍旧点点头，他把布掀开了。

你穿着那件厚厚的冬衣，是圣诞节我送你的礼物，那时我生怕你冻着。你仍然穿着它，我居然傻傻地高兴起来。死亡的颜色无法用语言描述，没有

① 出自柯勒律治的诗作《古舟子吟》。——译者注

哪个色卡能描绘你脸庞的颜色。那是颜色的反义词，是生命的反义词。我摩挲着你仍然闪着光亮的头发。

“她很漂亮。”警佐握紧我的手。

“是的，现在也很漂亮。”

他用的是现在的时态，我想他没听清我的话。但我现在觉得他是想描述得更好一些。死亡并没有将你的一切都剥夺。他说得对。即便如此你也很漂亮，一如莎士比亚悲剧作品中的女主角一样美。你变成了苔丝狄蒙娜、奥菲莉娅、科迪莉亚，死亡令你苍白、僵硬，你是一个屈死的女主角，是一个憋屈的受害者。但你从不悲剧、从不憋屈，也从未是个受害者。你快乐、充满热情、无拘无束。

我看到你外套的两个厚厚的袖子被血浸透了，现在已经干了，羊毛随之变得僵硬。手臂内侧有伤痕，你的生命正是从那些地方流逝的。

我不记得他问过什么话，也不记得我是怎么回答的，只记得他紧握着我的手。

我们离开那幢建筑物，那位警佐问我要不要通过法国警方将这件事告诉父亲，我向他表示感谢。

母亲在外面等我。“对不起，我不忍看到她现在的样子。”我在想不知她是否觉得我就忍心。“你可以不用做这种事情的，”她继续说，“他们应该使用DNA什么的辨识身份。这种方式太野蛮。”我不同意，不管多残忍，我必须亲眼见到这个残酷的现实，只有看到你毫无血色的脸，才愿意相信你已不在。

“你一个人去没事吧？”母亲问。

“有一个警察跟着我，他人很好。”

“他们都很好。”她总得从好的一方面考虑这件事情，“媒体那样对他们不公平，不是吗？他们不能做得再好了……”她的声音渐弱。这样的事情哪有一丝一毫的好。

“她的脸……我是说，是不是……”

“没有一丝伤痕，很完美。”

“多漂亮的一张脸啊。”

“是的。”

“她向来都很漂亮，但脸总是被头发遮住，让人很难看清。我总是告诉她把头发扎起来，要么剪个发型。我是说这样大家就能看清楚她那张漂亮的脸蛋了，倒不是说我不喜欢她的发型。”

母亲突然有些崩溃，我只得扶着她。她靠在我身上，我们紧紧地依偎在一起，自从我下飞机后，我们都需要这种亲近感。我没有哭，好羡慕母亲，她的痛苦像是都随着眼泪流了出来。

我开车送母亲回家，扶她上床，坐在她旁边，直到她入睡。

午夜，我开车回伦敦。行驶在 M11 公路上，我打开车窗，放肆尖叫，叫声盖过了引擎的声音，盖过了高速路上的喧嚣，我对着黑洞洞的地方大声喊叫着，直到喉咙生疼，声音沙哑。到达伦敦时，路上冷冷清清的，寂寥的人行道上空空如也。很难想象这漆黑、荒废的城市到了早上又会充满光亮，人来人往。到底是谁杀了你，我还没想过，你的死扰乱了我的思绪。我只想回到你的公寓，似乎那样才会离你更近。

抵达你的公寓时，车上的时钟显示是凌晨三点四十分。我记得这个时间是因为这天已不是你被发现的那天。你已经成为过去。人们总会以这样的话聊以自慰，“生活还得继续”，他们不明白，你的生活在继续，而你爱的人的生活却已终结，这难道不是人生莫大的痛苦？你被发现的那天已经结束，今后的每一天都不一样。希望、我和你的生活却画上了句号。

漆黑中，我摸着冰冷的栏杆，顺着台阶走进你的公寓。因为肾上腺素的作用，加上寒冷的天气，让我更难以承受你已经死亡的事实。我在那个粉红色的仙客来花盆下摸索着钥匙，指关节在冰冷的混凝土上摩擦。钥匙不在那儿。我看见前门半掩着，便走了进去。

有人在你的卧室里。我心中只有悲痛，再无其他的情感，开门的那一刹那我并不感到害怕。一名男子在翻找你的东西。一瞬间，愤怒代替了悲伤。

“你在干什么？！”

我悲痛得无法自已，那是一种从没有过的情绪，这让我连自己的话都辨识不出了。那人转过身来。

“先到这里吗？”莱特先生问。我瞥了一眼时钟，差不多七点了。总算让我把找到你那天的事情说完了，我有种如释重负的感觉。

“抱歉，我不知道这么晚了。”

“你说过，当挚爱的人去世后，时间已经没有任何意义。”

我不知道他是不是明白这句话的意思，感觉我们的境遇并不对等。过去的五小时，他将我的情感外衣剥得精光。我们之间一阵沉默，我差点儿也想让他将内心的情感向我袒露。

“我妻子去世两年了，是车祸。”

我们目光相交，同是天涯沦落人。我们如同参加同一场战争的两个老兵，战争让我们疲惫不堪，备受感情的折磨。狄兰·托马斯说得不对。死亡的确能占据上风。死亡赢得了战争，附带的伤害便是悲痛。当年我还是英语文学系的学生时，从没想过跟诗人争辩，更不用说学习他们的语言了。

莱特先生陪我去走廊，朝电梯走去。有名清洁工正在用吸尘器打扫卫生。其他的办公室一团漆黑。他摁下电梯按钮，陪我一起等电梯。我独自进入里面。

电梯下行时，我尝到喉咙里有股苦涩的胆汁味。在述说这段记忆的同时，我的身体也在记忆，恶心的感觉再次涌上心头，像是身体要把我所知道的一切都祛除。心脏再次扑通扑通地胡乱撞击我的肋骨，掠走肺里的空气。我晃晃脑袋，脑袋仍然痛得要命，一如你被发现的那天。你死亡的事实在我脑子里不断地爆裂开来。就像我跟莱特先生说话时一样，我再次感觉到像是蒙着眼睛在雷区行走。你的死亡永远不会向记忆缴械投降，我总有一天会学会如何绕道而行，但不是今天。

我离开那幢房子，夜很暖，但我仍然哆嗦着，胳膊上汗毛直竖，像是在竭力保持身体的热量。我不知道是刺骨的冷还是惊魂未定让我那天哆嗦得那么厉害。

跟昨日不同，今天我已经感觉不到身后有任何威胁，也许是因为在我描绘出你那天被发现的情形后，我已经没有任何精力去恐惧了。我决定步行，而不是乘地铁回家。我的身体需要接受现实世界的信息，而不是活在回忆里。还要等一小时我才会到“郊狼”酒吧值班，所以，步行回家也有时间。

你很吃惊，没错，我的确很虚伪。至今我仍然记得那个高人一等的语调。

“去酒吧当侍女？你就不能找一份不是那么……”我声音渐弱，但我知道后面跟着的是“脑残”“有失身份”“毫无前途”这些形容词，来形容这份工作。

“我只不过是找个混饭吃的工作而已，又不是一辈子干这个。”

“可你为什么不找个白天的工作呢，这样总能有点意义吧？”

“这不是白天的工作，是晚上的工作。”

你幽默的腔调后面蕴含着一丝怒气，你能看到隐藏其中的嘲讽之意：我不相信你作为画家的前途。

白天或者晚上的工作对我来说没有意义，这是我唯一的工作。老板出于同情准了我三星期的假，如今他的同情心也到头了。不管怎样，我得告诉他我今后打算怎么做，因为要待在伦敦，我提出了辞呈。这样的做法让我看起来像是个很好打交道的人，我能灵活地应对各种状况，却放弃了设计公司高级经理的职位，做了一名几乎没有休息时间的兼职酒吧侍女。但是你知道我不是那样的人。我在纽约的那份工作有稳定的薪水和退休金计划，每天按时下班，这也是我四平八稳生活的最后一个立足点。可奇怪的是，我喜欢在“郊狼”上班。

步行起作用了，四十分钟后，我的呼吸平缓下来。心跳也带着明显的节律，终于想起你曾跟我说过，至少得跟爸爸打个电话。不过我想他的新娘远比我会安慰他吧。没错，他们结婚八年了，但我仍然觉得她是新娘，洁白无瑕，她的青春和假钻头饰光彩夺人，从未因为失去什么而伤痕累累。难怪父亲会在我们和她之间做出这样的选择。

我来到“郊狼”酒吧，看到贝蒂娜已经把绿色的雨棚搭起来，正将那张旧木桌摆在外面。她张开双臂欢迎我，等着我前去拥抱她。要是在几个月前，我定会拒绝。幸好我现在没那么固执，没那么难以取悦了。我们紧紧地拥抱在一起，我很感激这样的肢体语言，终于没再颤抖。

她关切地问我：“你现在可以工作了吗？”

“我没事，真的。”

“我们看了新闻。他们说审判会在夏天进行？”

“是的。”

“你估摸我什么时候能把电脑要回来？”她笑着问道，“我的字写得太潦草了，没人看得清菜单。”

警方知道你经常用那台电脑，便把它拿走了，想检查里面有什么东西可以有助于他们调查。她的笑容真迷人，总是能够感染我。她用一只胳膊揽着我，陪我进去，我这才发现她在特意等我。

我上班的时候仍然觉得头痛、恶心，但是，即便有人注意到我这么安静，

也无人对我说三道四。我向来擅长心算，所以做酒吧侍女这样的活儿对我来说信手拈来，但我却没办法跟客人谈笑风生，幸好这活儿由贝蒂娜干了，今天晚上我全指望她了，以前碰到这样的事情我也是指望你。酒吧里都是些常客，把我当成老员工，对我礼貌有加，既没向我提问，也没对发生的事说长道短。他们圆滑的处事风格让人佩服。

回家时已经很晚了，我骨头都快散架了，很想倒头就睡。幸好只有三个不死心的记者还在等我。也许他们是需要钱的自由职业者。周围没有成堆成堆的人，也没人大声冲我喊出问题，或者将镜头对着我的脸，这更像是鸡尾酒派对上的场景，至少他们清楚我或许不想跟他们说话。

“赫明小姐？”

昨天他们还叫我“碧翠斯”，我对这种套近乎的方式厌恶至极（也有叫阿拉贝拉的，这是从那些准备工作做得实在马虎的记者嘴里喊出来的）。那名女记者跟我保持着一段礼貌的距离，仍在继续发问：“我能问你几个问题吗？”这是那个星期天晚上我听见她在厨房窗户外面用手机通话的记者。

“你是不是更希望待在家中给小孩读睡前故事呢？”

她显然很吃惊。

“我那天听到你说话了。”

“今晚我儿子跟他姑妈在一起。可惜睡前故事挣不了钱。你能跟大家说说你妹妹的情况吗？”

“她给她的孩子买了手指画的颜料。”

我不知道为什么会说起这个。也许是因为这是你第一次不仅考虑眼前，还为未来做了打算。记者想打听别的消息，这不难理解，她还在等待。

我想用一句话概括你，想起了你的那些特征，脑子里却不由自主地给你打起了广告：漂亮，聪慧，正值妙龄，受人欢迎，追求快乐的生活，我听见你笑了。我没有提及你的幽默感，但你显然有这样的特质。我想起了人们为什么喜欢你。但就在列出这份清单的时候，突然觉得这无异于一份讣告，你这么年轻，怎能写下讣告。一位上了年纪的男记者之前一直没说话，现在也开口了："她真的被学校开除了吗？"

"是的。她讨厌规矩，特别是那些荒唐的规矩。"

他潦草地记录下来，我继续搜肠刮肚地寻找可以形容你的长句。可是一个主句后面能接多少从句呢？

"赫明小姐？"

我迎着她的目光："此刻她应该好好地活着。"

我只用一句话概括你。

我进入公寓，关上门，听见你对我说我以前对父亲太苛刻。你说得没错，但当时我仍然非常生他的气。你还太小，不知道他离开后母亲和里奥是怎么熬过来的，里奥三个月后就死了。理性地说，里奥是因为患了囊性纤维症才离开的，当时里奥病得很厉害，父亲没办法忍受看见他那个样子，母亲也非常紧张，心脏团成了一个小球，几乎无法将血液送到身体的其他器官，更别说还会在意其他人了。所以，从理智的角度看，父亲有他的理由。但他毕竟有过孩子，所以我觉得他没有任何理由抛弃我们（是的，"有过"，因为他的两个孩子已经死了，第三个也已不是小孩）。

你相信他会回来的承诺。我比你大五岁，但并不比你聪明，我也像童话故事里那样幻想能有一个圆满的结局。可是我在大学的第一个晚上幻想便破灭了，因为我觉得圆满的结局已经没有任何意义。因为跟父亲在一起的时候，我从不奢望会有圆满的结局，只是盼望有一个幸福的开始。我希望在童年时能得到父亲的照顾，而不是成年后去父亲那里找到一份答案。但如今，这点我也无法确定。

我看见你家窗外的记者都已散去。布丁弓着腰，在我脚边喵喵地叫，向我"敲诈"更多的食物。我喂给它吃的，又在罐子里放满水，然后来到厨房门外。

“这是你的后院吗？”我第一次来到你公寓的时候问过你，惊讶于你家的“后院”并非美国人传统的花园，其实只是铺了几英尺见方的瓦砾，上面有几个带轮子的垃圾桶。你笑了。“到时候会很漂亮的，碧儿，等着瞧好了。”

我很勤劳。把所有的石头都清走了，松了土，种上植物。你向来热衷于园艺，不是吗？我记得你小时候就拿着儿童用的油光发亮的小铲刀，系着那条特殊的园艺围裙，跟在母亲屁股后面在花园里转悠。我却从不喜欢，倒不是因为种子和开花结果之间需要漫长的等待（你却是这种性子，一点儿耐性都没有），而是因为花开后很快就会凋谢。植物的美都是转瞬即逝的。我宁愿收集陶瓷饰品，只有那些硬如磐石、没有生命的物体才不会隔天就变形、逝去。

但现在既然住在你的公寓里，我保证好好照料你后门外这块巴掌大的地方（幸好地下室台阶通往公寓前门的那个繁茂的盆栽园由阿米亚斯打理），我每天都会给这里的植物浇水，甚至还会给花施肥。我也不知道原因，也许是因为我觉得你会在意这事，也许是因为我以前没照顾好你，现在只有靠照顾你的盆栽园来弥补？不管出于何种动机，我还是彻底搞砸了。所有的植物都死了。茎已经泛黄，只残留几片枯叶。这块光秃秃的地里什么都长不出来。我将几滴水从洒水壶里倒出来。我为什么还要给死去的植物和光秃的土地浇水呢？这样做已经毫无意义。

“到时候会很漂亮的，碧儿，等着瞧好了。”

我会把洒水壶重新装满水，继续等待。

第三章

C h a p t e r　T h r e e

如果可以忘却悲伤

她还是那个穿着沙沙作响的便袍，坐在床头，在黑暗中散发着淡淡的面霜味的母亲。

星期三

我来到皇家检察署的办公室时，发现那暗恋老板的秘书正盯着我看。实际上，她端详得更仔细了，我感觉她把我当成了情敌。莱特先生一只手拿着公文包，另一只手拿着报纸，匆匆走了进来。他冲我满怀热情地笑了笑，看来他还没从生活模式切换到办公模式。现在我知道秘书小姐铁定把我当成竞争对手了，因为莱特先生冲我微笑的时候，她的表情分明带有敌意。莱特先生却没注意。“抱歉让你久等了，进来吧。”他下意识地整了整根本不存在的领带。我跟着他去了办公室，他关上门。我感觉秘书还在门外看着他。

“你昨晚没事吧？”他问，“我知道这种情况肯定难受。”

你去世之前，我的字典里只需翻出这些形容词：“不堪重负”“心烦意乱”“垂头丧气”，最多用“一筹莫展”来形容。如今，却要找出“痛彻心扉”“伤痕累累”“天塌下来了”这样的词来形容。

他不再下意识地摆弄领带了，我们言归正传。他重复了一遍我刚才的话——“‘你在干什么？’”

那人转过身来。尽管公寓里如同冰窟，但他的脑门上却布着一层汗珠。他说话之前停顿了一会儿。不管是有意还是无意，他那带着意大利口音的腔调，听起来总像是在调情：“我是埃米利奥·科迪。要是吓到你了真不好意思。”其实我立马就意识到是他了。我觉察到危险不知是因为所处的环境，还是因为我一早就怀疑是他杀了你，抑或是我只是觉得这个人很危险，即便他跟你的事情没有关系？因为我跟你不一样，我发现拉丁人的性感——那种下巴线条轮廓分明和皮肤黝黑表现出来的阳刚之气——本身就是一种威胁而非迷人。

“你知道她死了吗？”我问，这些话听起来荒唐至极，我从不知道说这种矫揉造作的话。然后我记起了你那张毫无血色的脸。

“知道了，我看过本地新闻。真是太不幸了。”尽管这么说并不恰当，但他一开口，声音中就带着一股迷人的魅力，我觉得魅力也可能意味着陷阱，“我只是来拿我的东西，我知道这样很冒昧。”

我打断他的话：“你知道我是谁吗？”

“她的朋友吧，我想。”

“我是她姐姐。”

“对不起。实在冒昧。”

他无法掩饰声音中的焦躁，开始朝门口走去，但我堵住了他的去路。

“是你杀了她吗？”

我知道这话实在唐突，但这不是阿加莎·克里斯蒂笔下精心设计的场景。

“你一定是太伤心了……”他回答道，但我没让他把话说完。

“你本想让她流产，你要她别碍手碍脚，没错吧？”

他把手里拿的东西放下来，我发现是画布。

“你很不理智，你现在的情绪我能理解，但是……”

“滚！你给我滚！”

我把心中的怨气发泄出来，一遍一遍地冲他吼，即便他离开了我还是歇斯底里地喊着。阿米亚斯睡意未消，匆匆开了前门进来了。“我听见有人在叫喊。”沉默中他望着我的脸。不用我说什么，他已经明白了。接着，他佝偻着身子，别过身去，不想让我看到他的悲伤。

电话响了，我任凭答录机里的语音响起——“嗨，我是苔丝。”

那一瞬间，现实的规则被打破，你复活了。我一把拿起听筒。

“亲爱的？你在吗？”是托德的声音，我刚刚听到的只是答录机的问候语，“碧翠斯？是你吗？”

“她是在一间公厕被找到的。在那里五天了，就她一个人。”

接下来是一通沉默，这个消息跟他设想的全然不同。“我尽快过来。”

托德是我的安全港湾，这也是我向他托付终身的原因。不管发生什么事，我都有他可以依靠。

我看着埃米利奥留下的那一堆画布，都是你的裸体画。你跟我不一样，你从不知道害羞，这些画肯定都是他画的，画上全是你的侧脸。

“第二天早晨你没有带着疑问去找芬伯勒警探？”莱特先生问。

“是的。他说埃米利奥去拿他的画确实太麻木不仁了，但并无其他。他告诉我验尸官可能要求检查尸体，在尸检结果出来之前不能指控任何人，也不要擅自得出结论。”

他的措辞过于官方，很有节制。这无疑激怒了我。也许我只是妒忌他，我的状态极不稳定，而他却能泰然自若。

“我原以为芬伯勒警探至少应该问埃米利奥，她被害的那天他在做什么。他却说尸检结果出来前他们不知道苔丝死亡的确切时间。”

秘书小姐拿着矿泉水进来了，谈话被打断，我莫名有些高兴。这会儿，我居然渴得要命，咕咚咕咚，我一饮而尽，这时我才发现她涂了珍珠粉色的指甲油，手指上还戴着婚戒。为什么昨天我只检查了莱特先生的左手？我为暗恋老板的秘书小姐感到难过，虽然不是肉体出轨，但每天上午九点到下午五点半，她的精神已经出轨。莱特先生冲她笑了笑。“谢谢你，史蒂芬妮。”他的微笑并无弦外之音，但坦诚的笑令人着迷，可能引人误会。我在等着她离开。

“所以我一个人去见埃米利奥·科迪了。”

我的思绪回到了刚才那段危险的时刻，想到指甲油和婚戒，我的手指抓得更牢了。

离开警局时，疲惫令我有些恼火。芬伯勒警探声称他们尚不知道你的死亡时间，但我知道，就是星期四。也就是西蒙说他把你留在海德公园的那天，只是你再也没离开过公园。其他都说不通。

我给你就读的艺术学院打过电话，一位带着德国口音的秘书接的电话，她没好气地告诉我，埃米利奥在整理学生的课堂作业。但我跟她说我是你姐姐，她的态度马上缓和了，把他的地址给了我。

我开车前往那里的时候，想起了有关埃米利奥地址的对话。

“我不知道。我们只在学校或者我的公寓见面。”

“他到底想隐藏什么？”

“只是没提及这档子事而已。”

“我希望他住在霍斯顿这样的地方。有小资情调，时髦归时髦，但周围住的都是穷人。”

“你就是看他不顺眼，对吗？”

“这里到处都是涂鸦，看起来如同都市丛林。我估摸这种人晚上会拿着喷漆到处涂鸦，给这里打上时尚的标签，而不是让中产阶级的尿布堆积如山。”

“他到底怎么得罪你了？”

“噢，不知道。也许是跟我妹妹发生了关系，把她的肚子搞大了，然后什么都不管了。”

“你这样说好像我完全没能力经营自己的生活一样。”

我任凭你的声音在电话线之间回荡，听到你咯咯的笑声传来。“你不要把他当成我的导师，骂他有辱斯文。”

我跟你一本正经地说话时你从不当回事。

我总算找到了他的住处，他并没有住在霍斯顿，或者布里克斯顿，反正那里并没有出售劣质拿铁的咖啡馆，那都是具有小资情调的人光顾的地方。他住在里奇蒙，那样的地方漂亮、感性。他的房子也不是理查德·罗杰斯[①]设计的样式，而是像安妮女王的宝石，单是那个很大的前花园就顶得上派克姆的一两条街道。我走过特别长的前花园，敲响了他家古色古香的门环。

估摸你不会相信我居然穿过了整个院子，对吗？我的行为似乎很极端，但新近平添的悲痛让我早就没了逻辑和自控能力。埃米利奥开的门，我只能想到言情小说的陈词滥调来形容他，长相惊为天人，真能让人神魂颠倒，还能将一些本身暗含威胁的形容词安在他身上。

“是你杀了她吗？”我问，“你上次就没回答我的问题。”

他想当着我的面把门关上，但我顶着门没让他得逞。以前我从未用身体的力量对抗过男人，没想到自己居然这么强壮，看来之前聘请私教一丝不苟地健身的举动总算没有白费。

“她告诉房东一直接到恐吓电话，那人是你吗？”我问。

跟着，我听到他身后的玄关处传来一个女人的声音。“埃米利奥？”他的妻子站在门口。我至今仍然保留着跟她有关的电邮。

---

① 英国著名建筑师。——译者注

寄件人：tesshemming@hotmail.co.uk
收件人：碧翠斯·赫明的 iPhone 客户端

嗨，碧儿，我们的关系开始之前我向他打听过有关她的事，他跟我说他们结婚很仓促，在一起的时候倒也轻松，不过并不后悔。他们喜欢这种相伴的感觉，但有好几年没再发生性关系了。谁也不会吃对方的醋。你现在满意了吗？

寄件人：碧翠斯·赫明的 iPhone 客户端
收件人：tesshemming@hotmail.co.uk

亲爱的苔丝：

那还真是便宜他了。我想她应该也有四十几岁了吧，时间对女人要远比对男人残酷。除此之外她还能怎么办呢？肯定不开心啦。

Lol

碧儿

另，你为什么用 Coreyshand 字体写邮件？看着怪费劲的。

寄件人：tesshemming@hotmail.co.uk
收件人：碧翠斯 · 赫明的 iPhone 客户端

亲爱的碧儿，你走在绷得笔直的道德钢丝上，纹丝不动，而我只是轻轻一晃，便掉了下来。我相信他。这件事谁也不会受到伤害。

苔丝，亲亲亲亲

另，我觉得这种字体看着挺舒服。

又另，你知道 Lol 是大声笑的意思吧？

寄件人：碧翠斯 · 赫明的 iPhone 客户端
收件人：tesshemming@hotmail.co.uk

亲爱的苔丝：

你不会真这么幼稚吧？动动脑子。

Lol

碧儿

（在我看来，Lol 是无尽的爱的意思。）

寄件人：tesshemming@hotmail.co.uk
收件人：碧翠斯 · 赫明的 iPhone 客户端

动动脑子？你是不想让我给你写信了吧？赶紧离开美国回家吧。过得开心，亲爱的。

苔丝，亲亲

在我的想象中，她是一个四十几岁的女人，韶华已逝，而她的丈夫仍然青春。在我的想象中，他们在二十五岁结婚的时候还是对等的，但在十五年的婚姻生活中，两人的地位早已不相称。但玄关里站着的女子不到三十岁，有着一双令人心生怯意的淡蓝色眼睛。

“埃米利奥，出什么事了？”

她的声音如同刀切过玻璃一样清脆，透着一丝贵族气质，想必这房子是她的。我没有看她，问题直接抛向埃米利奥：“上星期四，也就是一月二十三日，我妹妹遇害那天你在哪儿？”

埃米利奥转身看着妻子：“我的一个学生，苔丝·赫明。昨晚本地新闻提到她了，记得吗？”

新闻播出的时候我在哪儿？在太平间陪你？扶母亲上床？埃米利奥一只手揽着妻子，声音不卑不亢：“这是苔丝的姐姐。她心里难受，有点儿……口无遮拦。”他想把我打发走。他就是这样打发你的。

“看在上帝的分上，苔丝可是你的情人。你认识我只是因为你昨晚想把你的画从她的公寓拿走，恰好被我撞见了。”

他的妻子盯着他，脸色突然变得暗淡。他将她抱紧。

“苔丝暗恋我而已。她只是一厢情愿，后来有些失控。我只想确保她没在公寓里捏造针对我的东西。”

我知道你想让我怎样反唇相讥：“孩子也是她一厢情愿的吗？”

他的手臂仍然揽着妻子，她一动不动地站在那里，一句话也没说。“哪里有什么孩子。”

对不起。顺便再为接下来的事情表示歉意。

“妈妈？”一个小女孩从楼梯上走下来。他妻子牵着孩子的手：“该睡觉了，宝贝。”

我以前问过你他是否有小孩，你却对我问出这样的问题感到惊讶。“当然没有，碧儿。”你的原话是这么说的，“当然没有啦，如果他有小孩，我是不会跟他发生关系的，你把我当什么人了？”你的那根道德钢丝也许比我更宽一点儿，但这是你的底线，你是不会跨越的。在父亲发生那件事之后你是绝不会触碰的，这也是他在家竭力隐瞒的事情。

埃米利奥当着我的面砰的一声把门关上了，这次我的力量没能抵得过。我听到他将门链挂上了。“不要来骚扰我和我的家人了。”我独自站在门阶上，对着门大声喊叫着。我反而成了门阶上站着的疯婆子。他摇身一变，成了这个小家庭的受害者，被困在那个古色古香的漂亮家中。我知道，前一天我还说过警匪片里的台词，此刻，我仿佛置身于好莱坞。但在现实生活中，没有任何先例可循。

我在他们的前花园等着。天色渐晚，寒冷刺骨。这个陌生的花园白雪皑皑，周遭的一切都是我不熟悉的东西。我听到圣诞颂歌在脑中静静地演奏。你总喜欢欢快的曲子。《叮当欢乐颂》《东方三贤士》《先生，上帝福佑你们》，为派对、礼物，为欢乐的时光唱歌。我向来喜欢一些安静、发人深省的曲子。比如《平安夜》《在晴朗的午夜降临》，现在的歌是这样唱的：隆冬时节 / 寒风低吟 / 地冻如铁 / 水若磐石。我之前并不知道这首歌是为逝去的亲人唱的。

埃米利奥的妻子从屋里走出来，打断了我沉默的独奏。一盏安全灯亮了，照亮了她来时的路。我想她肯定是来宽慰她家花园里的这个疯婆子的，免得这里被弄得鸡飞狗跳。

“我们还没来得及介绍呢。我叫辛西娅。”

也许贵族生来就有冷静的基因。我下意识地对这个陌生、正式的礼貌做出反应，伸手向她：“我叫碧翠斯·赫明。”

她并不像在握手，而是捏着我的手。她的礼貌蕴含更温暖的意味：“对你妹妹的事深感抱歉，我也有个妹妹。”她的同情似乎是发自内心的。

“昨晚新闻播出后，”她继续道，“他说他的笔记本电脑落在学校了。说很贵，对他的工作非常重要——他撒起谎来眼都不眨一下——可晚饭前我明明在他的书房见过那台电脑。我以为他出去跟别的女人鬼混了。”她说话的语速很快，像是要赶紧了却此事，“其实我早就知道了，我只是不想拿这事跟他吵。我以为那件事早几个月前就结束了。不过，这些都是我自讨的。我都知道。他以前就是这样对他第一任妻子的，只不过我以前从没意识到他前妻受的委屈。”

我没有回答，但我发现在这个近乎虚假的环境里，我居然不自觉地喜欢上她了。从房子里射出光来的安全灯熄了，我们几乎身处黑暗中，一种莫名的亲切感油然而生。

“他们的孩子怎么啦？”她问。我自始至终只把他当成你的孩子。“死了。”我说。我想她在黑暗中淌着泪水，不知道是为你的孩子还是为她失败的婚姻而流。

“他多大了？”她问。

“出生的时候就死了，想来没有年纪吧。”

胎死腹中这样的字眼令四周一片死寂。我看见她的手下意识地搭在腹部，先前我并未发现她的肚子稍稍隆起，也许已经有五个月的身孕了。她不管不顾地抹去眼泪：“接下来的话可能会让你失望，上星期四埃米利奥整天都在家里工作，他每星期都会拿出一天时间干活。我整天跟他在一起，后来还去参加过酒会。埃米利奥手无缚鸡之力，不提道德层面的东西，至少从身体条件来说，他没本事伤害任何人。”

她转身准备离去，但我还是打算在她的生活里丢下一枚炸弹。

“苔丝的孩子得了囊性纤维症，这意味着埃米利奥肯定是携带者。”

我多多少少打击到了她。

“不过我们的女儿很健康。”

我和你打小就了解遗传学，如同其他的孩子在成长的过程中逐渐了解他们父亲喜欢的足球队一样。尽管现在上速成班有点儿不合适，但我尽量让她明白其中的道理。

“囊性基因是隐性遗传，所以，即使你和埃米利奥都携带这种基因，同时又带有健康基因，你们的孩子也有百分之五十的机会患病。”

“如果我没有携带囊性纤维症这种基因呢？”

“那你的孩子不会遗传，只有父母双方同时携带才有可能。”

她点点头，仍然心有余悸。

“最好去检查一下。”

“好的。”

我想让她颤抖的声音平复下来：“即便是最糟糕的情况，现在也已经有了新的治疗方案。”

我在白雪皑皑的花园里感受到了她的温暖。“费心了。”

埃米利奥站在门阶上，大声喊她的名字。她没有动，也没有理会他，而是专注地看着我：“希望杀害你妹妹的凶手伏法。”

她转身慢慢朝房子走去，打开安全灯。在灯光的照耀下，我看到埃米利奥一只手揽着她，但她挣脱了，双臂紧紧地抱在胸前。他瞥见我在望着他们，转身离去。

我在寒冷的黑暗中一直等到屋子里的灯熄灭。

我沿着天寒地冻的路面驱车回到你的公寓时，托德打来电话说他已经上了前往希恩罗机场的航班，早上能到，想到他我多了些许安全感。

转天早晨，我站在机场抵达区的栏杆旁，他走过来的时候我并没有认出他，我的目光还在其他人身上搜寻，难道我把他当成了理想化的人，抑或是把你也理想化了？我看到他的时候，他似乎比我印象中的瘦了一些，身形也更小了。我对他说的第一句话是问他有没有看到你寄给我的信，但是并无消息。

他给我带来了一箱衣服，反正他把认为我能用得上的东西都拿来了，包括在你的葬礼上穿的正式服装，还有我的美国医生开的安眠药处方。他到这里的第一天早上就让我好好吃饭。我知道在这里描述我们的关系有点儿偏题，但我只是把自己的想法说出来。

他是我的安全绳，可他仍然不能阻止我下坠。

托德来这里的事我没告诉莱特先生，但我把我跟埃米利奥在门阶上的冲突，以及我在花园跟他妻子谈话的事跟他说了。

“我知道埃米利奥有动机杀害苔丝，比如害怕丢掉工作，也有可能怕自己的婚姻受到连累。现在我还知道他撒谎成性，为了自己的私欲歪曲事实。即便在苔丝的姐姐我面前，他还声称泽维尔只是一个意乱情迷的学生做的白日梦。”

“你相信科迪太太为他做的不在场证明吗？”

“当时我肯定相信，我喜欢她。但后来我想了一下，她可能会为了保护自己的女儿和未出生的孩子选择撒谎。我想她首先考虑的肯定是她的孩子，她不会愿意让他坐牢的，即便发现丈夫不忠，看在女儿的分上，她也不会离开埃米利奥。”

莱特先生低头看着面前的文件：“你没将这次跟他见面的事告诉警方吗？”

这份文件肯定是警方调取的关于我的电话记录。

“没有，两天后，芬伯勒警探告诉我，埃米利奥·科迪在他的上司海恩斯探长那儿投诉了我。”

“你觉得他这么做的原因是什么？”莱特先生问。

“我也不确定，当时我并没有多想，因为在同一个电话中，芬伯勒警探说他们已经拿到尸检结果了。他们这么快就拿到结果还真是让我惊讶，不过他告诉我，碰到这样的事情他们总是设法快一点儿，这样家人也好举行葬礼。”

抱歉在你死后还要再对你的尸体动刀，这是验尸官要求的，我们也就没说什么。我觉得你不会介意，你向来对死亡看得很开，并不留恋遗体。里奥去世的时候，我和母亲紧紧抱着他的尸体，自欺欺人地觉得我们仍在抱着里奥。而六岁的你却走开了，你的勇气让人心生怜悯。

而我对死亡充满同情心。我们发现拇指姑娘死在小屋里的时候，你当时才五岁，哭着用纤细的手指戳它的尸体，想发现死亡是什么样子的。十岁的我紧紧地用丝巾裹着它，总觉得尸体是受人尊敬的、珍贵的。我听见你笑话我这么在意一只兔子，但问题是，我总是相信尸体不仅仅只是灵魂的归宿。

但是，你被发现的那晚，我强烈地感觉到，你离开了你的身体，你的灵魂如同旋风一样飘然而去。你在人生相反的方向追逐绚丽的云彩。也许我的想象力是被你厨房里挂着的那幅夏加尔[①]的画作启发的，但是不管是什么原因，我知道你的身体已经不能再承载你的任何东西。

莱特先生看着我，我不知道自己沉默有多久了。

“你对尸检结果怎么看？”他问。

“很奇怪，其实我并不在意她的尸体有什么状况。”我说，决定将夏加尔和追逐绚丽云彩的想象力压在脑海中。但我还是向他透露了一点儿：“孩子的身体几乎是他们的全部，也许是因为我们的双臂能抱起一个小孩，能抱住他整个人。但当我们长大后，身体已经不能再承载我们的全部。”

“我问你对尸检结果怎么看的意思是，你相信他们的结论吗？”

我尴尬极了，庆幸没有把夏加尔那档子事说出来。他看着我，脸上的表情柔和下来：“抱歉我没有说清楚。”

我仍然觉得刚才的话荒唐至极，不过还是冲他笑了笑，姑且算是自我解

---

① 马克·夏加尔，俄国画家。——译者注

嘲。其实我知道他是想要我谈谈对尸检结果的看法，但就像我之前问及芬伯勒警探为什么结果出得这么快一样，莱特先生问起时，我再次答非所问。现在，我必须说出真实的想法了。

“那天晚些时候，芬伯勒警探把尸检报告拿到公寓，告诉我结果。”

他说他宁愿亲自交给我，我觉得他人真好。

我从你起居室的窗户看到芬伯勒警探正沿着陡峭的地下室台阶下来，我当时在想他为什么走得这么慢，是因为台阶上结了冰块十分湿滑，还是因为他并不期待这次会面。跟在他后面的是女警弗农，她的鞋子是防滑的，比较适合这样的天气，她戴着手套的手紧紧抓着栏杆，以防摔倒，她是个通情达理的女人，晚上还得回家照顾孩子。

芬伯勒警探进入你的起居室，但并没坐下，也没脱去外套。我试图把你的暖气开到最大，但你的公寓仍然出奇的冷。

“从尸检报告上来看，我想苔丝在生前并没有受到性侵害，这点你应该感到宽慰。”

嘴上虽然没说，但我一直担心你被强奸，这样的想法一度令我抓狂。这个消息的确让我松了一口气。

芬伯勒警探继续道：“现在我们已经确定她的死亡的时间是一月二十三日，星期四。”

这样的说法证实了我之前的判断，自从与西蒙在公园见面后，你就再也没离开那里。

“尸检报告表明苔丝死因是手臂外伤失血过多。”芬伯勒警探继续说。

“而且没有打斗的痕迹，她的死没有外人介入。”

我一时没反应过来，过了一会儿才明白他话里的意思，那个过程像是将外语翻译成母语。

“不。苔丝是不会自杀的。”

芬伯勒警探一脸和蔼：“在正常情况下我相信你说得没错，但当时并非正常环境，不是吗？苔丝不仅很伤心，还得了产后抑郁症……”

我打断他的话，迁怒于他根本不了解你的为人，却胆敢在我面前这样分析你。“你见过有人因为囊性纤维症而死吗？”我问，他摇摇头，像是要说什么，但是我没让他说出口，“我们见过自己的弟弟痛苦地呼吸，却救不了他。他拼命想活下来，但仍旧被自己的黏液活活憋死了。当你见过挚爱的人为了活下来拼命抗争时，你肯定会倍加珍惜生命，不会轻言放弃。”

“我说过，在正常情况下，的确……”

“她在任何情况下都不会。”

我的情绪很激动，却丝毫没有动摇他的信心。看来我得动用我的三寸不烂之舌，跟他晓之以理：“她接到的那个威胁电话肯定跟她的死有联系吧。”

“她的精神病医生告诉我们这种情况极有可能是她幻想的。”

我很震惊：“什么？”

“医生告诉我们，她的产后抑郁症已经相当严重。”

“你是说那些电话都是我妹妹幻想的，她已经疯了？是这样的吗？”

“碧翠斯……”

“你之前告诉我她患有严重的产后抑郁症，现在为什么又突然搬出精神病这档子事了？”

跟我的雷霆震怒不同，他的语气相当有节制：“从现有的证据来看，这种可能性最大。”

“可是阿米亚斯说电话是真的，而且苔丝的失踪还是他报的案。”

“但苔丝接电话的时候他从未在场。”

我想告诉他，我到你家的时候，你的电话线都被拔了，但这不能证明任何问题。那些电话仍然可能是你幻想的。

“苔丝的精神病医生告诉我们，产后抑郁症的症状包括产生错觉和妄想。”芬伯勒警探继续道，“很遗憾，患上产后抑郁症的女人有可能伤害自己，还真有这样的悲剧。”

“但苔丝不会。”

“她的尸体旁边有一把刀，碧翠斯。”

“你是说她身上还带着刀？”

“是厨房用的刀，上面有她的指纹。”

“到底是什么样的刀？”

我也不大确定为什么会这么问，也许这让我隐约想起了研讨班上那些作威作福的发问者。他犹豫了一会儿，道：“一把五英寸长的赛巴迪剔骨刀。”

但我却只听到“赛巴迪”几个字，也许是因为它吸引了我的注意力，让我不用去听接下来这段血腥的描述。也许“赛巴迪”三个字让我吃惊，因为想到你会拥有这么一把刀我就觉得相当荒唐。

“苔丝不可能买得起一把赛巴迪牌的刀。”

我们的谈话演变成一场闹剧了吗？轰轰烈烈地开场，最后却毫无结果。

“也许她是从朋友那儿得到的呢？”芬伯勒试探性地说，“或许是别人送给她的礼物。”

“那她会告诉我的。”

同情心缓解了他的怀疑。我想让他明白，我们姐妹会事无巨细地分享生活中的点滴，因为那是编织我们亲密关系的纽带。你一定会跟我说赛巴迪剔骨刀的事，因为这东西很重要，可以直接连接你我的生活，我们会分享生活中的琐事，当然包括这种高档的厨具。

“无论事情有多小，我们都会告诉对方，想必这就是维持我们亲密关系的原因吧，无论多么不起眼的事情，我想她会主动告诉我赛巴迪剔骨刀的事。”

是的，我知道这样的说法并不足以令人信服。

芬伯勒警探的声音中满是同情，但言辞凿凿，那一瞬间我在想，不知警方是否跟我们的父母一样也会相信预先设定的参数。“你很难接受这样的结果，你需要找个人为她的死负责，这些我都能理解，但是……”

基于我对你的了解，我打断了他的话：“自从她出生后我就很了解她，这点谁也比不了我。她绝不可能自杀。”

他同情地看着我：“她孩子死的时候你并不知道，对吗？”看得出来他并不想搬出这样的话题。

我无言以对，他朝本已遍体鳞伤的我狠狠地打了一拳，令我喘不过气来。他曾经间接地告诉我，我们之间的关系并不亲密，但我转念一想，你只是去了某个地方没有告诉我罢了。关系不亲密意味着你还活着。但这次却再也无法奢望这样的结果。

“她去世之前买了航空邮票，不是吗？在展览路上的那家邮局买的。所以她一定给我写信了。”

“你收到她的信了吗？”

我拜托邻居每天去我的公寓帮忙检查，还给纽约当地的邮局打了电话，叫他们检查，却一无所获，不过现在肯定到了。

“也许她是想给我写信，但因为什么事情耽搁了。”

我自己都觉得这样的辩驳苍白无力。芬伯勒警探同情地看着我。

“我想孩子死后她肯定特别难受，”他说，“她不希望任何人卷进来，甚至包括你。”

我进入厨房，母亲以前常把这样的举动称为“消磨时间”，但这次并非为了消磨时间，而是全盘否定他说的话。几分钟后，我听到前门关了。他们不知道说话的声音会从密封不严的窗户飘进来。

女警弗农小声说：“这样会不会有点儿……”她声音渐弱，或许只是我没听清而已。

接下来是芬伯勒警探在说话，我想他的声音带着几分伤感：“她越早接受真相，也就越不会自责了。”

但我早就知道真相了。我们深爱着对方，关系亲密，你绝不会自杀。

大约一分钟后，弗农拿着你的背包走下台阶。

“抱歉，碧翠斯，刚才就应该给你的。”

我打开背包。里面只是你的钱包，钱包里放着借书证、旅行卡和你的学生证，这样的社会标签只能让你和图书馆、公共交通工具、艺术学院扯上关系，而不能证明你今年才二十一岁，被杀死在一间废弃的公厕里，五天后才被发现，最后却被认定为一起自杀事件。

我打开内袋，但并没发现里面有给我的信。

弗农挨着我坐在沙发上。“还有这个。”她从一个硬纸信封里拿出一张照片，信封夹在纸板之间，我被她的细心感动了，就像上回拍摄场景重现的节目时，她为我收拾衣服一样，“是她小孩的照片。这是我们在她的外套口袋里找到的。”

我从她手中接过那张拍立得的照片，不解地说：“可她的孩子死了呀。”

弗农点点头，作为母亲她更理解这样的做法：“这种情况下照片对她可能才更重要。”

我首先看到的是你用双臂抱着小孩的样子，手臂上没有伤痕。照片上看不到你的脸，但我实在无法想象你已经死了，到现在都觉得难以置信。

我看着小孩。他双眼紧闭，像在睡觉。他的眉毛如同铅笔画出的羽绒，并未完全成形，却几近完美。这张脸上看不到人世间的一丝粗俗、残酷和丑陋。他很美，苔丝，完美无瑕。

现在我有了这张照片，我会一直将它带在身边。

弗农擦干眼泪，以免滴在照片上，她丝毫没有掩饰自己的同情心。我在想，感情如此外露的人怎能做得了警察。此刻，我不愿去想你的孩子，不愿去想你抱着他的样子。

刚同莱特先生说了拍立得照片的事情，我唐突地站起来说要去洗手间。进入洗手间后，我关上门，眼泪夺眶而出。有个女人在洗手台旁，也许是个秘书，也许是个律师。不管是谁，她的举止都相当谨慎，没有问我为何哭泣，却在离去的时候对我微微一笑，意在安慰。我有很多话对你说，却不想告诉莱特先生，所以，我干脆坐在这里，为泽维尔哭过后，再把接下来的事情告诉你。

弗农离去大约一小时后，母亲和托德来到公寓。他开着我租来的车不辞辛劳地去小哈德森接来了母亲，证明他是个相当合格的女婿，当然，他这样的举动早在我意料之中。我把芬伯勒警探的话跟母亲和托德讲了，母亲脸上的表情似乎放松下来。“但我觉得警察搞错了，妈。”我说，却见到她有些畏缩。母亲将外套裹得更紧了：“你宁愿相信她是被谋杀的？”

“我需要了解事情的真相。你难道不想……”

她打断我的话：“我们都知道真相是什么。她精神出了问题。那位督察告诉我们的。”她擅自将芬伯勒警探晋升为督察，以此证明她的观点更有说服力，不过我还是察觉到了她声音中的绝望，“也许她压根儿就不知道自己在做什么。”

“你妈说得对，亲爱的，”托德插话道，“警方既然这么说肯定有依据。”

他挨着母亲坐在沙发上，像别的男人一样张开双腿，占据了两个人的空间，不拘小节，男子气十足，他脸上带着笑，望过一脸紧绷的我，定格在母亲和蔼可亲的脸上，笑容很是真诚。

“好在尸检结束了，我们可以准备葬礼了。”

母亲点点头，像个小姑娘似的一脸感激地看着他，他的大男子主义显然让母亲很受用。

“你们准备让她在哪里安息呢？”他问。

“安息？”好比是让她躺在床上，转天早上一切都会好起来一样。可怜的托德，他的委婉表达让我愤怒，但这不是他的错。母亲显然不介意。“我想把她葬在村里的墓地里。挨着里奥。”不妨现在告诉你，你会安葬在那里，在我感觉无比脆弱的时候，我总会幻想你和里奥在某个地方，不管在哪儿，反正会在一起。想到你们两个能拥有彼此，我的心情也就不那么绝望了。当然，要是真有这么个地方，第三个人也会顺理成章地加入。

我想告诉你接下来的事情才叫人痛苦。我从硬纸信封里拿出照片，递给母亲：“是苔丝孩子的照片。”

母亲并没有从我手里接过照片，甚至都没瞧上一眼：“可孩子死了啊。”

对不起。

“是个男孩。”

“为什么会有照片，这也太恐怖了。”

托德帮我打起了圆场：“我想应该是孩子死了后有人拍的，算是哀悼吧。”母亲看了托德一眼，这样的眼神她一般只会留给家人。托德耸耸肩，像是刻意逃避这种古怪且引人不快的主题。

我并没打算放弃：“苔丝想让孩子跟她葬在一起。”

公寓里母亲的声音突然变得格外刺耳：“不，我不同意。”

“这是苔丝的愿望。”

“她想让所有人都知道她有个私生子吗？难不成这就是她的愿望？她还想让这样的耻辱弄得满城皆知吗？”

“她从来不觉得这个孩子是耻辱。”

“那她应该这么想才对。”

母亲向来一意孤行，这样的脾性是受英格兰中部偏见四十年影响的结果。

“你想在她的棺材上刻个红色的‘A’[①]吗？”我问。

托德插话道：“亲爱的，那可不合适。”

我站起来：“出去溜达一会儿。”

“在这样的雪天溜达吗？”

言辞中更多的是责备而非关切。这话是托德说的，但从母亲口中说出更合逻辑。我以前从未跟他们独处过，也只是刚刚才发现他们的共同点。我在想难道这就是我嫁给他的原因？也许是因为这种亲密感，哪怕是消极的方面，也能带给我一种安全感而不是一种漠然的态度。

我望着托德，他来吗？

“我还是在这里陪妈吧。”

过去，我总觉得无论我的生活中发生多么糟糕的事情，总有托德可以依附。可现在我意识到，谁都不是我的安全绳。你的尸体被发现后，我感觉自己正在下坠，垂直落下，速度之快，落差之深，任谁也阻止不了。我需要一个人同我一起，在万丈深渊中陪我冒险。

我进去时莱特先生肯定注意到了我浮肿的脸。“你还撑得住吗？”

“我好得很。”我的语调听起来很轻松。他察觉这是我想要的风格，便继续道：“你有没有问芬伯勒警探要尸检报告的复印件？”

---

① 语出《红字》，19世纪美国浪漫主义作家霍桑的长篇小说。《红字》讲述了发生在北美殖民时期的恋爱悲剧。女主人公海丝特·白兰嫁给了医生奇灵渥斯，他们之间却没有爱情。在孤独中白兰与牧师丁梅斯代尔相恋并生下女儿珠儿。白兰被当众惩罚，戴上标志“通奸”的红色A字示众。——译者注

“还没有。我相信芬伯勒警探的话，尸检报告中说除了手臂上的伤并无别的异常。”

“后来你去公园了？”

“是的，我一个人去的。”

我不知道为什么强调是一个人去的，即便现在，托德令我失望的感觉仍在我心头飘荡，即便毫不相干的事情也能让我感觉到。我瞥了一眼时钟，快一点了。

“我们休息一下，吃完午餐再说可以吗？”我问。我跟母亲约了一点十分在拐角的一家餐馆吃饭。

“当然可以。”

我说过我会按照我的发现向你讲述事情的来龙去脉，不会略过什么。但如果不把母亲的感受说出来，于你于她都不公平。我定下规矩，偶尔可以绕点儿弯子。

我提前几分钟到达餐馆，通过窗户看到母亲已经在桌旁坐定。如今她已经不再做头发了，没了烫发的夹子，头发垂头丧气地搭在脸上。

见我来了，她紧绷着的脸放松下来，在餐厅中央拥抱了我，挡住了一位前去厨房的服务员，不过她并不在意。母亲将搭在脸上的头发拨开（现在长些了）。我知道，这不是母亲的风格。悲痛将母亲惯常的作风榨得荡然无存，令本已伤痕累累的我感到一种前所未有的亲近感，我想起了母亲在黑暗中穿着沙沙作响的晨衣，尚未开口说话便已让我感受到了她温暖的双臂。

我点了半瓶里奥哈葡萄酒，母亲关切地看着我：“你确定要喝酒？”

“半瓶而已，妈，就咱娘儿俩。”

“可是一点点酒精也能叫人心情沮丧。我从书上看到的。”

沉默片刻之后，我们笑了，几乎是发自内心的笑，因为同丧亲之痛相比，沮丧又算得了什么。

“如果无法忘怀过去的一切，肯定会很难熬。”她说。

“其实也没有那么糟糕。皇家检察署的律师莱特先生人很好。”

“你之前去哪儿了？”

“公园。拿到尸检结果后。”

她伸手搭在我的手上，我们像情侣一样把手搭在一起，大方地放在桌布上。“我不应该让你去的。天太冷。”她温暖的手罩在我的手上，令我的眼泪在眼眶里打转。幸好我和母亲无论去哪儿，都会在口袋或者手提包里放上两包纸巾，小塑料袋里放着湿巾。我还带着凡士林和唇膏，以及一些看似无用的急救药，以防我不分场合地哭起来，比如在高速公路上或者超市里。手提包里一大堆备用的物品跟悲痛如影随形。

“托德应该跟你一起去的。”她说，对托德的批评在某种意义上是对我的肯定。

我用手帕擦去眼泪，手帕是她上星期给我的，是小女孩用的那种棉质手帕，上面带着绣花。她说棉料的手帕没纸巾那么扎人，而且还经济些，我知道你喜欢这种做法。

她握紧我的手：“你应该被人宠爱。”

这话要不是母亲说的，我定会把它当成陈词滥调，可她从没说过这样的话，听起来怪新鲜的。

“你也一样。”我答道。

“我不确定是否值得拥有。”

你肯定会觉得这样的谈话莫名的直白。不过我早已习惯，你却没有。我们在家庭聚餐时像是总会出现幽灵，无人敢谈及禁忌话题，我们谈话时如履薄冰，总是会将话题引入死胡同，最后大家都不再说话。现在，我们要把不速之客统统赶走，什么背叛、孤独、失去、愤怒，统统赶走，只剩下我和母亲。我们视若无睹地谈论着它们。

有个问题我从未问过她，主要是因为我确定自己已有答案，不过我仔细思忖后，觉得再也没有这样的机会了。

“你为什么只叫我的中间名，而不是名字？”我问。我想她和父亲，尤其是父亲，肯定觉得阿拉贝拉是个美丽且浪漫的名字，可这个名字从一开始就不适合我，于是他们替我选了个古板的名字碧翠斯。但我想知道具体细节。

“你出生前一星期，我们去国家剧院看了《无事生非》。”母亲答道。她肯定察觉到了我的惊讶，因为她又补充道，“在有孩子之前我们经常做这样的事情，我们晚上会去伦敦，搭最后一班火车回家。碧翠斯是剧中的女主角。她勇气十足，率真、独立。虽然你当时还只是个孩子，但这些性格都适合你。你父亲说阿拉贝拉这个名字没什么特点。”

母亲的回答实在出乎意料，我有点儿惊讶。我在想如果我小时候就知道这个名字的由来，我一定会加倍努力争取配得上这个名字。我本可以成为一个勇敢的碧翠斯，而不是成为一个失败的阿拉贝拉。不过，现在虽然我想继续听母亲讲过往的事，却没办法在上面花太多时间。刚才的问题只不过是想引出真正的问题。

母亲居然相信你会自杀，你肯定很难过，而且还是在里奥去世后，她明明知道死亡带来的后果痛彻心扉。如我说过的那样，我想告诉你，出于自我保护的条件反射，她正死死地抓住一根救命稻草，但你肯定想听听她是怎么说的。

“你为什么觉得苔丝会自杀？”我问。

即便她对这个问题感到讶异，也没表现出来，她回答的时候没有丝毫犹豫：“因为我宁愿我的余生感到愧疚，也不愿让她感受一秒钟的恐惧。”

她的眼泪落在白色的锦缎台布上，但她并不介意侍应正好奇地望着她，丝毫不在意社交场合“正式”的礼数。她还是那个穿着沙沙作响的便袍，坐在床头，在黑暗中散发着淡淡的面霜味的母亲。她第一次流露出苍老的意味时我曾一眼瞥见，如今，这样的状态在我面前一览无余。

见母亲为我黯然神伤，我才明白一个人的心里竟能藏着如此浓烈的爱意。当年里奥还在的时候，我在寄宿学校，没有亲眼见到。如今，我发现她的悲恸既让人动容又是那样的美。让我感觉为人母也是件恐惧的事情，我害怕要经历她的那些事情，你对泽维尔肯定也是这样。

短暂的沉默之余又是一通沉寂。母亲终于开口：“你知道我并不怎么关心审判的事，坦白说是一点儿也不关心。”她望着我，想知道我的反应，但我仍旧不发一言。我曾在不同的场合无数次听到她说这番话了，关于伸张正义或者报仇这些事她毫不在意，她只关心你。

“她上了好几天头条。”母亲骄傲地说（我想我已经告诉过你了，她对所有媒体的关注感到自豪）。她觉得你应该出现在所有人的头版上，成为新闻的焦点，不是因为你的故事，而是因为所有人都需要了解你的一切。他们应该了解你的善良、你的暖心、你的天赋、你的美貌。母亲不会说“让时钟停下来”，而会说：“快看新闻”“打开电视啊”“看看我的女儿多优秀”！

“碧翠斯？”

我的视线模糊了，只能听到母亲的声音：“你没事吧，宝贝？”

她声音中的焦虑总算让我清醒过来。看到担忧写在她的脸上，我极不情愿让她担忧我，但好在侍应正在清理旁边的桌子，所以这样的状况没有持续太久。

“我很好。真不应该喝酒，没别的事。中午喝点儿酒就让我脑袋晕乎乎的。”

我在餐馆外面答应母亲周末会去看她，还保证会像往常一样，晚上给她打电话。我们在明媚的春光下拥抱道别，我望着她走远。在午休返工的上班族闪亮的头发和步履轻快的脚步中，母亲那头毫无光泽的灰色头发格外显眼，她步履蹒跚，似乎正在承受悲伤的重压，她佝偻着背，身体像是不堪重负。她在人群中的画面让我想起汪洋中的小船，这小船仍在漂浮简直不可思议。

不管我的问题对她的冲击力有多大，终归有个限度。但你肯定想知道泽维尔是不是跟你葬在了一起。当然，苔丝。他当然跟你葬在一起，就躺在你的怀抱里。

第四章

Chapter Four

雪地、花束、泰迪熊

我终于理解了你和母亲对园艺的热情。这是季节性的奇迹，所有的健康、成长、新生命和复苏蕴含其中。

我回去找莱特先生，继续下午的谈话，不过迟到了几分钟。我的脑袋仍然感觉怪怪的，无法集中精神，便问秘书小姐要了一杯浓咖啡。我得精神饱满而不是半睡半醒地讲述你的故事，我得把我该说的话说出来，还得回家打电话给母亲，确保她没事。

莱特先生提醒我之前说到哪儿了。

“后来你去了海德公园？”

我离开母亲和托德，穿上外套，匆匆走过地下室台阶。我以为手套放在口袋里了，结果发现只有一只。当时是下午三点左右，人行道上几乎空无一人，外面太冷，人们不会平白无故地出来闲逛。我匆匆朝海德公园走去，像是正赶着最后的期限去交差，像是做什么事情马上就要迟到了。等我来到兰卡斯特门的入口时，我停了下来。我这是在干什么？难道是想找个套索，这样我就不会胡思乱想了？“我才没生气呢！我得找到我的茶具。”我记得六年级的时候我气呼呼地跑上楼说出这样的话来。不过这次我是有目的的，即便有逃离母亲和托德的因素在内。我必须看看你生命终结的地方。

我走近那扇开着的铁门。冰天雪地的天气像极了你被发现的那天，我感觉时间将我拉回到了六天前的下午。我将那只没戴手套的手深深插进外套口袋里，朝那几间被弃用的公厕走去。我看见小孩在热火朝天地堆雪人，一位母亲在一旁看着，不停地跺脚取暖，叫他们不要玩了。这群孩子和雪人是这里唯一不同的风景，也许这就是我关注他们的原因，或是因为他们对这里发生过的事情一无所知，才让我想关注他们。我继续朝你被发现的地方走去，那只没戴手套的手被冻得刺痛。我能感觉薄薄的鞋底下面厚厚的积雪。这双鞋并不适合在雪地里行走，只适合纽约的午餐派对，那是完全不同的生活。

我来到公厕，发现好几百捧花束，这让我始料未及。虽然不能跟戴安娜王妃那浩如烟海、寄托哀思的花相比，但也很多了。有的花半埋在雪地里，肯定放在那里有数日之久了。有些被玻璃纸包裹的花仍然新鲜。还有泰迪熊，我良久才意识到这是为泽维尔准备的。那幢小建筑物外面围着警戒线，黄黑胶带把这里围成了一个干净利落的小追悼会现场。我感觉怪怪的，在你死后这么久，那些警察才姗姗来迟。警戒线和花束是这个白茫茫的公园里仅有的色彩。

我四下看了看，周围没有人，便翻过黄黑色警戒线。一个警察都没有，我并没感到惊讶。弗农曾跟我说过，犯罪现场须留有警察，站在警戒线外，不管刮风下雨。她说她有尿急的毛病，还告诉我，要是当不成警察了，肯定是因为尿急的习惯而非感情用事。好吧，我有点儿偏题了。

我进入里面，想来也不需要向你描述这里的环境。不管你处于什么状态，肯定会对周围的环境观察入微。你有一双艺术家的眼睛，但愿你最后看到的一幕并不肮脏、邪恶、丑陋。我进入隔间，看到混凝土地上有血迹，血喷溅到了剥落的墙上。我吐到了水盆里，这才发现水盆并没有连接排水系统。我知道谁也不会来这样的地方，谁也不会选择死在这里。

我竭力不去想你孤零零地在这里待了五个晚上，我试着想起夏加尔的那幅画，想象着你离开了自己的身体，但我不大确定那个时间点。你真的如我期盼的那样，在死亡的那一刻离开自己的身体了吗？也许是晚些时候才离开的。也许是在停尸间，警察揭开白布我认出你的时候，你是否觉得悲痛也得以释放？

我走出臭烘烘的建筑物，呼吸外面冰冷的空气，直到感觉肺里生痛，拜白茫茫的冰冷空气所赐。我终于明白花束的由来了，定是那些善良的人想以鲜花对抗邪恶，这是鲜花旗帜下的正义之战。我记得通往邓布兰的路上摆着许多毛绒玩具[①]。以前我从不知道原因，不明白小孩被枪杀的家庭需要泰迪熊。但我现在懂了，毛绒玩具是同情心的象征，是用来抵抗枪声、缓和阴魂不散的恐惧的。“人类并非如此。”那些祭品上如是写道，“我们并非如此。这个世界也不仅仅如此。”

我开始读花束上的卡片。有些卡片已经被雪浸透，字迹模糊不清，墨水跟浸湿的纸片融在一起。不过我还是认出了卡莎的名字，她留下一只泰迪熊，上面用稚气的字迹写下“泽维尔”（Xavier），字母“i”上面的点用爱心表示，“X”则用亲吻表示，圆圈表示拥抱。我内心对她低俗的品位很是不屑，但同时又很感动，为自己的不屑深感惭愧。我决定找出她的电话号码，回家后打个电话给她，谢谢她这么周到。

我把那些字迹尚且清楚的卡片收集起来拿回家：除了我和母亲，谁也不会想看那些卡片的。我将卡片放进口袋，看到不远处一个中年男人牵着一条拉布拉多犬，狗带绑得很紧。他手里拿着一束菊花，你被发现的那天我就留意他了，当时他正看着警方的一举一动，他的狗也想挣脱狗带的束缚。此刻，他有些犹豫。也许是想等我离去才会把花放下。我走到他跟前，他戴着一顶花呢帽，穿着巴伯夹克，像个乡绅，他应该出现在自己的庄园里，而不是伦

① 指邓布兰惨案，这起枪杀案发生在 1996 年，邓布兰一名叫作托马斯·汉密尔顿的中年男性携带四把手枪，冲进邓布兰小学体育馆，枪杀了 16 名儿童与 1 位教师。——译者注

敦的公园里。

“你是苔丝的朋友吗？”我问。

“不是。我之前甚至都不知道她叫什么名字，看了电视才知道。”他答道，“我们只是点头之交，仅此而已。当你经常遇见某个人，可能建立一种联系，当然，这种联系是微不足道的，顶多算是认得出而已。”他擤了擤鼻子说，“你真的没有权利悲伤，我知道这事挺荒唐的，你呢，你认识她吗？”

“认识。”

不管芬伯勒警探说什么，我自然是认识你的。“乡绅”犹豫着，不知道以什么样的礼节继续这次有关献花的谈话。“那名警察走了吗？他说既然这里不是犯罪现场，警戒线很快就会撤掉。”

这里当然不是犯罪现场，在警方宣布你是自杀之后，这里自然就不是犯罪现场了。“乡绅”似乎希望我做出反应，他进一步问我。

“既然你认识她，那你对事件的真相肯定比我更清楚。”

他或许喜欢这样的谈话。眼泪带来的刺痛感并非那般令人不快。尤其是恐惧和悲剧跟自己无关的时候更会撩拨人的神经，令人兴奋。他可以将此当成茶余饭后的谈资——很显然他正是这么做的——他也稍稍参与了这件事情，在这部剧里扮演了一个小小的角色。

“我是她姐姐。”

是的，这句话我用了现在时，我现在依旧是你姐姐。你死了，并不能阻止我继续成为你姐姐，我们的关系不会成为过去式，否则我现在也不会这么悲伤了。“乡绅”有些错愕。我想他原本以为我也只是个路人吧。

我旋即走开了。

空中翻飞的细软雪花突然变得浓密，像是动了怒。我发现孩子们的雪人也被新下的雪遮盖，消失不见了。我决定从公园的另一个出口出去，上回离开公园的记忆实在揪心，我不想再重走一次。

快到蛇形画廊的时候，暴风雪开始肆虐，树木和草地都被大雪吞没。不久，你的花和泽维尔的小熊也被大雪遮掩，看不见了。我的脚被冻得麻木了，那只没戴手套的手也冻得生痛。呕吐过后，嘴中还残留着一股难闻的气味。我突然萌生了去蛇形画廊的想法，看看那里有没有咖啡馆可以喝口水。但当我靠近那幢建筑物时，发现里面一团漆黑，门也被锁链锁住了。我发现窗户上贴着一张告示，画廊要到四月才开放。西蒙不可能在这里跟你见面。他是你生前最后一个跟你见面的，但他没说实话。他的谎言一遍遍地在我的脑海里重播，如同耳鸣，也是唯一没被大雪淹没的声音。

我沿切普斯托路走回你的公寓，期间我一直将电话拿在手上，等着芬伯勒警探的电话，口袋里满满当当地塞着从泰迪熊和花束上拿下的卡片。我老远就看到托德在屋外焦急地踱着碎步。母亲已经乘火车回家了。他跟着我进入公寓，担心变成了愤怒：“我一直想打你电话，可你的电话一直占线。”

“西蒙撒谎了，他根本没在蛇形画廊见过苔丝。我得告诉芬伯勒警探。”

托德的反应——其实他压根儿就没反应，说明他对我拿芬伯勒警探做挡箭牌这事早有准备。可就在这时，芬伯勒警探打来电话，我便将西蒙的事告诉了他。

电话里他的声音听起来很有耐心，甚至可以说是非常文雅：“也许西蒙只是想表现得像个正人君子。”

“用撒谎来表现吗？”

“用他们在画廊里见面这件事来表现。”芬伯勒警探居然为他找借口，这让我不免诧异。“我们得知西蒙那天跟苔丝在一起后跟他聊过。”他继续道，“我们没有任何理由怀疑他跟你妹妹的死有关。”

“可他对自己的去向撒了谎。”

“碧翠斯，我觉得你应该试着……”

我脑子里闪过他可能出口的陈词滥调。我应该“往前看”，应该“抛诸脑后”，也许还会多说几句，“接受事实，继续生活”。我还没等他把这些陈词滥调说出口，便打断了他。

“你见过她去世的地方，对吗？”

“是的，见过。”

“你认为会有人选择死在那样的地方吗？”

“我觉得这不是选择与否的问题。”

一瞬间，我一度认为他开始相信我的话了，然后我才意识到他只是将你被谋害的事实归结于精神病。如同患有强迫症的人会不受控制，千篇一律地重复同一件事，一个患有产后抑郁症的精神病也会被自己的病痛折磨，最后的归宿只有自残。一位妙龄女子，有亲朋在侧，才貌双全，却死得不明不白。即便是她的孩子死了，她的死仍然会打上大大的问号。但人们却用精神病去断言她的生命，抹去她生命为何终结的问号。你们将精神病当成凶手，断言受害者自己结果了生命。

“有人强迫她到那个恶心的地方，把她杀了。”

芬伯勒警探对我仍然很有耐心：“可是并没有证据表明有人会杀她。谢天谢地，这不是性侵案，也不是谋财害命。当初我们调查她失踪的情况时，就发现没有任何人会伤害她，事实上，谁都希望她好。”

“你至少也要再跟西蒙谈谈吧？”

“我真觉得一点儿用处都没有。”

“是因为西蒙是国会议员的儿子吗？”

我使出这样的“撒手锏”是想让他改变主意，我为自己的行为感到羞愧。

“我决定不再找西蒙·格林利，仅仅是因为这么做完全是徒劳的。”

现在我对他更了解了，在精神压力下他的言辞会更加正式。

“你还真知道西蒙的父亲是国会议员理查·格林利？”

“我不希望这次通话让我们变得生分，也许……”

“那就是苔丝不值得你去冒这个险，对吗？”

莱特先生给我倒了一杯水，向他描述那间公厕的情形令我恶心。我还将西蒙撒谎、给芬伯勒警探打电话的事告诉他了。不过，以下的事情我并没有提及，我跟芬伯勒警探通话的时候，托德把我的外套挂起来，还把卡片从口袋里拿出，一张张整齐地摆好晾干，可是他将那些湿卡片抚平的时候，我觉得他是在责怪我，并非出于关心。我知道他是支持芬伯勒警探的，尽管他只能听到我说话。

“芬伯勒警探说他不会再找西蒙后，你就决定亲自去？”莱特先生问。我觉得我在他的声音中察觉出一丝逗趣的意味，但我并不感到奇怪。

“没错，我想是习惯使然吧。”

就在八天前，我只身飞往伦敦的时候，还是一个事事逃避的人。但跟你的枉死相比，言语的冲突根本就是无关痛痒，我一点儿也不会放在心上。我以前为什么对这种事情心存畏惧，甚至满怀惧意？如今看起来这是多么懦弱、荒唐。

托德出去买烤箱了（你居然用烤架烤面包）。我们在纽约的烤箱有解冻功能，还有非常好用的加热功能。他站在门口转身面对我。

“你看上去好憔悴。”

他这是在关心我还是批评我？

“我昨晚就嘱咐过你了，你应该吃一片我从布罗德本特医生那里开的安眠药。”

批评无疑。

他随即去买烤箱了。

我没有同他解释我为什么不吃安眠药，因为我觉得那是懦夫的行为，那只会让我把你从我的记忆中抹去，哪怕几小时也不行。我也没告诉他我打算去找西蒙，因为他定会觉得阻止我做这种“如此冲动、荒唐的事情”是他义不容辞的责任。

我开车来到西蒙的住处，之前我在你的通讯录里找到一张便利贴，写有他的住址，我将车停在肯辛顿一个三层楼的外面。西蒙通过门禁叫我进来，我上到顶楼。他打开门时，我几乎没认出他。那张稚气十足的脸上写满了疲倦，他故意没有刮脸，但胡须已经有了稀疏的迹象。

“我想跟你谈谈苔丝的事。”

“为什么？我觉得你才是最了解她的。”他嘲讽道，声音中透着一丝妒意。

“你跟她关系不错，不是吗？”我问。

“是的。”

“那我可以进来吗？”

他任由门开着，我跟着他进入装饰得颇为奢华的客厅。这里肯定是他父亲休闲的住处。墙的两面是一幅巨型画作，画的是一所大监狱。凑近看了看，我发现是一幅拼贴画，监狱是由无数护照大小的婴儿脸拼贴而成的。那幅画确实吸引人的眼球，却也怪瘆人的。

“蛇形画廊到四月才会开门。你不可能在那里跟苔丝见面。”

他耸耸肩，显然不以为意。

“你为什么要撒谎？”我问。

“我喜欢呗，还能怎样。”他答道，“这样说的话让我们的见面听起来像是约会。苔丝会选择蛇形画廊作为约会的地点。”

“可你们压根儿就不是约会，对吗？”

“我编排故事的时候稍稍偏离主题真的要紧吗？难道我就不能按照自己的想法，稍微加点儿想象力？这也无伤大雅吧。”

我本想冲他大叫，可这样除了将怒气宣泄一通获得短暂的快感之外，一点儿用处也没有。

“你为什么在公园跟她见面？那天可是冷得要命。”

“是苔丝想去公园见面。她说她想到外面走走，说是在屋子里快要疯了。”

“疯了？她真是这么说的吗？”

我从没听你说过这样的字眼。尽管你唠叨个没完，但你在遣词造句的时候谨慎得很，在这方面你可是个爱国者，还批评过我的美式英语。

西蒙从一个镜面玻璃镶嵌的橱柜里拿出一个绒布袋：“也许她说的是得了幽闭恐惧症之类的话。我不记得了。”这话倒更有可能。

“她见你的理由是什么？”我问。

他只顾着摆弄瑞兹拉烟卷，没有回答我。

“西蒙……”

“她只是想让我陪陪她，天哪，你就这么不明白吗？”

“你是怎么发现她死了的？”我问，“是哪个朋友告诉你的吗？他们有没有跟你说她手臂内侧伤口的事？”

我想刺激他流泪，因为我知道眼泪会融化成又湿又咸的东西，卸下我们的防备，让我们不再保守秘密。

“他们有没有告诉你，她独自一人在那里待了五个晚上？那可是一间臭气熏天的公厕。”

他的眼泪夺眶而出，声音也变得比平常软弱：“你发现我在她公寓外面的那天，我一直在拐角处等待，等你离开后，我骑车跟踪了你。”

我隐约记得我离开海德公园时，听到摩托车发动机的声音。不过之后我再没留意。

“我在公园门口外面等了数小时。那天下着雪。”西蒙继续道，“我都快冻僵了，记得吗？ 我见你跟一个女警出来，看到一辆黑色的厢式车。谁也没跟我说过这事，我不是你们的家人。”

他眼泪直流，却没想着去忍住哭声。跟讨厌他的那幅画一样，我对他这个人也心生厌恶。

“后来，我看了本地的晚间新闻，”他继续道，“新闻很短，不到两分钟，报道说一个年轻的女子被发现死在海德公园的公厕里，还播出了她的照片，我这才知道她死了。”

他擤了擤鼻子，擦干眼泪。我觉得是时候好好质问他了。

“她为什么非要跟你见面？”

“她说她害怕，想让我帮帮她。”

眼泪起作用了。自从头一个晚上在寄宿学校，我在宿监阿姨面前哭得稀里哗啦，告诉她我不是想家和妈妈，而是想爸爸后，就知道眼泪有这样的效果。

“她有没有告诉你她为什么害怕？”我问。

“她说她老接到奇怪的电话。”

“她告诉你是谁打来的吗？”

西蒙摇摇头。我突然在想他的眼泪到底是真实的，还是众所周知的鳄鱼的眼泪，没有一丝怜悯。

“她为什么选择你，西蒙？而不是别的朋友？”我问。

现在，他总算擦干了眼泪，止住了哭声：“我们的关系很铁。”

也许他知道我怀疑，因为他的语气带着受伤的愤慨：“对你来说当然更容易些，你是她的姐姐，你有权利哀悼她，为她心碎也在情理之中。但我甚至都没办法说她是我女朋友。”

“她压根儿就没给你打电话，对吗？”我问。

他沉默不语。

“她根本不可能从你身上得到什么慰藉。”

他想点燃烟，手指却抖个不停，打火机总也对不上。

“到底怎么回事？”

“我给她打了无数次电话，但不是接到答录机上就是占线。不过，那次她总算接了电话。她说想出去。我建议她去公园，她同意了。我不知道蛇形画廊是关闭的，我本希望我们可以去那里。等我们在公园见面后，她问我是否可以留在她家里。她说需要有人一星期七天、一天二十四小时地陪她。”

他顿了顿，生气地说：“她说我是大学里唯一一个没有兼职工作的人。”

“一星期七天、一天二十四小时？”

“反正就是全天候的意思吧。我不记得具体怎么说来着。天哪，这些信息有这么要紧吗？”当然要紧了，因为我可以验证他说的是不是真话，“她很害怕，才来找我帮忙，因为我每次都能随叫随到吧。”

“可你为什么撇下她？”

刚才的问题似乎让他晃了一下：“什么？”

“你说她想跟你待在一块儿，可你为什么撇下她？”

他终于点上了烟卷，猛吸了一口：“好吧，我告诉她我喜欢她，说我多么爱她。反正什么都跟她说了。”

“你对她动手动脚了？”

“不是那样的。”

“她拒绝你了？”

“我直说吧，也用不着拐弯抹角了。她说她觉得还不能‘痛下决心’跟我做朋友。”

他荒诞的自负榨干了所有对你的怜悯和悲伤，反倒把他变成了受害者，但我的愤怒胜于他的自负。

“她向你求助，希望你能保护她，可你却乘虚而入，利用她的感情。”

“恰恰相反，她想利用我好吧。”

“那她还想跟你待在一起？”

他没有回答，但我已经猜出接下来发生什么事情了。

“没有任何附加条件？”

他依旧沉默。

“可是你并没有答应，对吗？”我逼问道。

“哑巴了？”

那一瞬间，我想我只是定定地看着他，他彻头彻尾的自私令我惊讶，来不及做任何反应。他以为我不明白。

“她叫我陪她，只是因为她被吓得六神无主了。你觉得这会让我怎么想？”

“吓得六神无主了？”

“这话有点儿夸张吧，我的意思是……”

“你之前也提过‘害怕’这样的字眼，现在又说‘吓得六神无主了’？”

“好吧，她说她觉得有个男人跟踪她进了公园。”

我强忍着没有让我的声音表现出任何感情色彩：“她有没有跟你说那男的是谁？”

“没有。我还去找他了。当时我身上都是雪，在林子里找了老半天，踩了一堆狗屎，一个人影都没瞧见。”

“你得去找警察，跟芬伯勒警探讲讲这事，他在诺丁山警局。我把他的电话号码给你。”

“没这个必要。她是自杀的，新闻都说了。”

“可是你当时就在现场。你比电视上了解的情况更多，不是吗？”我竭力隐藏心中的恐惧，用同小孩说话的口吻对他说话，尽量去哄他，“她跟你说有名男子在跟踪她。你知道她很害怕。”

“可能只是她胡思乱想产生的错觉。据说产后抑郁症会让人的精神完全崩溃。”

“谁说的？”

“肯定是电视上说的。”

他自己都觉得这话听起来不靠谱。他迎着我的目光，一副漫不经心的样子：“好吧，是我爸帮我弄清楚的。我很少求他做什么，所以上次我……”

他语音渐弱，像是懒得把一句话说完。他朝我走近一步，我闻到他身上须后水的味道，这样的味道在这间暖烘烘的屋子里格外刺鼻。令我陡然想起了第一次见他的情形，当时下着雪，他抱着一束花，坐在你公寓的外头，尽管空气冰冷，但散发着同样的须后水味道。当时我不明白，但是，如果你跟他真的只是普通朋友，为什么他又是送花，又是抹须后水？现在我知道你当初压根儿就没接受他，对吗？

“你当初等她的时候抱着一束花，身上有股须后水的味道。”

“这能说明什么问题？”

“你想再努力一次，对吗？或许她当时已经绝望，会接受你的条件。”

他耸耸肩，并没有觉得自己有什么问题。他生来就养尊处优惯了，被溺爱成现在这个样子，原本他或许能成为一个有本事的人。

我背过身去，看着那幅巨大的拼贴画，那张由无数婴儿的脸拼成的监狱。

那幅画仍然有些瘆人，我随即朝门口走去。

打开门的一刹那，我感觉脸上滴着泪，这才发现自己哭了。

“你怎么能把她留在那里？”

“她的自杀不是我造成的。”

“你从来就没错过吗？”

我是同莱特先生一起回来的，西蒙和他公寓的气味仍然刺激着我的记忆。幸好窗户是开着的，公园里刚割过的草坪散发着淡淡的清香。

“西蒙跟你说的情况你同警方说了吗？”莱特先生问。

“说了，跟芬伯勒警探的一个手下说的。他很有礼貌，但我知道没什么用。跟踪她的人就是杀人凶手，但也可能是她所谓的妄想症产生的幻觉。指向谋杀的事实也完全能被精神病套用。”

莱特先生看了一眼手表，五点十五分："要不今天就到这里？"

我点点头。大麻和须后水的味道仍然残留在我的鼻子和喉咙的某个地方，能到外面呼吸新鲜空气再好不过。

我走过圣詹姆斯公园，然后搭乘巴士前往"郊狼"酒吧。我知道你很好奇我为什么会去那里上班。起初，我问过曾经跟你一起共事的人，希望有人能提供线索，弄清楚你到底是怎么死的。但没人帮忙，他们自从星期日起就没见过你了，那时候你还没生下泽维尔，他们对你在"郊狼"酒吧之外的生活并不是太了解。就在这个当儿，我的美国老板把我炒了，他是这么说的："碧翠斯，我也很不想……"我不知道什么时候才能找到另一份工作，而我在美国的房贷很快就会把我的全部积蓄掏空。我得赚钱养活自己，于是我去向贝蒂娜打听有没有工作机会。

我穿着仅有的干净衣服，那是一件麦丝玛拉[①]衫裤套装，起先贝蒂娜以为我是在开玩笑，后来才知道我是来真的。

"好吧。找个帮手也成，咱们这里周末两班倒，周中上三个班。今晚就可以开始。时薪六英镑，如果上班的时间超过三小时，还能尝到本小姐亲自做的免费餐。"

她这么快就给我提供了一份工作，我略微有些吃惊。

"其实，"贝蒂娜说，"我真挺喜欢你的。"她看着我惊讶的表情，咯咯地笑起来，"对不起，我情不自禁。"她对我的错愕报以欢笑让我想起了你，是那样的天真。

那晚上班的时候我在想，你死了之后兼职的位置自然空出来了。但最近

① 意大利服装品牌。——译者注

我才发现早就有人顶替了你的工作，她聘用我只是出于我对你的忠诚以及她对我的同情。

从“郊狼”酒吧回家已近午夜，尽管我想到会有媒体在那儿，却没想到会有那么多。但当时已经很晚，经过这么多天疯狂地前追后堵，我原以为他们已经拿到需要的照片和视频。但我错了，我走近后才发现还有一大群人，巨大的灯光闪烁，将围在当中的卡莎照得通亮。她这两天都住在朋友家，我以为媒体的围追堵截差不多消停了，才让她回来。现在她跟我住一块儿，我想你肯定很高兴，但肯定也很好奇我们是怎么应付过来的。她睡你的床，我在起居室搭了个日式床垫，我每晚都会将其摊开，有时候我们还会挤在一起。

我朝卡莎走近时，发现她脸上露出羞怯的表情，成为这么多人关注的焦点，她急得团团转，疲于应付。我不禁怒从心头起，很想去保护她，将摄影师和文字记者都推到一旁。

“你等多久了？”我问她。

“几小时了。”

卡莎这么说的话应该是至少等了十分钟了。

“你的钥匙呢？”

她难为情地耸耸肩，说了声：“对不起。”她总是丢三落四，这让我想起了你。有时候，我发现她的粗心倒也可爱。不过今天晚上我得承认我有点儿生气（老实说，我先是在皇家检察署待了很长时间，后来又在酒吧轮班，早已筋疲力尽，现在那些记者又用长枪短炮对着我的脸，我差不多要爆发了）。

“走吧，你得吃点儿东西才行。”

离她的预产期也就一个星期了，她也不能老不吃东西，现在她的身体很虚弱，想来这样对胎儿也不好。

我一只手搀扶着她，带她进入屋里，一时间相机的咔嚓声四起。

明天，我揽着卡莎的照片旁边会有文章说今天我“救下”了卡莎。他们还真会用上“救命”“她欠我一条命”之类漫画书里才有的表达方式，把我写成一个身处险境，将短裤套在紧身裤外，在电话亭里摇身一变，手腕上长出蜘蛛网的人。他们会写我没来得及救下你（在电话亭里乔装打扮的速度尚不够快）。但正是因为我，卡莎和她的孩子才会活命。跟大家一样，读者也想看到圆满的结局。只不过那不是我的故事。我故事的结尾是卡在拉链里的一缕头发。

星期四

我途经圣詹姆斯公园，前往皇家检察署的办公室。今天的天空仍然湛蓝，正好可以对上色卡 PMS 635 的颜色，晴朗的天空充满希冀。今天早上，莱特先生将问及有关你的另一段故事，也就是我同你的精神科医生会面的过程，可现在我的脑袋里仍然很乱，我要厘清头绪，在向莱特先生讲述之前我先在脑子里预演一遍。

尼克尔斯医生的国民保健服务名单已经排到四个月以后，所以我付费才能见他。他的私人诊室一点儿也不像医疗机构，倒像高档的发廊。花瓶中的百合花、精美的杂志、饮水机……莫不如是，年轻的接待尽管表现得还算合乎礼仪，神情却相当高冷，一副要将等待的客人拒之门外的模样。等待时，我随手拿起一本杂志翻阅着（我遗传了母亲焦急时故作“无所事事”的性格）。封面上的出版日期是下个月，我还记得你曾嘲笑“穿越时空”出版的时尚杂志，说什么封面上的日期恰好可以给人们提个醒，里面的内容有多荒谬。我很紧张，脑子里生出很多想法，因为这次会面非常重要。正是因为尼克尔斯医生，警方才相信你得了产后抑郁症；也正是因为他，警方才认定你是自杀的；也正是因为他，才没有任何人想要去追查杀害你的凶手。

接待瞥了我一眼："你约的几点来着？"

"两点半。"

"你真幸运，尼克尔斯医生特意腾出时间来见你。"

"我想肯定是要收费的。"

我准备跟她杠上了。她的声音也有点儿冲："表格填好了吗？"

我把表格交还给她，信用卡的资料并没有填写。她从我手中接过表格，用不屑一顾的眼神看了看，轻蔑地说："病史那里什么都没写。"

我想起了那些患有抑郁症、心情焦虑、对现实的生活失去希望、精神处于崩溃边缘的人，那些脆弱不堪、容易受到伤害的人，他们本应该被第一个接待他们的人稍稍礼貌对待。"我不是来这里接受心理咨询的。"

她不想在我面前表现得对我的来意感兴趣，或许她可能觉得我也是个脑子有问题的病人，懒得搭理。

"我来这里是因为我妹妹被害了，尼克尔斯医生正好是她的精神科医生。"

我总算引起了她的注意。她看着我那头油腻的头发（伤心欲绝的人最先顾不上的事就是洗头）、未施粉黛的脸和明显的眼袋，她看着我脸上写满的悲伤，不过她只是把这当成疯癫的迹象。我转而一想，不知道当初你是否也曾被这样对待，你表现出来的恐惧也可以被当成精神病的症状。她从我手中接过表格，再也没发一言。

等待的时候，我想起了我曾写信告诉你我想去看心理医生的事。

寄件人：tesshemming@hotmail.co.uk

收件人：碧翠斯·赫明的 iPhone 客户端

精神科医生？！碧儿，你为什么要去看精神科医生啊？如果你真想向谁倾诉什么，何不跟我，或者跟你的朋友说说啊？

亲亲抱抱亲亲，苔丝

寄件人：碧翠斯·赫明的 iPhone 客户端

收件人：tesshemming@hotmail.co.uk

我只是觉得去看精神科医生挺有意思的，甚至很有价值，这跟找朋友聊聊可不是一回事。Lol

亲亲，碧儿

另，美国也不时兴把精神科医生叫作“shrink”[①]了。

寄件人：tesshemming@hotmail.co.uk

收件人：碧翠斯·赫明的 iPhone 客户端

但是跟我聊天可是免费的，而且最划算，天地良心，我还不会限制你一小时讲完。

亲亲抱抱，苔丝

另，他们只会分析人的个性，然后从教科书的类别上安个名目就算完事。

① 苔丝在上一封回信中把精神科医生叫作 shrink，这是美式俚语的叫法。——译者注

寄件人：碧翠斯 · 赫明的 iPhone 客户端
收件人：tesshemming@hotmail.co.uk

他们都受过严格的训练。精神科医生（可不是什么心理医生）都有医生的资质，而且很专业。如果你患有躁郁症、精神错乱，或者患有精神分裂症，你就不会说他们只会帮你洗脑了，不是吗？

Lol

碧儿

寄件人：tesshemming@hotmail.co.uk
收件人：碧翠斯 · 赫明的 iPhone 客户端

言之有理。可是你又没得那些病。

亲亲，苔丝

另，这句话我可是大声喊出来的，就怕你不明白我的意思。

寄件人：碧翠斯 · 赫明的 iPhone 客户端
收件人：tesshemming@hotmail.co.uk

我又不是说患有严重心理障碍的人才需要精神科医生，失魂落魄的人有时候也需要专业人士的帮助。

Lol

碧儿，亲亲

寄件人：tesshemming@hotmail.co.uk

收件人：碧翠斯·赫明的 iPhone 客户端

碧儿，对不起。你能跟我谈谈吗？

亲亲亲亲，苔丝

寄件人：碧翠斯·赫明的 iPhone 客户端

收件人：tesshemming@hotmail.co.uk

我有个非常重要的会议，晚点儿聊。

亲亲，碧儿

寄件人：tesshemming@hotmail.co.uk

收件人：碧翠斯·赫明的 iPhone 客户端

我本来要去工作的，而不是用贝蒂娜的电脑给你发邮件，四号桌仍在等他们点的芝士，但是不看到你的回复我是不会动的。

亲亲亲亲，苔丝

寄件人：tesshemming@hotmail.co.uk

收件人：碧翠斯·赫明的 iPhone 客户端

四号桌的人回家了，没吃上芝士。让我歇会儿，行吗？我甚至都用上了美式英语，你看我有多希望你原谅我。

亲亲抱抱亲亲，苔丝

寄件人：tesshemming@hotmail.co.uk
收件人：碧翠斯 · 赫明的 iPhone 客户端

我交班了，碧儿，我仍在用贝蒂娜的电脑，收到邮件就马上回我好吗？求你啦。

亲亲抱抱，苔丝

寄件人：碧翠斯 · 赫明的 iPhone 客户端
收件人：tesshemming@hotmail.co.uk

又不是不理你，刚才一直在开会呢。拜托别把什么事情都往精神病方面想。这事在纽约正常得很，既然在这边，那就入乡随俗吧……伦敦已经是午夜过后了吧，赶紧睡觉。

Lol

碧儿，亲亲

寄件人：tesshemming@hotmail.co.uk
收件人：碧翠斯 · 赫明的 iPhone 客户端

如果你不想告诉我，算了，不过我想你受的伤应该跟里奥有关，要不就是老爸？

Lol

亲亲，苔丝

接待不再盯着桌子,而是抬头看着我说:“尼克尔斯医生现在可以见你了。”

我朝医生的房间走去的时候，想起了那天傍晚我们通的电话（我这边的时间，你那边是深夜两点）。我仍然没有告诉你我要去看精神病医生的原因，而你却向我解释了一通，这样做根本就是徒劳。

“精神决定你是个什么样的人，我们感觉到的、想到的、相信的都由此决定。我们的爱、恨、信仰、激情也都由其决定。”

你太较真了，这让我有些尴尬，但你仍然一意孤行：“一个人怎能治疗另一个人，除非他既是神学家，又是哲学家，同时又是诗人。”

我打开尼克尔斯医生咨询室的门，走了进去。

如果你在国民保健服务机构见到尼克尔斯医生，他会穿一件白大褂，不过，如果是在他的私人咨询室，他穿的是一条褪了色的灯芯绒裤子，上面套着一件旧羊毛衫，在墙纸剥落的房间里显得有几分邋遢，他应该快四十岁了，你觉得呢?

他从椅子上起身，我觉得他皱巴巴的脸上带着一丝同情。

“你是赫明小姐吧？对你妹妹的事情深表遗憾。”

我听见他的办公桌下面传出很大的动静，看到一只老掉牙的拉布拉多犬正在打瞌睡，怕是梦见自己正在追逐兔子，尾巴还在地上摆来摆去。我这才发现他的办公室里也有股狗的味道，同候诊室百合花的香味比较，我更喜欢这里的味道，我脑子里不由自主地出现了接待员拿着空气清新剂在病人之间穿梭的情形。

他朝他旁边的一把椅子示意：“请坐。”

我落座时，看到显眼位置有一张照片，照片上的小女孩坐在轮椅上，尼克尔斯爱孩子的举动让我对他顿生好感。

“请问有什么需要我帮忙的？”他问。

“苔丝跟你说过谁在威胁她吗？”

他对这个问题显然吃了一惊，不过却摇了摇头。

“她真的有跟你说过她一直接到恐吓电话吗？”我问。

“骚扰电话吧，是的。”

“她跟你说过是谁打的吗？要么告诉我那人跟她说了什么也成。”

“没有。这些事情她都不愿告诉我，我觉得查下去也没什么用。当时，我想很有可能是推销电话，或者拨错号码了，只是因为她的精神很压抑，总觉得有人要害她。”

“你把这些也告诉苔丝了吗？”

“是的。我暗示她差不多就是这个情况。”

“她哭了？”

他惊讶地看着我，没想到我连这个都知道。我对你可是知根知底。四岁那年，你的膝盖磨破了，还流了鼻血，你却从来不哭，只有在别人不相信你说的话时，你才会泪流不止，以此表达自己的愤怒。

“你说你觉得那只是推销电话，或者打错了？”我问。

“是的，后来我才发现苔丝没有我想象得那么抑郁，但她产后精神有些问题，也就是我们通常说的产后抑郁症。”

我点点头。这些情况我已经了解过，我知道在分娩后六周容易出现精神问题。

“反正等我发现她得了产后抑郁症后，就觉得那些电话更有可能是她得了幻听症。也就是说会听见别人说话，照苔丝的情况来说，就是能听见电话的声音。”

“是她死后你才改变了你的诊断，对吗？”我提出问题时，发现他那布满皱纹的脸上闪过一丝不悦的表情。

他顿了顿，才继续说：“是的。我再跟你说点儿产后抑郁症的情况吧，也许会对你有帮助。症状包括幻想、产生错觉、幻听。可能产生悲剧性的后果，极大程度上增加了自杀的风险。”

我已经研究过了，这些情况我都很清楚。

“我现在就是想搞清楚，”我说，“是不是她死后你才改变了诊断，把抑郁症改成了精神病，也是在她死后才将骚扰电话改成了‘幻听’？”

“是的，因为幻听是精神病的一种症状。”

“她没得精神病，也没有什么产后抑郁症，她压根儿就没得病。”他想打断我，但没能成功，我继续道，“你总共见过我妹妹几次？”

“精神病学并不是关于某种特定人群的深奥知识，从亲朋好友或者家人身上就能了解，在某些严重的病例中，精神病患者同医生之间建立的长期关系也并非普通病人和心理医生的关系可比。当病人的话语中带有精神方面的病症时，精神病医生会通过专业的治疗方法诊断病人表现出来的症状。”

不知怎的，我总觉得他的这番言论事先在镜子前练习过。我重复了我的问题：“到底多少次？”

他的目光绕过我：“就一次。因为她的孩子死了，她主动约的我，她孩子刚一出生她就出院了，所以我并不是在病房看的她。她是在两天后挂了个预约急诊。”

“她是国民保健服务的病人吗？”

“是的。”

“拿国民保健服务的候诊名单来说，你的时间已经排在四个月后了，所以我才付费来见你。”

“苔丝的情况紧急。所有可能得产后抑郁症和精神病的案例都须立即处理。”

“处理？”

“抱歉。我的意思是说无须出现在候诊名单上。”

“国民保健服务需要多久预约？”

“我希望在每个病人身上多花点儿时间，不过……”

“候诊名单上的时间达四个月之久，这么多的病人需要治疗，想必你肯定背负了很大的压力吧。”

“我会尽量在每个病人身上多花时间。”

“但还是不够，对吗？”

他稍做停顿：“没错，不够。”

“产后抑郁症是否是非常严重的精神病类疾病？”

我居然知道这个，这让他始料不及，不过我事先的确调查过。

“是的。”

“需要住院治疗？”

他强烈控制着自己的肢体语言，手臂决然地放在身体两侧，穿着灯芯绒裤的双腿微微张开，但我知道他想将双臂抱在胸前，跷起二郎腿，他将内心的防备用肢体表现了出来。

“许多精神病医生会将苔丝的症状诊断为抑郁症，而不是精神病。”他心不在焉地将手伸到桌下，摸那只狗软塌塌的耳朵，像是需要安慰似的，“精神病学上的诊断要比其他医学分支上的诊断难得多，X 射线和验血之类的手段统统用不上。而且我也没办法看她的病历，所以并不知道她是否有精神病史。”

“她没有任何精神病史。对了，她跟你约在什么时候？”

“一月二十三日，上午九点。”

他并没有查看备忘录，也没有看电脑。

他显然对这次会面有备而来，他当然做了准备，也许他整个上午都在跟医疗辩护联盟通电话。我看到他的脸上闪过一丝真挚的情感，我想他并不知道这是他为自己感到害怕，还是诚心为你感到不安。

“也就是说她死的那天你见过她？”我问。

“是的。”

“那就是说她去世的那天早上，你认为她得的是抑郁症，而不是精神病。”

他无法再掩饰自己的防备，将一只脚搭在另一只上面，双臂抱怀说：“当时我没瞧见她有任何精神病的症状，也没有表现出任何伤害自己的迹象，并没有任何迹象表明她会自杀。”

我想冲他大声尖叫，你当然不会表现出任何迹象，因为你根本不会自杀，可你的手臂上却有严重的伤口。我终究没有大声叫出来，而是冷冷地说：“那就是她的死让你改变了之前的诊断？”

他没有回答。我不再觉得他那布满皱纹的脸和灯芯绒裤邋遢得讨喜，而是完全不修边幅。

“你的错误不是把她的抑郁症盖棺论定为精神病。”他试图打断我的话，但我继续说，“你的错误是从来就没相信她说的是事实。”他再次想打断我。你在告诉他真相的时候他是不是也想打断你？我想精神病医生的职责是要聆听。但也许在国民保健服务机构遇上急诊的时候，诊所里人满为患，他们根本就没多余的时间来倾听吧。

“你有没有想过那些威胁电话是真的，而且有名男子尾随她进了公园，把她杀了这事也是真的？”我厉声问道。

“苔丝不是被谋杀的。”他觉得很奇怪。

他竟然如此固执。毕竟，谋杀可以让他摆脱误诊的嫌疑。他停顿了一下，然后强迫自己把余下的话说了出来，像是这些话让他的肉体格外痛苦似的。

“我刚才就说了，苔丝有幻听症，当然，如果你愿意，我们也可以不同意这个解释。而且她还有幻视，所谓的幻视在我看来好比逼真的噩梦，这种情况对一个心情抑郁、经历丧亲之痛的病人来说很普遍。”尼克尔斯医生继续说，“但是我重新看过她的病历本，确定她得了幻听症，之前是我疏忽了。”刚才他脸上掠过的一丝不安似乎扩展到他的整张脸上，“对患有严重精神病的人来说，幻听是非常明显的判断标准。”

“什么叫‘幻听’？”

“我必须尊重病人的隐私。”

他突然想到病人的隐私，这让我觉得好生奇怪，刚才他可一点儿也没避嫌。我在想他这么说要么是有什么目的，要么就是这个庸医再次露馅。

“我叫她把她见过的东西画出来，”他继续说，表情看上去却很和蔼，“我觉得这样做对她有好处。你或许能找到那张画呢。”

这时秘书进来了。咨询时间到了，但我不打算离开。

“你必须告诉警方，怀疑她得了产后抑郁症。”

“可是我并没有怀疑。我刚才说了，她的症状确实就是这样，我之前只是看错了。”

“虽然她不是你害死的，但正是因为你，凶手才一直逍遥法外，因为你的诊断，现在谁也没去寻找凶手。”

“碧翠斯……”

这是他第一次叫我受洗时的名字。铃声响过，到时间了，现在他该忙自己的事情了，我没有起身，他却站起来了。

“抱歉，我只能帮到这里了。我不能因为你的意愿就改变我的专业判断，来佐证你推断的死因。我弄错了，判断出现了严重的失误。我必须面对这样的事实。”

他的言谈之间流露出愧疚，就像刚才引出这个话题时那样，承认自己的错误终于让他得以解脱。

让我觉得讽刺的是，比起那些应该受到谴责的自私行为，主动揽责的体面之举却让人无可辩驳。道德的高地坚实稳固，即使它使人感到不安。

办公室窗外淅淅沥沥地下起了春雨，还没落到下面的混凝土人行道上就已经吸取了青草和树木的气息。我感觉温度稍微有些下降，还没看见雨滴便闻到了它的气息，我跟尼克尔斯医生见面的事这会儿已经差不多跟莱特先生汇报完了。

“我想他觉得自己犯了个可怕的错误，现在仍然惊魂未定。”

“你叫他去跟警方说明情况了吗？”莱特先生问。

“叫了，但他言辞凿凿地说苔丝得了产后抑郁症。”

“即使这样说会对他的专业水平造成不良影响他仍不松口？”

“是的。我也觉得很奇怪。不过，在我看来他只是将所谓的道德勇气用错了地方。如果他同意我所说的，苔丝没有得精神病却被谋杀了，这对他来说是懦夫的行为。我们的会面即将结束的时候，我觉得他虽然是个蹩脚的精神科医生，却是个体面的人。”

我们休息了一下去吃午饭，莱特先生有午餐会议要参加，我便独自走了。外面仍然下着雨。

我从没对你在邮件中提出的问题做出回答，没有把我去看心理医生的真正原因告诉你。因为最终我还是去了。我和托德订婚后六星期，我以为结了婚就不会这么缺少安全感了。但我手上的订婚戒指并没有带给我原本以为的新的依靠。我去见了王医生，她是一位知识渊博、极富同情心的女士，当年，在短短的几个月里，父亲离开、里奥夭折让我有种被遗弃的感觉，她让我明白了这种感觉并不罕见，这也是我经常缺乏安全感的原因。你对那两次伤痛的解释是对的。可就在同一年我被送去了寄宿学校，所以我才觉得自己被彻底抛弃了。

在接受心理治疗期间，我才明白母亲并不是想抛弃我，而是想保护我。不过当时你还小，她可以在你面前隐藏痛苦，可却无法在我面前掩饰。她送我去寄宿学校，以为我的心绪会更平和，真是讽刺。

在王医生的帮助下，我逐渐明白当时这么做不仅对我有益，而且对母亲也有好处，我这才发现责备母亲实在草率，最后，我总算理解了母亲。

问题是，虽然将我缺乏安全感的原因找到了，却对我受到的伤害没有帮助。我内心有一样东西被打破了，虽然我现在知道那是故意的，好比除尘的时候装饰品被扫到瓷砖上，不管是不是故意的，却还是碎了。

所以你现在明白了，这就是我不赞成你对精神科医生产生怀疑的原因。尽管我也同意精神科医生不仅需要科学知识，还需要艺术感（王医生在学医之前学的是比较文学），优秀的精神科医生是具有文艺复兴时期气质的现代人，我跟你说过，我怀疑我对精神科医生的尊敬和感激都会影响我对尼克尔斯医生的看法。所以我才认定他基本上是个正人君子。

我比莱特先生早回到皇家检察署的办公室，五分钟后他才匆匆赶过来，看起来一脸的怒气，也许是午餐会议进行得并不顺利。我想会议的内容应该跟你有关。你的案子引起很大的轰动，上了头条新闻。国会要求公开调查。莱特先生肩上的担子肯定很重，可他不仅擅长隐藏自身背负的压力，而且不会将压力施加在我身上，这点我特别感激。他打开录音机，我们继续上午的话题。

"你和尼克尔斯医生见面后多久才找到那些画？"

我们都知道他指的是哪些画，他用不着明说。

"我一回到公寓就在卧室里寻找画。除了床，她将所有的家具都搬出去了，甚至把衣柜都放在起居室里，一点儿都不搭。"

我不知道为什么会跟他说这个。或许是因为，如果你是受害者，我也想让他知道你是个有怪癖的受害者，有些怪癖会惹恼姐姐。

"得有四五十张画靠在墙上。"我继续说，"大部分是油画，有的画在厚纸板上，还有几幅拼贴画。那些画的尺寸都很大，最小的都有一英尺见方。我花了不少时间才把那些画都看了一遍，我不想损害其中任何一幅。"

你的画真是美得令人瞠目，我跟你说过吧，因为我过于担心你不去挣钱养活自己，这才没说？我知道答案，我担心没人买这些色彩缤纷的巨幅画，担心跟他们的装潢风格不搭，是这样的吗？我担心你的画过于浓墨重彩，人们还没来得及欣赏颜色的触感，就担心色彩已经脱落，弄脏了地毯。

"我花了半个钟头才找到尼克尔斯医生说的那些画。"

莱特先生只看过那四幅"幻视"的画，不是你之前画的那些。但我想最令我吃惊的是它们之间的对比。

“她其他的画简直太……”见鬼，我还真得好好找些词汇形容，“赏心悦目，美不胜收。生命、光亮和色彩在画布上绽放。”

而这四幅画你用的是虚无主义色调，色卡编号 PMS 4625 到 PMS 4715，介于黑色和褐色之间，表现出来的色调令人望而生畏。我用不着向莱特先生解释这个，他的文件夹里就有照片，我瞥了一眼，虽然照片是缩小的，甚至是上下颠倒的，但仍然让我感到不安，我只敢匆匆一瞥。

“这几幅画在一大堆画后面。前一幅画的颜料会浸染到后一幅画的背面。我想她没等到干透就匆忙收起来了。”

你必须将那个女人的脸藏起来吗？藏起她尖叫时张开的血盆大口？这样你才能入眠？或是那个戴着面具、躲在阴暗处的凶狠男子是否让她深感不安，我也同样心生惧意。

“托德认为这是她患有精神病的证据。”

“托德？”

“那时他是我的未婚夫。”

我们的谈话被秘书小姐打断了，她给莱特先生带来一份三明治，显然他在午餐会议上并没有用餐，她想到了这点，在悉心照顾他。可她在给我矿泉水的时候并没有正眼瞧我。他冲秘书小姐笑了笑，笑声爽朗、迷人：“谢谢，史蒂芬妮。”很快他收起笑容，办公室也暗淡下来。

我听见他用关切的声音问我。

“你还好吧？”

“是的。”

但办公室漆黑一团，我能听见却什么也看不见。昨天同母亲吃午饭的时候也是如此，我觉得酒是始作俑者，但今天再无借口。我知道我必须保持冷静，这样黑暗才会消退。于是，我抖擞精神开始回忆，即便是在黑暗中，你那阴暗色调的画依然栩栩如生。

托德进来时，我泪如雨下。眼泪落在画上，变成了浓墨和泥浆般的褐色，顺着画布流了下来。托德抱着我："这不是苔丝画的，亲爱的。"那一瞬间，我一度燃起了希望，这些画是有人放在这里的，是别人而不是你的情感表达。"她已经不是原来的她了，"托德继续说，"她已不是你熟悉的妹妹。疯狂才是罪魁祸首，它能让人迷失本性。"他居然觉得自己对精神病了若指掌，我实在生气，他觉得十三岁那年在父母离异时自己接受过几个疗程的心理治疗就俨然变成了专家。

我转身看着那些画，苔丝，你为什么要画它们？是在传递某种信息吗？可是为什么又要掩饰？托德不明白我沉默背后正在经历激烈的思想斗争。

"得找人弄明白这些画的含义，亲爱的。"

他突然变得这么无知，像是只有犯下不可饶恕的错才能体现出他的男人气概，像是你的死亡一下把他变成了一个十足的男子汉。这次，他察觉到了我的愤怒："对不起，用疯狂这个词来描述确实不恰当。"

当时我并没有说话，只是生气，压根儿就不同意他的说法。"'精神病'远比'疯狂'糟糕得多。"我想你不可能成为疯帽子先生或是像三月兔[①]一样的精神病。没有哪本轻松好玩的童话书里能描述这样的形象，这也不是李尔王在疯言乱语中发现惊天真相时表现出来的精神错乱。我想，疯狂可以解读为一种紧张和烦恼层面的情感体验，甚至要对其显赫的文学血统毕恭毕敬，但精神病不是这样，它令人恐惧，让人避之不及。

可现在我对疯狂同样害怕，无暇顾及它的文学血统。我也意识到我先前的观点并非是作为受害者而是作为旁观者的角度说出来的。"美丽的天堂没有疯狂……"因为丧失了理智、自我，带来绝望的恐惧，不管什么样的标签，

① 疯帽子和三月兔都是《爱丽丝漫游奇境记》中的角色，比喻疯狂。——译者注

你只管往上贴。

我找了个借口离开公寓，托德很失望。想必他本觉得这些画能结束我“拒绝面对真相”的状态。我听过他的这番说辞，那是在纽约的时候他跟我一个共同的朋友小声通电话，他以为我听不见，甚至还跟我的老板说过。在他看来，你的画能让我面对现实，可现实一连四次出现在我眼前：一个尖叫的女人、一个恶魔般的男人。那是几幅带着精神病特征、叫人恐惧、如同地狱般的画。我还需要什么？现在我当然可以接受你自杀的事实，向前看。我们还可以把这些事情抛诸脑后，继续我们的生活，将那些老掉牙的格言警句变成现实。

外面已经天黑，空气中寒意阵阵。二月初并不是一个适合四处走动的日子。我再次摸了摸口袋里那只并不存在的手套。如果我是实验室里的小白鼠，那我也是个非常糟糕的实验样本，不会从中吸取教训。我想滑倒在台阶上总比用那只裸露的手抓住被雪覆盖的铁栏杆要糟糕。于是，我决定抓住栏杆，可摸到冰冷刺骨的金属，我的手一下子缩了回来。

我知道我没有权利生托德的气，因为如果真生气，我也希望他变回我熟悉的托德，通情达理、头脑清醒、尊重权威，不会造成不必要的尴尬。我会跟警察争得面红耳赤，在门阶上和公寓里跟成年男子针锋相对，无视权威，你肯定会觉得开心，这一切都是为了你。

我走过湿滑的街道，上面的泥巴凝结成冰。我意识到托德压根儿就不了解我，当然，我也不了解他。我们之间的关系仅限于闲聊，却从未聊至夜深，从未奢望将身体上的接触升华到精神上的碰撞。我们从未凝视过对方的眼睛，因为如果眼睛真是心灵的窗户，这样的举动未免有些无礼，有些尴尬。我们的关系如同环城公路，只会绕开激烈的情绪和复杂的感情，在内心深处，我们形同陌路。

天气太冷，我不再往前走，便回到了公寓。走到台阶顶端的时候，黑暗中我跟一个人撞在了一起，吓了一大跳，原来是阿米亚斯。我想他见到我时肯定也很惊讶。

“阿米亚斯？”

“真对不起，吓到你了吧？这边……”他为我打着手电筒，让我看清脚下，我这才发现他身上背着一袋土。

“谢谢。”

我突然想起我住在他的公寓。

“我们住在这里应该给你付房租的。”

“完全不用。苔丝已经付过下个月的房租了。”

他肯定猜到我并不相信他说的话。“我叫她用画抵租金。”他继续道，“就像毕加索用他的画付餐馆的饭钱一样。她已经提前画了二月和三月的画给我了。”

以前我以为你跟他住在一起，他跟你一样也是个懒散之人，不过他身上却有一种难能可贵的品质，不是吗？透着一股阳刚之气，却不失上流社会的贵族气息，既没有大男子主义的思想作祟，也不势利，让我想起了黑白色的蒸汽火车、软呢帽和穿着印花裙的女人。

“我觉得这个地方住起来不是那么舒服，”他继续说，“我提出来改造得现代化一点儿，可苔丝说这样有特点。”

我先前却为厨房缺乏现代化生活设备、浴室状况不佳、窗户还有缝隙而抱怨过，现在我感到羞愧不已。

我的眼睛渐渐适应了黑暗，这才发现他一直在照料你的盆栽，那双裸露的手沾满了泥巴。

“她每星期四都会来看我。”阿米亚斯继续说，“有时候会喝点儿东西，有时候会一起吃晚饭。她肯定有很多别的事情要忙活。”

“她喜欢你。”

我知道这些都是真的。你总有不少体面的朋友，什么年龄段的都有。我希望你老了后也会有年轻人愿意同你结交。等某天你到了耄耋之年，也可以跟比你年轻数十岁的人聊聊天。我沉默不语，阿米亚斯却一点儿也不见怪，他若有所思，在开口之前似在关切我思想的列车什么时候才会停下来。

“我报案的时候警方并没有重视，直到我跟他们说了骚扰电话，他们才如临大敌。”

他别过头继续照料那些盆栽，出于礼节，我也想等他思想的列车停下来才插话。

“苔丝跟你说过电话的事吗？”

“她只是说接到恶毒的电话……她就跟我说了这些，因为她说她拔掉电话线了，担心我打电话给她。她以前还有个手机，但我想已经丢了吧。”

“恶毒？她用的是这样的字眼？”

“是的。至少我认为是这样的。人老了真不中用，不能确切地记住以前发生的事。不过她还哭了，尽管她已经尽力忍着，但还是哭了。”他顿了顿，竭力保持镇定，“我叫她去报警。”

“苔丝的精神科医生告诉警方，那些电话是胡思乱想的。”

“他也是这么跟苔丝说的吗？”

“是的。”

“可怜的苔茜。”自从父亲离开后我再也没听人这样叫你名字，“可惜没有一个人相信她。”

“是的。”

他转身望着我：“我听过电话响，这个情况我也同警方说了，但我也没办法说这是骚扰电话。不过在那之后，她很快就把钥匙交给我保管了……两天后她就死了。”

借助橘黄色的路灯，我看见他脸上的表情很是痛苦。

“这不是你的错。”

“谢谢，你真是个好人，跟你妹妹一样。”

我在想要不要把钥匙的事情告诉警方，可这样做并无区别。他们会觉得这又是你幻想的。

“有个精神病医生认为她疯了。你觉得她疯了吗，我是说生完孩子后？”

我问。

“没有。她只是非常难过，我想是吓坏了，但没有疯。”

“警方也认为她疯了。”

“警局有人见过她吗？”

他继续种植球茎，那双苍老的手皮肤薄如纸张，因为关节炎变得畸形，冷天肯定很痛。我想这肯定是他用来应付悲痛的方法。将看似死了的球茎种下去，到了春天又会奇迹般地开花。我记得里奥死后，你和母亲似乎也用大量时间打理花园，直到现在我才明白当中的联系。

“它们叫阿弗雷德国王，”阿米亚斯说，“她最喜欢的水仙花，因为会绽放出金灿灿的花。这种花本是秋天种植的，但它六星期后就会发芽，所以到春天应该会开花。”但就连我都知道，不能在冰冻的土里种植东西。不知怎的，一想到阿米亚斯种的球茎永远都不会开花，我不禁有些生气。

为了避免你多想，没错，我打一开始就对阿米亚斯做的这些事情表示怀疑。我怀疑每个人。但就在为你种植水仙花的时候，我最后残存的那点儿怀疑也烟消云散了。抱歉，我的确怀疑过他。

他冲我笑了笑：“她跟我说科学家曾把水仙花的基因转入水稻里，就能种出含有维生素 A 的大米了。多好啊。”

你也跟我说过。

“水仙花里含有维生素 A，所以花才呈现黄色。是不是很神奇，碧儿？”

“是的，我也觉得挺神奇。”

我的设计团队折腾好一番后给一家植物油批发公司设计了一种新标志，我正绞尽脑汁地想这事，他们用的是色卡 PMS 683，真让人头疼，已经有一家竞争对手在使用了。你不知道我的脑子还有别的想法。

“过去因为缺乏维生素 A，有不少孩子都失明了，但现在，有了这种新的大米，就不会再担心这种事了。”

那一刻，我没再去想那个标志。

“有了水仙花里的黄色物质，孩子们就看得见了。”

一种颜色可以拯救人的视力，我想你是因为这个事实才觉得这种做法简直是神来之笔。我也冲阿米亚斯莞尔一笑，我想那一刻，我们以同样的方式想起你了：热爱生命，热爱生命的无数可能性，热爱每天都有的奇迹。

我的视力再次恢复正常，从黑暗变成了光亮。我对那个无法关掉的灯泡及从大窗户里倾泻进来的春日的阳光感到异常高兴。我看到莱特先生正关切地看着我。

“你的脸色好苍白。”

“我很好，真的。”

“今天就到这里吧。我还要开个会。”

也许他真的要开会，但更有可能是他考虑问题很周到。

莱特先生知道我病了，我想肯定是他吩咐了秘书，才让我一直有矿泉水喝，所以他才早早结束今天的谈话。他敏感地察觉到我身体有恙却不想明说，我的确不想说，不到万不得已我是不会说的。

你已经知道我的身体不好，对吗？你在想我为什么不多讲讲我的状况。如果听说昨天午餐时我喝了一杯酒就晕过去了，你肯定觉得很荒唐。我不想骗你，我只是不想承认我的身体很虚弱。因为我必须保持强壮的身体才能做好这份笔录，我必须坚持。

我晓得你一定想知道我为什么会生病，我会告诉你，等故事到了某个阶段，等你的故事也变成了我的故事，那时，我就不会去想生病的原因，因为我的思想、我的懦弱会掉头就跑，不再追究原因。

震天响的音乐打断了我的独白，我来到公寓旁，透过没挂窗帘的窗户，我看见卡莎在二十世纪七十年代的劲歌金曲中跳得正起劲。她也看见我了，很快就从前门出来，拉着我的手，甚至都没让我脱掉外套，就要我跟她一起跳舞。实际上她经常跳。“跳舞对身体好。”她如是说，可是今天我实在跳不下去，只好找了个借口，坐在沙发上看她跳。她跳舞时满面红光，汗流浃背，大笑说孩子也喜欢跳舞。她快活得很，压根儿就没考虑即将面临的问题：没有工作，单身母亲，还是个身处异乡的波兰人。

楼上阿米亚斯也随着音乐的节拍跳着踢踏舞。他第一次这么做的时候我以为他想叫我们把音量关小一点儿。其实他自己也很喜欢。他说卡莎没住在这里的时候太安静了。我终于劝下气喘吁吁的卡莎不要再跳了，跟我一起吃东西吧。

卡莎看电视的时候，我给布丁喂了一碗牛奶，然后拿着洒水壶到后花园，把门打开一点儿，以便能看清屋里的状况。暮色将沉，天气转冷，春日的阳光尚不够强烈，没能让温暖的空气延续至夜晚。我看到篱笆那头，你的邻居在同样的区域放了三个带轮子的垃圾桶。我在给枯死的植物和光秃秃的泥地浇水时，在想为什么要这么做。你的那些邻居肯定觉得我的举动很荒唐，我自己也是这么想的。突然，就像魔术师的手轻轻一抖，我看到本已枯死的枝叶上长出几片嫩芽。我的心头涌起一丝莫名的兴奋和诧异，便将厨房的门开得很大，照亮小花园。园中所有枯死的植物都长出了细细的嫩芽。远处，灰色的泥土里簇拥着一团深红色的叶子，今年夏天，一株牡丹将会再次绽放它最美的一面。

我终于理解了你和母亲对园艺的热情。这是季节性的奇迹，所有的健康、成长、新生命和复苏蕴含其中。难怪政客和教会要将绿芽比喻成经济复苏和万物更新，将他们自己比喻成春天。今天晚上，我也放飞思绪，想象自己的最终归宿，希望死亡不是最终的结局，在世界的某个地方，有里奥最喜欢的书《纳尼亚传奇》里的天国，那里白女巫早已殒命，雕像重获生命。今夜，这一切似乎并不是那么遥不可及。

第五章

Chapter Five

右边的第二颗星

“你知道鸟儿唱歌的时候也会按照一定的顺序吗？”他问，“先是画眉，然后是知更鸟，再是鹪鹩、苍头燕雀、柳莺和歌鸫。这里以前还有夜莺。”

星期五

虽然晚了，我还是慢慢朝皇家检察署的办公室走去。我发现在讲述这个故事时，有三件事情对我来说特别难。第一便是发现你的尸体，接下来发生的事算是第二件，听起来微不足道，只是一张账单，影响却相当大。我正闲逛的时候，听见母亲说已经八点五十分了，我们快迟到了。“快点儿，碧翠斯。”然后你骑着自行车嗖嗖地经过我们身旁。书包挂在车把手上，眼里透着快活的因子，你车轮飞转，经过行人身旁时带来一股清醒的空气，他们冲你微笑。我们可没这么多工夫，碧翠斯。但你知道我们也在争分夺秒。

我来到莱特先生的办公室时，他对我的迟到并没有抱怨，只是用塑料杯递给我一杯咖啡，肯定是他在电梯旁边的自动售货机上买的。我很感激他的体贴，而且我知道，跟他讲接下来发生的事情时我之所以有点儿踌躇，是因为我不希望他把我想得很差劲。

我和托德挨着你的福米卡桌子坐下，面前是一堆邮件。我发现帮你把邮件分类让我莫名宽慰。我列了一个清单，轻而易举地给你的邮件分好类。我们先从用红色标记的加急邮件开始，然后再整理那些不太着急的账单。跟我一样，托德也擅长生活中程式化的东西。我们分工合作，其乐融融。我感觉这是他来伦敦后我第一次跟他这般心有灵犀。我记起了我们走到一起的原因，记起了生活中的一些琐事在我们之间搭起沟通的桥梁。我们之间平凡的关系建立在具体的细节上，而不是在激情上。但我仍然珍视这种细微的联系。托德去跟阿米亚斯谈“租赁合同”的事了，尽管我说我怀疑根本就没有这玩意儿。他却说只有问了才知道（我觉得此举很明智）。

他身后的门关了，我打开下一张账单。自从你死后，这是我感到最轻松的时刻。我甚至想象着整理信件的时候泡杯咖啡，打开广播第四频道时的样子，我突然有种梦回正常生活的错觉，那一瞬间，我能想象没有丧亲之痛的时光。

“我取出信用卡替她付了电话费。自打她的手机丢了，我每个月都会帮她付话费。那是我送给她的生日礼物，她说我太大方了，其实也是为了我好。”

我跟你说过其实我只想确保你能打电话给我，想跟我煲多久的电话粥都行，不用担心账单的问题。有件事我没告诉你，我想确保我打电话给你的时候，你的手机能联系上。

“这个月的账单要比前几个月多，逐条都记下来了，所以我决定查下通话记录。”我慢条斯理地说出这话，“我看到她在一月二十一日那天拨过我的手机。打电话的时候按照她这边的时间是下午一点，纽约时间是早上八点，我应该正搭乘地铁上班。我不知道为什么电话还接通了几秒钟。”我必须立即着手调查此事，否则我就没办法再从头开始了。“那天是她生下泽维尔的日子。她肯定在分娩之前给我打了电话。”

我暂停了一会儿，没有看莱特先生的脸，然后继续道：“接下来，她在晚上九点也给我打了个电话，纽约时间是下午四点。”

“那是八小时后了。你觉得为什么隔这么长时间？”

“她没有手机，一旦离开公寓去医院，就很难打电话给我。还有，可能也不是什么急事，我是说，我反正也没时间去她那里，陪她生孩子。”

我的声音变得很小，莱特先生得朝我弓着身子才能听见。

“打第二个电话的时候她一定是从医院回到家了。她想将泽维尔的状况告诉我。这个电话持续了十二分二十秒。”

“她在电话里说了什么？”他问。

我的嘴突然变得很干，连说话必需的唾液都没有。我抿了一口冷咖啡，但嘴里仍然十分焦渴。

“我没有跟她说话。”

“亲爱的，你可能不在办公室，要么就是在开会脱不开身。”托德跟我说。他从阿米亚斯那里回来，对你用画抵房租的事深表怀疑，却发现我在哭。

“不，我就在办公室。”

我刚结束给设计部门的简报，回到办公室，时间比我想象得久。我隐约记得崔西说你在等我，我老板也想见我。我叫她告诉你我回头再打给你，好像还用便利贴记下了这事，离开的时候贴在我的电脑上。也许之所以忘记就是因为我写了下来，就觉得不需要记在脑海里了。不过这算哪门子借口。我没有借口。

“我没有接她的电话，也忘了回电话。”我因羞愧难当声音细若蚊蚋。

“孩子早产了三周，你没可能预见这种事。”

但我应该早有先见。

“一月二十一日，是你升职的那天。”托德继续说，“所以你不记得别的事情也正常。”他几乎像是在打趣，主动为我找了个借口。

“我怎能忘记？”

“她没有说那件事情很重要，甚至没给你留口信。”

撇清我的责任意味着把责任加到你身上。

“她不需要说这事很重要，再说了，她要怎么给秘书留言？说她的孩子死了吗？”

我说话的态度不友好，试图将一部分愧疚转移到他身上。不过，这份愧疚为我独有，与他人无干。

“后来你去了缅因州？”莱特先生问。

“是的，临时决定的，只去了几天。她的孩子早产了三周。”我居然想这样可怜巴巴地挽回颜面，真是看不起自己，“她的电话单上显示她被害的前一天以及当天早上给我的办公室和公寓打了十五次电话。”

我看到电话栏那里都是我的电话，每一个电话都表示我抛弃了你，每一个电话都是对我的指控。

“她打到我公寓的电话只持续了几秒钟。”

这么短的时间只够把你的电话接到语音信箱。我应该留言说我们不在家的，但我没有这么做，不是因为我临时起意走得匆忙，而是因为出于安全考虑。“不应该把我们不在家的事广而告之。”我不记得这话是托德还是我说的了。

我想你肯定认为我会很快回来，才没有留言。也许你只是觉得没有亲耳听到我的声音，没办法把那个可怕的消息告诉我。

天知道你给我的手机打了多少次电话。我应该设置转接的，因为我们待的地方一点儿信号都没有。

“但你曾试过给她打电话吧？”

我觉得他这么问只是出于好心。

“是的。但那间小屋没有电话线，我的手机又没信号，所以我只能在去餐厅的时候给她打电话。我的确试着给她打过几次电话，但她的电话总是占线。

我当时在想她可能在跟朋友聊天，或者拔掉电话线了，好全神贯注地画画。”

但这不是借口，我本应该接你的电话。我一开始就应该接的，即便没有接到我也应该立即给你回电话，不断拨号，一直到你接电话为止。如果我没有联系上你，我应该找人去看看你，然后立即搭机飞往伦敦。

我嘴巴干涩得说不出话来。

莱特先生起身：“我去给你倒杯水。”

他身后的门关上了，我站起来在房间里踱步，像是这样才能让我不那么内疚。但我走动的时候内疚感如同我那丑陋的影子一样如影随形。

此前，我自信是个体贴他人、心细如发的人。我会认真地记得每个人的生日（我把生日记在日历本上），会第一时间寄出感谢卡（我会提前买好，放在办公桌最下面的抽屉里）。但看到你的电话账单上我的一长串号码就知道我一点儿也不细心。我过于关注生活中一些细枝末节的事，却对一些重要的事情视而不见，这是多么自私、多么残酷的事实。

我像是能听见你在问我，要我回答你。芬伯勒警探告诉我你在生孩子的时候，我为什么没有意识到你没办法打电话告诉我？我为什么老想着你并没有什么要紧事跟我说，却没有想到是我让你没有机会告诉我？我以为你还活着，在来伦敦之前不知道你已被人杀害了。后来，在你的尸体被发现的时候，我脑子里毫无逻辑可言，连时间顺序都已混乱。

我无法想象你到底会怎么看我（是无法想象还是不敢想象？）。你肯定很惊讶我在写这封信的时候竟然没有先道歉，然后对我的粗心大意进行解释，希望你能理解。可事实上，我实在没有勇气。我只能尽量推迟道歉的时间，因为我没办法给出任何解释。

苔丝，要是可以重来，我愿意付出任何代价。但跟童话书里不同的是，没可能回到过去，没办法回到右边的第二颗星[①]，透过窗户发现你仍鲜活

① 仍然指童话故事《彼得潘》中永无乡的路标。——译者注

地躺在床上。我可没办法回到几星期前，只需在卧室里进进出出，就有热腾腾的晚餐等着我，我已被原谅。但再也没可能从头开始，没有第二次机会。

你眼巴巴地指望我的时候，我却不在。

你死了。如果我接了你的电话你可能还活着。

这就是事实。

对不起。

莱特先生回到房间，给我拿来一杯水。我记得他妻子是在一场车祸中去世的。或许是他的过失，可能是他酒后开车或者一不留神所致，看到有人跟我感同身受，我的内疚感没那么强烈了。但我不能问他。我喝了那杯水，他重新打开录音机。

“你知道苔丝曾经求助于你吗？”

“是的。”

“而你一直没觉得异常？”

“是的。”

内疚感再次涌上心头，你曾经寻求我的帮助，我们的关系又是那样的亲密，我了解你，知道你绝不可能自杀。要问我的信心是否动摇过？还是稍稍动摇过。想到你没把孩子的事情告诉我，想到你在害怕的时候没有向我求助，我还是有些拿不准，总觉得我们没有那么亲密了，甚至怀疑我是否真正了解你。冷静下来后，我在私下里想：“你是否真的会珍惜生命，怎么都不会自杀？你给我打来电话已经给出了答案，虽然这个答案的揭露是多么痛苦，但这答案毫无疑问是肯定的。”

转天早晨，我很早就醒了，发现天还没亮。我想吃一粒安眠药，这样才不那么内疚，也不会那么痛苦，但我不能这么懦弱。于是我小心翼翼地下了床，生怕吵醒托德，我走到外面，希望自己别再胡思乱想了，至少暂时不用纠结了。

当我打开前门，我发现阿米亚斯拿着手电筒，还往你的衣盒上放购物袋。他也看到了我。

我肯定表现出一脸困惑的样子，因为他随即解释道：“鸟儿大清早就会叽叽喳喳地叫个不停，我也不知道这些鸟为什么偏偏喜欢这条街，不过原因恐怕也只有它们知道了。”

“我一直都不明白鸟儿为什么一大早就叫个不停。”不知道这样说是在迎合他还是不让自己胡思乱想。

“它们唱歌一方面是在吸引配偶，另一方面是在标记自己的领地。”阿米亚斯答道，“可惜人类不能用音乐的方式做同样的事，不是吗？”

“是的。”

“你知道鸟儿唱歌的时候也会按照一定的顺序吗？”他问，“先是画眉，然后是知更鸟，再是鹪鹩、苍头燕雀、柳莺和歌鸫。这里以前还有夜莺。”

他跟我说鸟儿唱歌这档子事的时候，我就知道能找到杀害你的凶手。

“你知道夜莺一个晚上能唱三百首歌吧？”

这就是我铁了心要达成的目的，再没时间内疚了。

“有个音乐家将云雀的声音减慢后发现跟贝多芬的《第五交响曲》很像。”

我比以前更觉得你应该赢得正义。

阿米亚斯继续跟我讲“鸟儿合唱团”的音乐奇迹，我在想，他是否知道这样的举动让我深感慰藉，总觉得他可能知道，他是有意让我思考，而不是让我一个人暗自神伤，他给了我一曲舒缓的音乐让我宣泄情感。黑暗中，我试图聆听鸟儿的歌唱，却并无声音。在这样的寂静和黑暗中，很难想象阳光明媚的清晨会充满燕语莺声。

九点刚到，我便拿起电话，拨打了警局的号码。

“麻烦找下芬伯勒警探。我是碧翠斯·赫明。”

托德睡眼惺忪地看着，有些不快：“亲爱的，你在干什么？”

“我有权要一份尸检报告。弗农给了我一堆公文，里面只有尸检报告的简短摘要。”

我之前太被动，过于轻信别人给我的信息。

“亲爱的，你这是浪费大家的时间。”

我发现托德并没有说“你在浪费时间”，而是说你在浪费其他人的时间，有些人我压根儿就不认识，托德厌烦的时候从来不会遮掩，我以前也一样。

“她去世的前一天，每小时都给我打了电话，天知道我的手机接了多少电话。就在同一天，她还把备用钥匙给了阿米亚斯，因为她很害怕，不敢放在花盆下面。”

“也许她只是刚刚意识到应该不怕麻烦，做好最基本的安全措施。”

“不是的，阿米亚斯告诉我，她接到骚扰电话后才这么做的。她被害的那天，十点给我打了电话，肯定是她从精神病医生那里回家后打的，接下来每隔半小时都给我打电话，一直到一点才没再打，那个时候她肯定去邮局了，然后再去海德公园跟西蒙见面。”

“亲爱的……”

“她跟精神病医生说她很害怕。西蒙说什么她需要有人二十四小时陪她，说她吓得‘六神无主’了，还看到有人跟她进了公园。”

“这些都是她说的，可她不是得了产后抑郁症……”

芬伯勒警探终于接了电话，打断了我们的谈话。我告诉他你打过很多电话到我的办公室和公寓。

“你肯定很不好受，甚至觉得是难辞其咎。”他声音中透着的善意让我很是惊讶，虽然我不知道什么原因。他对我一直都很好。“我相信这样的安慰也起不了多大作用，”他继续说，“但是根据她的精神科医生跟我们说的情况判断，我觉得即使你跟她通上电话，也会于事无补。”

“于事无补？”

“我想她打电话很有可能是向人求救，但并不意味着有人能帮助她，就连她的家人也没办法。”

“她需要帮助，是因为她当时正受到威胁。”

“没错，她的确感觉到了。但根据别的情况分析，那些电话也无法改变我们对她自杀这一事实的推断。”

“我想要份尸检报告。”

“你真的要亲自再看一遍吗？我都已经把基本的结论告诉你了……”

“我有足够的权利看报告。”

“当然。我只是担心你会很痛苦。”

“这应该由我决定，你不觉得吗？”

而且，看到你的尸体装在裹尸袋里被抬出公厕，有过这样的经历后，我觉得“痛苦”这样的字眼相对而言并非难以承受。最后，芬伯勒警探不情愿地表示会叫尸体检验科寄一份复印件给我。

我放下电话，发现托德正看着我。“你到底想在这里获得什么？”他逐词逐句的问题让我觉得我们的关系是那样的微不足道。我和他之间的关系本就是被一些细枝末节的琐事和俗事联系在一起的，但你的死不啻于晴天霹雳，将我们这种脆弱的联系撕得粉碎。我说我得去趟圣安妮医院，以这样的借口离开公寓顿时让我松了口气，要不我俩准会吵起来。

莱特先生在他面前的一个档案盒里翻找着，他的资料浩如烟海，上面全是我不理解的编码，却用并不工整的大字写着“碧翠斯·赫明”。

我喜欢亲手触碰数字旁边歪歪扭扭的字，这让我觉得事件背后的人都会受到公正的待遇。有人在档案上写下我的名字，也许同一个人还会把我的录音打印成字，呼呼作响的录音背景像一只大蚊子嗡嗡地叫个不停。

“这个时候你是怎么看芬伯勒警探的？”莱特先生说。

“他很聪明也很友善。我明白苔丝给我打电话的举动为什么会被解读为‘向我求救’，这让我很沮丧。”

“你说你后来去了圣安妮医院？”

“是的，我想安排一下，将她的孩子跟她葬在一起。”我不只是想还你一个公道，还你一个你想要的葬礼。

我早上六点半给医院打了电话，接电话的是一个很有同情心的女人，想必她对这么早打来电话的情况已经习以为常。她建议我上班的时候再来。

我开车前往医院的途中，将手机调到免提状态，给彼得神父打电话，他是母亲新教区的牧师，你的葬礼将由他来主持。我依稀记得在初次圣礼课上就听说自杀是一宗罪（要勇往直前，别被钱财引诱，直接入地狱吧）。我有了戒备心，语气也变得强硬：“所有人都觉得苔丝是自杀的，我不这么认为。但即使她真是自杀的，也不能现在就盖棺论定。”我没有给彼得神父反驳的机会，“她的孩子应该跟她葬在一起，别人不应该对她说三道四。”

“我们不会把他们葬在十字路口的，我向你保证。”彼得神父回答道，“她的孩子当然应该跟她葬在一起。”尽管他的声音很亲切，我仍然将信将疑。

“我妈妈跟你说过她还没结婚吗？”我问。

“马利亚也没结婚。”

我很吃惊，拿不定主意他是不是在开玩笑。

“没错，”我答道，“可她是处女，是圣母。”

我听见他在笑。自从你死后这还是第一次有人对我笑。

“我的工作不是四处评判他人。牧师是要传达爱和宽恕，对我这样的基督徒来说这才是本质。找到我们和他人身上的爱和宽恕之心，是我们每天都想要完成的挑战。”

你去世之前，我定会觉得他这样的言论如同嚼蜡，这种讲大道理的做法令人尴尬，最好避而远之。但自从你死后，我更愿听一些平平常常的对话，直达事物的本质，将情感和信念自然表达出来便可，无须顾左右而言他。

“你想谈论葬礼的问题吗？”他问。

“不了，这种事还是交给我妈吧。她说她来安排。”

她说过这话吗？兴许只是我想听到她这么说吧。

“你还有什么要补充的吗？”他问。

“事实上，我压根儿就不希望她下葬。苔丝无拘无束惯了。我知道这么说难免有落俗套之嫌，但我不知道是否还有别的方法向你解释。我不是说她对所有世俗的东西从不放在心上——虽然这也是事实，而是我每次想起她的时候，会觉得她在高空飞翔。她化成了天空而非泥土，我无法想象将她葬在土里。”

这是我第一次在人前这样谈论你。这些话来自表层的深处，平日里我们只会谈及一些表面上的东西。我估摸这就是牧师永远都知道这么多东西的原因，他们能触及深层次的思想，倘若信仰真的存在，那便是信仰依附的地方。彼得神父沉默不语，我知道他在听，我开车经过当地的一家特易购超市，继续这种不着调的谈话。“我以前不了解火葬用的柴堆，但现在我懂了。以前，我觉得将自己所爱的人一把火烧了，看着一缕青烟腾空而起怪瘆人的，而现在却觉得是那样的美。我希望苔丝在天空上，那里有色彩、有光亮、有空气。”

“我明白，但我恐怕无法为你提供葬礼柴堆，也许你和你妈可以考虑下火葬。”我喜欢他声音中轻松的语调，我想这恐怕是因为死亡和葬礼是他日常工作的一部分吧，尽管这么说有些不敬，但他绝不会让自己在谈及这样的话题时磕磕绊绊。

“如果你是天主教徒的话，恐怕不会允许火葬吧？妈妈说教会会认为这是异教徒的行径。”

“以前是这样的，不过现在不一样了。只要你仍然相信尸体能够复活。”

“希望如此。”我说，本想让自己的声音听起来轻巧些，话一出口却是那般绝望。

“你要不再考虑一下？等你决定好了打电话给我，即使没做决定也可以，想什么时候找我谈都行。”

“好的，谢谢。”

我将租来的车停在医院地下停车场时，想着要将你的骨灰带到苏格兰，到一座漫山遍野都是紫色石楠和黄色金雀花的山上，爬上跟第一层云相交的灰色天空，你飘散在清爽的空气中。但我知道母亲绝不会答应火葬。

我以前到过圣安妮医院，不过医院翻新后我都认不出来了，这里多了一个崭新的大厅、一个硕大的艺术装置，外加一个咖啡馆。跟我去过的别的医院不同，这里感觉跟外面的世界融为了一体。通过巨大的玻璃门，我能看到购物者信步走过，大厅里满是自然光，空气中充盈着烘焙咖啡豆的香味，还有圣诞节刚从盒子里拿出来的全新的洋娃娃也散发着特有的气味（也许咖啡馆里闪亮的新椅子也是用同样材质的塑料制成的）。

我照着指示乘电梯来到四楼，朝侧楼的妇产科走去。光线照不到这么高的地方，咖啡夹杂着布娃娃的气味被医院里惯有的消毒水和恐惧淹没（或许是因为里奥的关系，只有我们才能闻到这股气味）。那里没有窗户，只有条形灯照耀下的油布。没有钟表，就连护士的手表也是上下颠倒的。我又回到了医院的世界，这里没有季节、没有时间的概念，只有岌岌可危的病痛，卡夫卡式的死亡在这里轮番上演。有个标示要求我用医院提供的凝胶洗手，现在，我的皮肤上还带着医院的气味，订婚戒指上的钻石也没了光泽。我按下一间锁着的病房的蜂鸣器，应声的是一位四十多岁的女人，她用一个大钢夹将红色的鬈发夹在脑后，看起来十分干练，却一脸疲倦。

“我之前打过电话。我叫碧翠斯·赫明。”

“好的。我叫克蕾西达，是这里的高级助产士，有位叫桑德斯先生的产科医生在等你。”

她陪着我来到产后病房。别的产房里传来了婴儿的啼哭声。我以前从未听过刚出生几个钟头的婴儿啼哭，听起来很是绝望，像是被遗弃一样。那名高级助产士领着我进入亲属等候室，声音带着这个职业特有的关切：“对你外甥的事深表遗憾。”

我一度没反应过来她指的是谁，我从没想过我的关系会同另一个人联系起来。“我总是叫他苔丝的孩子，而不是外甥。”

“他的葬礼什么时候举行？”

“下星期四。跟我妹妹的一起。”

那位高级助产士声音陡变，不再透着职业式的关切，而是相当震惊：“真是抱歉，我只是听说孩子死了。”我很感激早上那个跟我通电话的善良医生，没有将你死亡的消息当作茶余饭后的谈资，尽管我知道在医院谈论死亡的话题并不鲜见，算不得流言蜚语。

“我想让孩子跟她一起。”

“当然没问题。”

“我想跟苔丝生产时在场的人谈谈。我本该陪她的，却没能做到。我甚至都没接到她的电话。”说话间我哭了，但眼泪在医院里并非稀罕物，甚至医院可能在设计的时候就将亲属的哭泣考虑在内了，就连沙发罩都是可换洗的。那位高级助产士将一只手搭在我的肩膀上：“我帮你查查，到时候叫他们跟你谈谈，失陪一会儿。”

她进入走廊。透过开着的门，我发现有个女人躺在手推车里，怀里抱着一名刚出生的婴儿。旁边一位医生将手搭在一名男子肩上。“婴儿哭没有什么问题，不过当爸的哭可就有问题了。”男人笑了，医生笑盈盈地看着他。

“你今天早上到医院的时候还只有两个人，现在就成了三口之家，神奇吧？”

那位高级助产士冲他摇摇头：“桑德斯医生，作为一名产科医生，这样的事情你早已司空见惯了吧。”桑德斯医生推着母亲和孩子到了旁边的住房，虽然隔着一段距离，我仍能看到他的精致的五官，炯炯有神的眼睛，与其说英气逼人，不如用漂亮一词形容来得贴切。

他同高级助产士一同走了出来。“桑德斯医生，这是碧翠斯·赫明。”

桑德斯非常自然地冲我莞尔一笑，似乎都没察觉他自己身上的美，这不由得让我想起了你。

“知道，早上我的同事跟你通过话，跟我说过你要来。我们医院的神职人员也对丧葬承办者做了必要的安排，他们下午就会来带走孩子的遗体。”

在喧嚣的产房里，他的声音显得格外从容。他相信人们一定会听他的。

“牧师已经将孩子的遗体从太平间里带走了，”他继续说，“我们觉得太平间不适合他，之前让他在那里待了那么久真是抱歉。”

我之前就应该想到这点，想到他，真不应该把他留在太平间。

“要我带你去吗？”他问。

“你确定有时间吗？”

“当然。”

桑德斯医生陪着我沿走廊往电梯走去，我听见女人在尖叫。声音来自楼上，我想肯定是从产房传出来的。跟新生儿的啼哭声一样，我也从未听过这样的叫声，声音里满是撕心裂肺的痛苦。电梯里还有几个护士一个医生，不过他们似乎对这样的尖叫声毫不在意，想必他们早已习惯终日在医院这种卡夫卡式的世界里进进出出。

电梯门关了，我和桑德斯医生轻轻地贴在一起，我看到他白大褂的领子下隐约有一条项链，项链上挂着一枚金色的婚戒。到上面一层的时候，其他人都出了电梯，里面就剩下我们了。他一本正经地看着我："苔丝的事情我非常遗憾。"

"你认识她？"

"可能认识，我也不大确定，对不起，我知道这样说听起来怪无情的，但是……"

我没等他把话说完："你怕是看过几百个病人了吧？"

"是的。事实上，我们每年看的病人超过五千个。她的孩子是什么时候生的？"

"一月二十一日。"

他顿了顿："如果是那个时候我并没有在场。抱歉，我那个星期在曼彻斯特培训。"

我在想他是不是在撒谎，要不要问他你生产时他不在场的证据，或是直接问他是不是凶手的证据？我听不见你的回答，甚至听不见你的揶揄，却听见托德跟我说别这么荒唐。他说得对。难不成世界上所有的男人只要不能证明自己清白的都有罪吗？而且谁说凶手一定是男人呢？也许我同样应该怀疑女人，那个善良的助产士，还有早上和我通过电话的医生。他们以为你得了妄想症。但医生和护士的确有左右生死的能力，有些人还沉溺其中。但医院里满是羸弱不堪的病人，那些健康护理专家何必选择海德公园废弃的公厕释放疯狂？想到这里的时候，桑德斯医生对我笑了笑，让我真想找个地缝钻进去。

"马上到了。"

我仍然没能听见你的声音，但我毅然告诫自己，男人长得好看并不意味着就是凶手，好比有人单身但仍有可能将我拒之门外一样，而他可能并不自知。想明白这点后，我也把怀疑他的原因弄清楚了，只不过太极端，病急乱投医而已。

我们来到医院的太平间，我脑子里仍然想着凶手，并没有去想泽维尔。

桑德斯医生带我到一个专供亲属“看望死者”的房间。他问我是否需要陪我进去，我不假思索地说一个人就可以了。

我走了进去，房间布置得极有心思，品位也不错，如同别人家的起居室，印花窗帘、绒布地毯，还有花（虽是假花，但是用那种价格不菲的丝绸做的）。我试图将这里描绘得还说得过去，甚至不错，但我不想对你撒谎，这个为死人准备的起居室很是阴森，靠门的地毯因经常被人踩早已磨损，此刻，我就站在这里，能够感觉到那些人在悲恸之下所承受的压力，他们不想走到至亲旁边，因为他们知道一旦走过去，就会醒悟过来自己所爱的人真的不在了。

我朝他走过去。

我将他抱起，用你给他买的那床蓝色开司米毯子把他裹起来。

就这样托在手里。

莱特先生饱含同情地听我讲泽维尔的事，既没有打断，也没有追问，还允许我时而沉默。我也不知道什么时候他递给我一张可丽舒面巾纸，因为那张纸在我手上，已经湿透。

“你是那个时候才反对火化的吗？”他问。

“是的。”

昨天有记者在报纸上说我们“不允许火化”是因为我“不想破坏证据”，但那不是理由。

我肯定跟泽维尔待了三小时左右。我托着他的时候就知道，灰蒙蒙的山上冰冷刺骨，并没有婴儿的位置，作为母亲的你也没有位置。等到我终于离开时，我给彼得神父打了个电话。

“他下葬的时候可以被抱在苔丝的怀里吗？”我问，料定他会持反对意见。

“当然可以。我觉得非常合适。”彼得神父答道。

莱特先生并没有追问我选择葬礼的理由，我对他的处事方式非常感激，趁着情绪还没宣泄出来前我用僵硬的声音说：

“我想跟苔丝生产时在场的人都见个面，便又回去见了那个高级助产士。不过她还没找到苔丝的病历本，所以并不知道都有哪些人在场。她建议我星期二再来，到时候会有时间把人找出来。”

“碧翠斯？”

我从办公室跑了出去。

我及时跑到洗手间，感到一阵剧烈的恶心，无法自控。我的身体也剧烈地摇晃着。我看到一个年轻的秘书朝这边看了一眼，便又冲了出去。我躺在冰冷的瓷砖上，希望能再次控制住自己的身体。

莱特先生进来后，双手抱着我，轻轻扶我起来。他扶着我的时候，我意识到自己喜欢这种被呵护的感觉，不是那种长辈式的关怀，只是友善地对待。我不明白为什么以前没有意识到这个，往往人们还没表现出善意，我就已经将其拒之门外。

我的四肢终于不再颤抖。

“该回家了，碧翠斯。”

“可是我的笔录……”

“我们明早一起过来怎么样，如果你那时感觉合适的话？”

“好吧。”

他想帮我叫辆出租车，或者至少陪我走到地铁站，但被我礼貌地谢绝了。我说我需要呼吸新鲜空气，他似乎能理解。

我想一个人厘清思绪，那些思绪都是有关泽维尔的。从我抱起他的那一刹那起，我就爱上了他本人，不仅因为他是你的孩子。

我走到外面，抬头望着淡蓝色的天空，不让眼泪流出来。我记得你曾经写给我一封有关泽维尔的信，在你的故事里，我还读过那封信。我想起你在滂沱大雨中从医院走回家的情形，想起你抬头望着如墨般漆黑的天空，想起你大叫着“把他还给我”，可是谁也没有回应。

我想起了你给我打电话的情形。

第六章

C h a p t e r   S i x

没有起点，没有终点

办公室里太热了，从窗户倾泻进来的阳光令房间的温度更高了，让人昏昏欲睡，我将咖啡一饮而尽，试图让自己清醒起来。

星期六

星期六早上大约八点半，估摸这个时候很多人还没起床，人行道上几乎空无一人。我驾车来到皇家检察署大楼时，前台只有一个接待，着装也不正式，我走进电梯，发现电梯里面也没人。我上到三楼，暗恋莱特先生的秘书小姐今天也不在，所以，我径直经过接待处，朝莱特先生的办公室走去。

我看到他已经把咖啡和矿泉水替我一字排开放在那里。

“你确定自己好些了吗，真的可以继续吗？”他问。

“当然。我现在感觉就挺好的。”

他让磁带呼呼地转起来。但他仍然关切地看着我，我想从昨天开始，他准是把我当成了一个远比他想象的要脆弱得多的人。

“我们能从尸检报告开始吗？你问警方要过复印件。”

“可以。两天后尸检报告寄到了我手上。”

莱特先生面前就有一份尸检报告，紧要的部分用黄色的笔标记出来了。我知道黄色部分的内容，等会儿就会告诉你，但有一句话原本没有用黄色高亮标记出来，却刻在我的记忆里。在尸检报告的开头，病理学家“以灵魂和良知”立下重誓。你的尸体并非是以冰冷的科学方法分析的，而是采用一种更人性化的古老方法。

伦敦切尔西和威斯敏斯特医院法医科

我，医学学士露丝玛丽·迪德科特，在此以我的灵魂和良知保证，二〇一〇年一月三十日，在切尔西和威斯敏斯特医院停尸间，在验尸官保罗·刘易斯－史蒂文森先生的要求下，解剖了苔丝·赫明（二十一岁），家住伦敦切普斯托路三十五号，尸体由伦敦警察厅的芬伯勒警探确认，以下报告真实有效。

这是一具白种高加索女性尸体，身形偏瘦，身高五英尺七英寸。有证据显示死前两天曾经分娩。

右膝和右肘有两处旧伤，是幼年时期留下的。

右手手腕和前臂有一道长达十厘米、深四厘米的新伤，前臂骨间肌肉被切断，伤及桡动脉。左手手腕和前臂有一道较小的伤口，长五厘米、深两厘米，以及一道较大的伤口，长六厘米、深四厘米，尺动脉被切断。这些伤口均是由尸体旁边发现的五英寸长剔骨刀造成的。

除了这些伤口，我没有找到任何淤伤、疤痕或者别的痕迹。

没有证据表明死者在最近有过性行为。

血液和尸体组织的采样均已完成，并已提交公共验证科相关人员进行分析。

我估计该年轻女子死于解剖前六天，也就是一月二十三日。

从解剖判断，我的结论是，该名年轻女子的死因是手腕和前臂动脉被割破后大量出血。

二〇一〇年一月三十日 伦敦

这份报告我看了不下百次，但“剔骨刀”三个字跟我第一次见到时一样，仍是那样的恶毒，难怪那把家用的赛巴迪刀有点儿钝了。

“公共验证人员的结果也附在里面吗？”莱特先生问（里面还有血液和尸体组织检验的结果，是最初的尸检报告完成后在另一间实验室做的）。

“有，附在后面，上面还有前一天的日期，所以应该是刚完成不久。但我看不懂，都是医学术语，不是给外行人看的。幸好我有个医生朋友。”

“是克里斯蒂娜·塞特尔吗？”

“是的。”

“我这里有一份她的证词。”

我意识到有很多人在处理你的案子，这份证词也是许多人共同完成的。

去美国后，我跟许多中学和大学的老朋友都失去了联系。但自从你死后，那些老朋友不是打来电话就是给我写信，用母亲的话说简直就是“齐刷刷出现了”。克里斯蒂娜·塞特尔就是其中一个，她现在是查令十字街医院的医生（她跟我说纳菲尔德的A级生物学课程都是为从事科学工作的人准备的）。总之，克里斯蒂娜写了一封吊唁信给我，她写得一手漂亮的斜体字，与当年上学时候的字迹一模一样，我感觉暖暖的。跟别的许多信一样，在信的末尾她也写道：“如果有任何需要我帮忙的事，尽管开口。”我决定接受她的好意，便给她打了电话。

克里斯蒂娜认真地听我说了那个奇怪的要求。她说她只是一个住院医师，而且是儿科，并不是病理学医生，说她没资格解释尸检结果。我以为她不想掺和这样的事，但在挂电话前，她要我把报告传真给她。两天后，她给我打电话，要我跟她见一面，喝上一杯。她找两个病理学方面的朋友跟她一起看的报告。

我跟托德说要去见克里斯蒂娜，他总算松了口气，觉得我打算拜访老友，终于愿意过正常的生活了。

我走进克里斯蒂娜选择的小酒馆，最大限度地感受到了正常生活带来的冲击，自从你死后我就没在公共场所出现过，喧嚣的说话声、响亮的笑声，给我的感觉是那样的脆弱。这时，我看到克里斯蒂娜在向我挥手，我很快消除了疑虑，一方面是因为她看起来和学生时代一样，一头漂亮的黑发，厚厚的眼镜片依旧不那么讨喜，另一方面是因为她在僻静的地方找了个包厢，跟其他人隔着一段距离（克里斯蒂娜还是跟以前一样，总会先把事情打点好）。我想她应该不大记得你了，毕竟她念六年级的时候，你才刚到寄宿学校，但她坚持认为她记得很清楚："当然清楚啦，她十一岁的时候在学校里都那么酷。"

"我不知道你说的酷到底是……"

"噢，当然不是贬义啦，不是说她太冷酷，或者不合群之类的。我是说她很特别，所以我对她的印象很深刻。她总是面带微笑，那孩子真是挺酷的，脸上成天挂着笑，我从没见过她那样的人。"她停下不说了，声音里透着些许犹豫，"她肯定很难相处……"

我不知道是因为多管闲事还是出于对结果的关心，还是决定直入主题："你能帮我解释一下那份报告吗？"

她从公文包里拿出报告和笔记本。她拿出东西的时候，我看到一袋扑热息痛药片和一本宝宝的布书。克里斯蒂娜的眼镜和笔迹可能一直没变，但她的生活显然变了。她低头看着笔记本："我在电话里跟你说过，我朋友詹姆斯是个高级病理学家，所以他了解这方面的知识。但他担心卷入这起事件中，病理学家经常要面临诉讼，还要被媒体骚扰。他不想被举证。"

"当然。"

"你主修的是英语、化学和生物学对吗，小赫？"许久以前的称呼，像是被岁月尘封，我一时没想起她在叫我。"是的。"

"后来学的是生物化学吗？"

"不是，其实我后来拿的是英国文学学位。"

"那我把报告说得通俗点儿，简单地说，苔丝死后身体里含有三种药物成分。"她低头看着笔记本，并没有觉察我的反应。但我非常震惊。

“是哪三种药？”

“一种叫卡麦角林，是一种抑制乳汁分泌的药物。”

之前西蒙跟我说过这种药物，现在再度听到，让我想起一件痛苦万分的事，我不敢再往下想，便打断了自己的思绪：“另外两种呢？”

“第二种是镇静剂。她服用的量相当大。但因为被发现的时候苔丝已经服用镇静剂好几天了，收集血样的时候……”她突然不说了，看起来像是很难过一样，然后才鼓起勇气继续说，“我的意思是说，因为血样的采集晚了几天，很难准确测量镇静剂的实际含量。詹姆斯说这样的话只能凭他的专业知识去猜测了。”

“结果呢……”

“她服用的量远大于正常剂量。他觉得虽然不足以致命，却足以让她昏昏欲睡。”

这就解释了你没有任何挣扎迹象的原因，凶手先给你下了药。等你发现的时候是不是太晚了？克里斯蒂娜继续照着她那手写得漂亮的斜体字读道：“第三种药叫五氯苯酚，简称 PCP。是一种强致幻药，二十世纪五十年代曾作为麻醉剂使用，但因病人有精神病征反应停用了。”

我吃惊不小，下意识地像鹦鹉学舌一样重复道：“致幻药？”

克里斯蒂娜以为我不懂，耐心地解释道：“就是一种可以致人产生幻觉的药，通俗地说好比梦游的那种体验。有点儿像麦角酸二乙基酰胺①，但比这种药更危险。詹姆斯说也很难判定这种药她到底服用了多大的剂量，也不知道她死前多久服用的，因为发现她的时候已经死了一段时间了。而且因为这种药会残留在肌肉和脂肪组织中，可能对神经系统有很大的影响，所以即使停止服药仍会产生影响，这种复杂的因素也应该考虑进去。”

刚才我只觉得她噼里啪啦地说了一长串科学术语，最后我才听懂她说什

① 简称为 LSD，是一种强烈的半人工致幻剂。——译者注

么。“你是说苔丝生前服用的这些药能让她产生幻觉？”我问。

“是的。”

看来尼克尔斯医生说得没错，但你的幻觉不是因为产后抑郁症带来的精神失常造成的。

“都是他一手设计的。是他让苔丝精神出了问题。”

“碧翠斯……”

克里斯蒂娜的褐色眼睛在她那厚厚的镜片下显得格外大，满是同情心。“想想我是多么爱自己的孩子，换作我是苔丝，真不敢相信我会做出什么事情来。”

“她不会选择自杀的，即使有过这样的念头也不会。她绝不会这么做的。特别是里奥死后。她绝不会碰毒品的。”

我们陷入了沉默，酒吧里的噪声不合时宜地传入了包厢内。

“你最了解她，小赫。”

“是的。”

她冲我笑了笑，对我言辞凿凿的回答深信不疑，这样肯定的回答饱含着沉甸甸的血缘关系。

“非常感谢你的帮助，克里斯蒂娜。”

她是第一个为我提供切实帮助的人。要是没有她，我不会知道镇静剂和致幻剂的事。但我同样感谢她尊重我的意见，并且保留自己的意见。年少时同班六年，我怀疑我们连手都没有牵过，但在酒馆的门外，我们紧紧地抱在了一起，互相道别。

“她还向你介绍了五氯苯酚的其他信息吗？”莱特先生问。

“没有，在网上搜索就可以。我发现这种药可以导致行为异常，让受害者产生幻觉，让人害怕。”

你有没有察觉到精神在饱受折磨？如果没有，你觉得当时发生什么事了？

“要是受害者已经患有心理创伤，这种伤害将是毁灭性的。”

你当时已经很伤心，凶手正好抓住了这一弱点，他知道药效会更明显。

“有网站谴责美国军方在阿布格莱布事件①和引渡案中使用了五氯苯酚。这种药物产生的幻觉显然相当可怕。”

哪种情况对你来说更可怕，是产生了幻觉，还是觉得自己疯了？

“你把情况跟警方说了吗？”莱特先生问。

“是的，我给芬伯勒警探留了言。那时候已经很晚了，已经过了下班时间，第二天早上他给我回电话说要见我。”

“我真不敢相信你又叫那个可怜的家伙过来了，亲爱的。”托德在泡茶，并将饼干摆了出来，像是只要这样做就能化解我叫芬伯勒警探前来所造成的不便了。

“我得让他了解那几种药的事。”

“警方早就知道了，亲爱的。”

“他们不知道。”

托德在盘子里的奶油夹心饼干里加了点儿波旁威士忌，将黄色和棕色的饼干整齐地摆放好。他对这件事的厌烦明明白白地体现在整齐摆放的饼干上。

“警方知道。他们会得出完全相同的结论。”

他转身，把烧开水的平底锅从火炉搁架上拿开。昨晚，我跟他说毒品的

---

① 指阿布格莱布美军虐囚丑闻。——译者注

事儿时，他一直没吭声，反而质问我为何不把跟克里斯蒂娜见面的真正目的告诉他。

“我简直不敢相信你妹妹连个水壶都没有。”

这时门铃响了。

托德给芬伯勒警探开了门，然后去接母亲了。本来计划叫母亲过来一起收拾你的东西，我好想借着收拾东西的机会逼迫自己对这件事情做个了结。是的，我知道，“了结”一词是美国人的用法，但我找不到英国人有这样一个对等的词。母亲会叫我“面对现实”。

芬伯勒警探坐在你的沙发上，在我向他复述克里斯蒂娜告诉我的事情时，他礼貌地拿起一块饼干吃着。

“我们已经知道镇静剂和五氯苯酚的事了。”

我吃了一惊。托德的猜测竟然是对的。

“你先前为什么不告诉我？”

“我觉得你和你妈要处理的事情已经够多的了，不想给你们造成不必要的心理负担。这些毒品恰好证明了苔丝是自杀的。”

“你是说她是自愿服用的？”

“没有证据显示她是被人强迫服用的，而且打算自杀的人服用镇静剂的情况十分常见。”

“可那样的剂量不足以让她送命，是吗？”

“是的，可也许苔丝并不知道。毕竟，她以前没有服用过，对吗？”

“是的，她没有用过。这次也不会主动服用，她肯定是受人诱骗的。”我试图改变他脸上镇静、同情的表情，“你就不明白吗？凶手给她下了镇静剂，杀她的时候她就不会挣扎了，所以她的尸体才没有受伤的痕迹。”

但我仍然没能改变他的表情，或是观点。

“或者是她服用了较大的剂量，但还不足以致死。”

九岁那年在阅读理解课上，一位充满爱心的老师引导我们从课本里找出正确的答案。

“那五氯苯酚呢？”我问，认为芬伯勒警探肯定没法解释你体内的这种药物了。

“我跟负责麻醉剂的检验员聊过，”芬伯勒警探说，“他告诉我毒贩将这种药伪装，代替LSD卖了好几年了。这玩意儿有一大串别名：公猪、臭氧、疯子、天使粉，苔丝的毒贩可能……”

我打断他的话：“你觉得苔丝还会有‘毒贩’？”

“对不起。我是说提供五氯苯酚或者卖五氯苯酚给苔丝的人。他可能不会跟苔丝说给她的到底是什么东西。我跟苔丝的精神科医生尼克尔斯先生聊过……”

我再次打断他的话：“苔丝不会碰毒品的，不管什么样的毒品都不会，她厌恶这些东西。即使在学校的时候，她的朋友抽烟、抽大麻的时候，她也绝不会沾。她把健康看成天赐的礼物——里奥没有这样的福分——她没有权利糟践自己的身体。”

芬伯勒警探停顿了一会儿，像是在认真思考我的观点。

“可现在她已经不再是中小学生了，不会有学生时代的焦虑了，对吗？我不是说她想吸毒，或者说她以前碰过毒品，但如果她想用毒品让自己从悲痛中逃离出来，也是完全可以理解的。”

我记得他还说你怀上泽维尔后，如同生活在地狱里，你孤零零地生活在那里，连我也不能陪伴你。我想起了自己为了缓解几小时的痛苦，也曾很想服用安眠药。

但我最终并没有服用。

“你知道你也有可能服用五氯苯酚吗？”我问，“鼻吸、注射，或者吞咽都有可能呢？可能有人趁她没注意的时候把药放在她的饮料里。”

“碧翠斯……”

“尼克尔斯医生说她产生幻觉的推断是错误的，那并不是因为产后抑郁症造成的。”

“是的。但我想跟你说的是，我跟尼克尔斯医生谈过了五氯苯酚的事，虽然致幻的原因不一样，但她脑子的状况却是一样的。我们对结果表示遗憾。但服用五氯苯酚自残或者自杀的做法并不罕见，麻醉科的检验员说这种情况十分常见。”我试图打断他的话，但他得出了所谓的逻辑推断，“所有的事实都指向同样的结论。”

“验尸官也相信这个论断？一个从没有过吸毒史的人会主动服用强致幻药？他甚至都不怀疑？”

“没有。事实上，他还告诉我……”芬伯勒警探停了下来，想着用什么方式表达更好。

“告诉你什么？他到底是怎么说我妹妹的？”

芬伯勒警探沉默下来。

“你不觉得我有权利知道吗？”

“是的，你有权利。他说苔丝是学生，还是个艺术生，又生活在伦敦，如果苔丝那么……他反而会更惊讶。”

他声音渐弱，但我替他把那个词说出来了：“洁身自好？”

“是的，差不多是这个意思吧。”

所以你没有洁身自好，这个词跟所有不良品行一样在二十一世纪只是个司空见惯的词。我从信封里拿出电话单。

“你说苔丝的孩子死了的时候不想告诉我，你错了。她想说来着——她曾一次一次地打电话给我，却没能联系上我。即便把这些电话视为‘求救’的信号，那也是向我求救。因为我们的关系十分亲近。我真的了解她，她不会吸毒，也不会自杀。”

他沉默不语。

“她向我求助，我却令她失望了，但她的的确确向我求助了。”

“是这样的。”

我想我看到他脸上的情绪一闪而过，并不仅仅是同情。

芬伯勒警探离开一个半小时后，托德把母亲接到了公寓。暖气似乎彻底没了，她也没把外套脱下来。

她呼出的气息在冰冷的起居室里清晰可见：“好啦，我们现在就开始收拾她的东西吧。我带来了气泡膜和别的打包材料。”也许她希望活泼的语调能让我们忘却你的死亡带来的混沌气氛。公平地说，死亡的确叫人无比压抑。所有你来不及带走的东西都会被分类整理，收拾好，在生者的世界里重新分配。这让我想起某个空荡荡的机场，行李传送带自顾自地转动着，上面有你的衣服、画、书、隐形眼镜和奶奶的钟，只有我和母亲来认领。

母亲一边裁剪气泡膜，一边语带责备地说：“托德说你又叫芬伯勒警探来见面了？”

“是的。”我踟蹰片刻后说，“她的身体里发现了毒品。”

“托德已经跟我说了，我们都知道她已经变了个人，碧翠斯。天知道她有多少想要逃离的事。”

母亲没有给我辩驳的机会，她径直进了起居室，想在午饭前好好收拾一番。

我拿出埃米利奥为你画的裸体画，赶紧包好。一是不想让母亲看到，其实我自己也不想看。没错，我向来是个正经女人，但这不是理由。想到停尸间里你那张煞白的脸，我真的无法忍受看到你栩栩如生的身体跃然画布上。我包画的时候在想，埃米利奥最有杀人动机。因为你可能毁掉他的职业生涯，让他的婚姻亮起红灯。没错，他妻子已经知道你们外遇的事，可他并不知道妻子知情，也许早就准备了另一套说辞。但你怀孕后他知道纸再也包不住火了，如果他杀了你是为了保护他的婚姻和事业，我不明白他为什么要等到你的孩子出生后再下手。

我把那些裸体画都包起来后，又用气泡膜把你的另一张画包好，我既没有看画，也没有留心画里欢快的色彩，但我记得你四岁那年，开心地用小手指挤破气泡膜的情形——“啪！”

母亲进来看着成堆的画布：“她到底有什么能耐，准备用这些玩意儿做什么？”

“我也不大清楚，但艺术学院希望学生办个展览。三星期后就要展出了，他们想给苔丝专门安排一个展览。”

“他们几天前给我打过电话，我欣然同意了。”

“他们不准备给她钱，是吧？”母亲问，“我是说她做这些到底有什么意义？”

“她想当画家。”

“你是说装潢师？”母亲吃惊地问。

“不是，现在这个词用来指艺术家。”①

“这才是正确的说法，”你说，顺带揶揄我过时的词汇量，“现在流行歌星叫艺术家，艺术家叫画家，画家叫装潢师。”

“只有幼儿园的孩子才会成天画画，”母亲继续说，“我对普通中等教育证书倒不是很在意。不过，让她不去学这些真正的科目休息一下也未尝不是好事，但要是把画画叫作进一步深造那就好笑了。”

“她只是不想辜负自己的天赋。”

好吧，我知道这么说的确有点儿底气不足。

---

① 英语中，“painter”一词既有画家的意思，又有油漆匠的意思，碧翠斯的妈妈故而误会。——译者注

“真是幼稚，”母亲生气地说，“这不是荒废学业吗？”

母亲气得要命。

我还没告诉母亲我准备安排泽维尔跟你葬在一起的事，怕她反对，但我也不能老这么拖着。

“妈，我真的觉得她想让泽维尔……”

母亲打断我的话：“泽维尔？”

“是她的孩子，她想……”

“她用了里奥的名字？”

她的声音很是惊骇，对不起。

她回到起居室，将衣服塞到一个黑色的垃圾袋里面。

“妈，苔丝不希望把所有的东西都扔了，她什么东西都会循环利用。”

“这些衣服谁都穿不了。”

“她提到过一个旧衣服回收站，我到时看看……”

但是母亲已经转身，把衣橱最下面的抽屉拉了出来，从绵纸里拿出一件很小的开司米羊毛衫，转身面对我，轻声说：

“好漂亮。”

我记得我第一次来到这间公寓时，在一堆杂七杂八的东西里面发现这些精致的婴儿用品时同样十分惊讶。

“谁给她的？”母亲问。

“我不知道。阿米亚斯倒说过她有段时间疯狂买东西。”

“可她用什么钱买啊？难道是孩子的父亲给她的钱？”

我鼓起勇气，她有权知道这个：“他已经结婚了。”

“我知道。”

母亲定是察觉出了我的疑惑，声音也不再变得轻柔：“你曾经跟我说，‘在她的棺材上刻个红色的“A”’，苔丝未婚先育，所以，这么个‘红字’就是她通奸的象征，所以这个 A 只能当成孩子父亲的缩写。”看到我惊讶的表情后，她的语气更加强硬了。

“你以为我不明白里面的关系，对吗？”

“对不起，这事真的很难说出口。”

“你们这些女孩自以为有本事就觉得我什么都不懂了，以为我只会惦记三星期后那堆乏味晚餐的菜单。”

“我只是从来没见你看过书而已。”

她仍然拿着泽维尔那件小羊毛衫，摩挲着衣服说：“我以前看书的，你爸爸要睡觉了，我还会开着床头灯熬夜看。这事让他挺生气的，但我就是忍不住，像是得了强迫症一样。后来里奥病了，我就再也没时间看书了。我发现书里有很多鸡毛蒜皮的内容，谁会在乎别人的风流韵事，谁会一页一页地翻下去就是为了看日出是什么样子的？”

她放下那件小羊毛衫，继续将你的衣服塞进垃圾袋。她连衣架都没取下来，钩子一下把并不结实的黑色塑料袋戳破了。我看着她笨拙的动作中饱含痛苦，不由得想起了学校里的窑，我们用托盘将柔软的陶土罐放进里面，烘烤得越来越硬，最后那些做得不好的陶瓷都会变成碎片。你的死让母亲像掉了魂似的。我看着她把垃圾袋扎好，打了个结，我知道她终于能够面对你死亡的事实，悲痛如同窑，会将她烤得粉碎。

一小时后，我把母亲送到车站。回来后，我把她先前疯狂塞进垃圾袋里的衣服放回衣橱，把奶奶的钟重新放到壁炉架上。就连你的洗漱用品也都原封未动地放在洗手间的柜子里，我的则放在洗漱袋里，搁在一张凳子上。谁知道我为什么这么做，也许真正的原因是这段时间一直待在你的公寓里，这意味着我可以避免将你打包带走。

我终于把你的画都包好了，这些画都是为你的展览准备的，我并没有什么顾虑。最后只留下了四幅画，噩梦般的画布上用浓重的水粉颜料画着一个戴面具的男子弯腰对着一个女人，男人张开血盆大口，女人做尖叫状。她手臂里的东西是画布里唯一的白色，我想应该是个婴儿，而且我想这幅画是在五氯苯酚发挥药效后画的，那是你通往饱受折磨的地狱之路留下的视觉印象。我看到画上留有我的泪痕，那是我第一次看到这幅画时留下的。那时我只会流泪，但现在我知道有人在伤害你，我的眼泪已经风干化成了仇恨。我一定要找出凶手。

办公室里太热了，从窗户倾泻进来的阳光令房间的温度更高了，让人昏昏欲睡，我将咖啡一饮而尽，试图让自己清醒起来。

“后来你又去了西蒙的住处？”莱特先生问。

他肯定在同时查证我跟他说的其他证人的证词，确保时间线能够吻合。

“是的。”

“去问他有关毒品的事？”

我按响西蒙家的门铃，是一位清洁女工开的门，我旁若无人地走了进去，再次被房子的奢华震撼。在你的公寓住了一段时间后，我对物质财富的感觉也没那么迟钝了。西蒙坐在厨房的早餐桌前，他见到我时一脸的惊讶，随即变得厌烦。他那张娃娃脸上的胡须仍然没有刮，但我觉得这跟他的耳洞一样，只不过是装腔作势罢了。

“苔丝给孩子买东西的钱是你给她的吗？”我问。进屋之前我甚至都没想过这个问题，但现在却觉得这个问题挺合适的。

“你不请自来，这是要干什么？”

“你的门是开着的，我还要问你几个问题。”

“我没给她钱，我倒是想给她钱来着，但她没有接受。”他说这话的时候像是被羞辱了一样，所以这话还是可信的。

“那你知道是谁给她的钱？”

“不知道。”

“在公园那里她是不是很困？”

“天哪，你这是问的什么问题？”

“我只是想问你，你见到她的时候她是不是想睡觉？”

“没有。如果真有什么不正常的话，她只是有点儿神经质。”

看来是西蒙离开后，他才给你吃的镇静剂。

“她是不是产生幻觉了？”我问。

“我以为你不相信她得了产后抑郁症呢！”他奚落道。

“到底有没有？”

“你是说除了以为看到林子里有个男人这事儿？”

我没有回答，他语带讽刺，十分恶心：“不是这事，就是有什么异常举动？”

“他们在她的血液里发现了镇静剂和五氯苯酚，那玩意儿也叫疯子、天使粉……”

他打断我的话，立即斩钉截铁地说：“不是，一定搞错了，苔丝不喜欢这些，她绝不会碰毒品的。”

“但是你带去了，是吗？”

“你想说什么？”

“也许你想给她点儿东西，让她感觉舒服些，比如在饮料里加点儿你觉得对她有帮助的东西？”

“我没在她的饮料里加东西，也没给她钱。我现在要你马上离开，要不还真不知道会捅出什么娄子来。”他试图模仿某位更有威严的男人，也许是他的父亲。

我走进大厅，经过一个开着门的卧室，瞥见里墙上挂着一张你的照片，头发松散地披在后面。我进入卧室看着那张照片。那里显然是西蒙的房间，他的衣服整齐地叠在那里，外套挂在木质挂衣架上，房间可谓一尘不染。

一面墙上工整地写着一条标语：女人这个物种。下面便是你的照片，有好几十张，用蓝色橡皮胶贴在墙上。所有的照片中你都背对着镜头。西蒙突然出现在我身旁，打量着我的脸。

“你知道我爱她。”

但这些照片让我想起贝基亚岛的居民，他们认为照片会把人的灵魂窃去。西蒙的语气颇为自负：“这是我的毕业作品，我选择了单一主题的新闻摄影。我的导师认为这是年度最具创造力、最令人兴奋的作品。”

可他为何不拍你的脸？

他定是猜到我的想法了：“我不想这个项目只关乎某个特定人，所以不能让她的身份被认出来，希望她是个普通的女子。”

或许这就是他一直在观察你、跟踪你，而又没被发现的原因？

西蒙仍然是一副自鸣得意的语气。“女人这个物种”是一首诗的头一句，第二句是“比男人更加致命”。

我感觉嘴里像着了火，说出话来也带着火星：“这首诗是关于母亲保护孩子的。所以才说女人比男人更加致命。女人更有勇气。吉卜林给男人贴上了懦弱的标签。‘与良知做斗争。’”

发现我知道吉卜林的诗句，或者与之相关的诗句，西蒙大为惊愕，也许你也会吃惊。但我确实在剑桥念过英国文学，不记得了吗？我也曾是个附庸风雅的人。不过这也只是我对语法结构的科学分析，而不是了解文字背后的意义才理解这句话的。

我从墙上拿下一张你的照片，然后把照片一张张地都撕了下来。西蒙想要阻止我，但我仍然把所有的照片都撕了下来，这样他就没法再偷窥你了。然后我便拿着照片离开了他的公寓，西蒙在后面气急败坏地抗议说年末考评需要这些照片，大骂我是个小偷，至于别的什么我就没听见了，因为我重重地把身后的门一摔就走了。

我把照片放在大腿上，开车回家时，我在想西蒙到底跟踪了你多少次才拍下这些照片。那天你在公园离开他之后，他有没有跟踪你？我停下车，仔细看着那些照片。照片全是你的背影，背景也从夏天变成了秋天，再变成了冬天，你的衣服则从 T 恤变成了夹克，后又变成了厚厚的外套。他肯定跟踪你数月之久，但我并没有发现你在白雪皑皑的公园里的照片。

我记得贝基亚岛上的居民会将照片做成巫毒娃娃，用来诅咒，他们认为照片跟受害人的头发和血一样有效。

我回家后，发现厨房的盒子里装着一个新水壶，听见托德在卧室里弄出动静，走进去一看，发现他要将某张“精神错乱的画”撕烂，但画布很坚实，扯也扯不烂。

“你到底在干什么？”

“这玩意儿没办法塞进垃圾袋里，我不能就这么把它们扔进垃圾堆里。”他转身看着我，“放在家里可不行，它已经把你害得够惨了。”

“可我必须留着它们。”

“为什么？”

“因为……”我的底气明显不足。

“因为什么？”

我本想说这是她精神扭曲的证据，但我没有说出来，因为我知道就你的死因能引发争吵，因为吵起来我们必然会分手。因为我不想比现在还孤独。

“你将在西蒙家里发现照片的事告诉警方了吗？”莱特先生问。

“没有。他们已经开始怀疑苔丝是被谋杀的了，可能不仅仅只是怀疑，但我觉得那些照片并不能说服他们改变主意。”

我并没有提及贝基亚岛居民和巫毒娃娃的事。

“我知道西蒙辩称说这些照片是用来完成艺术学位的，”我继续说，“他有借口解释跟踪她的事。”

莱特先生看了看表：“我十分钟后要去见个人，今天就到这里吧。”

他没告诉我去见什么人，但既然是星期六下午要见的人，肯定很重要。也许他察觉到我累了，其实我一直觉得特别累，但跟你的遭遇相比，我没有资格抱怨。

“如果你觉得合适的话，我们明天再录吧？”他问。

“没问题。”我说。但星期天仍然工作显然不正常。

他肯定猜出了我的想法：“你的陈述对嫌疑人的定罪非常重要。我希望在你的记忆仍然鲜活的情况下尽可能多地记录下来。”

这么说好比我的记忆力是个冰箱，里面放着许多有用的信息，眼看就要在放置果蔬的抽屉里腐烂。但这并不公平。其实是莱特先生发现我的身体状况远比他想象中糟糕。他敏锐地察觉到如果我的身体机能慢慢下降，我的精神，特别是我的记忆力也会随之下降。他做得对，欲速则不达。

我现在在一辆拥挤的公交车上，被挤得贴在车窗上。雾气弥漫的玻璃上有一小块透明的地方，透过它我瞥见公路两旁鳞次栉比的建筑物。我以前从来没跟你说过我本想学习建筑，而不是英国文学，对吧？学了三星期后，我才发现自己做了个错误的选择。我那精于计算的头脑和缺乏安全感的个性需要更加实在的东西，而不是玄之又玄的诗歌，但我不敢将英国文学的课程换成建筑学，害怕在建筑学里找不到自己的位置。这样做风险太大。但每次看到漂亮的建筑物，我都会后悔当时为什么没有勇气去做出改变。

第七章

C h a p t e r   S e v e n

儿时的魔法棒

父亲满怀慈爱地凝视着我，一个自私的人仍然拥有爱他人的能力，不是吗？即使他们曾伤害了别人，令人失望过。

星期日

今天早上，前台连接待员都没有，大厅里空荡荡的。我乘坐空无一人的电梯来到三楼，看来今天就我和莱特先生在这里了。

他跟我说“今天早上想了解卡莎·列夫斯基的那部分内容”，这让我感觉怪怪的，一小时前我才在你的公寓里见过卡莎，她穿着你的那件旧晨衣。

我径直朝莱特先生的办公室走去，他又提前给我准备了咖啡和矿泉水，问我有没有问题，我告诉他挺好的。

“在继续开始前，我先简单说下你之前告诉我的有关卡莎·列夫斯基的情况。”他看着打印好的笔记说，那也是我之前笔录的副本。他读道：“卡莎·列夫斯基于一月二十七日下午四点左右来到苔丝的公寓，想要见她。”

我记得门铃的声音，便跑去开门，门打开时，“苔丝”两个字差点脱口而出，但我只是尝到了你名字的味道，我看到卡莎穿着廉价的高跟鞋站在门阶上，苍白的腿上起了鸡皮疙瘩，因为怀孕而青筋暴起，这副尊容让我有些厌恶。想起自己的势利，我不由得感到一阵战栗，但这段记忆仍然鲜活，这让我很高兴。

“她告诉你她曾跟苔丝在同一家诊所待过？”莱特先生问。

“是的。”

“她有没有说哪家诊所？”

我摇摇头，没有告诉他我当时只想早点摆脱她，对她没有任何兴趣，更别提向她打听什么了。他再次低头看着笔记。

“她说她之前是单身，但现在男朋友回到她身边了？”

“是的。”

“你见过迈克尔·弗拉纳根吗？”

“没有，他待在车里，在那里按喇叭，我记得她似乎挺怕他的。”

“第二次见到她是你去过西蒙·格林利家里之后吗？”他问。

“是的。我还带给她了一些婴儿的衣服。”

但我并没有说实话，我去看卡莎只是找借口逃避托德，要是再争吵下去我们的关系就结束了。

尽管下着雪，人行道上十分湿滑，但我也只花了十分钟便走到了卡莎的公寓。她后来跟我说她总是去你那里，我猜她只是想躲着米奇，她的公寓在特拉法加新月街，那是一幢丑陋的混凝土建筑，位于整洁对称的花园广场和形如月牙的 W11 大道之间，紧靠在西路上头，距离那里很近，像是伸手便能拿到高高书架上的书一样，呼啸而过的车辆发出雷鸣般的声响。涂鸦艺术家（也许他们现在应该被称为画家了）在楼梯井里到处留下标签，如同狗撒尿一样划出他们的地盘。卡莎打开门，门链仍然系在上面：“你找谁？”

“我是苔丝·赫明的姐姐。”

她解开门链，我听见门闩拉开的声响。即便一个人在家里（别说外面还下着雪，她怀有身孕），她仍然穿着一件露脐的紧身上衣，蹬着一双两侧镶有假钻的黑色高跟靴。我一度担心她是个等客上门的妓女，却听到你在笑话我：别胡思乱想了。

“碧翠斯，”她记得我的名字让我吃惊不小，“请进。”

离我上次见她仅仅两星期——那时她来你的公寓找你——现在她的肚子大了一圈，我估摸着有七个月了。

我进入公寓，里面散发着一股廉价香水和空气清新剂的味道，却仍然掩盖不了墙壁和地毯上潮湿的霉味。一床跟你沙发上一模一样的印度织毯（是你给她的吗？）钉在窗户上，其实我并没有心思记住卡莎说的每句话，或者对她的口音感兴趣，但这次见面时，她磕磕绊绊的英语让她说的话更令人吃惊。

“节哀。你肯定……该怎么说呢？”她搜肠刮肚地想着怎么说，最后还是放弃了，只是满怀歉意地耸耸肩，“很伤心，但这个词还不足以形容你现在的心情。”

不知何故，她那蹩脚的英语比斟字酌句的吊唁信听起来更加真诚。

“你一定非常爱她，碧翠斯。”她用的是现在时，因为卡莎还没学会英语里的过去式，或是因为她对我的丧亲之痛更加感同身受。

“是的。”

她满脸同情地望着我，让我很是困惑。但她很快让我打消了疑虑。她对我十分友善，可她本该对我有戒心的。跟着，我把带来的手提箱给了她：“我带了一些婴儿的衣服给你。”她看上去并没有我想象中那么开心，我想准是因为这些衣服本来是给泽维尔准备的，上面留下了悲伤的痕迹。

“苔丝……葬礼？”她用蹩脚的英语问道。

“噢，当然可以。”葬礼安排在小哈德森，就在剑桥附近，二月十五日星期四十一点开始。

“你能写下来吗……”

我把葬礼的时间地点写下来，然后几乎是把那箱婴儿衣服强行塞到她手上。

“苔丝会希望你留着这些东西的。”

“我们的牧师说星期天要为她做弥撒。”我不知道她为什么改变了话题，她甚至都没打开箱子，“这样可以吗？”

我点点头。其实我并不知道你要怎么安排。

“是约翰神父，他人很好。他是个很……”她茫然地摸着自己鼓囊囊的肚子。

“很虔诚的基督徒？”我问。

她领会了这个笑话，微笑着说：“他是牧师，没错。”

“做弥撒，苔丝会介意吗？”她问。我不禁再次觉得她是故意用现在时的。也许弥撒真有他们所说那么好，你肯定已经上了天堂，要不正在地狱的等候室里等待，用现在时是合适的，即便没在此时此地，也在当下，也许卡莎的弥撒在你身上会起作用。

“你想调查这起案子吗，是不是已经拿定主意了？”

我不确定这是在表达善意还是想重新找回我的优越感。接受卡莎这种人的善意，我肯定会觉得不舒服。没错，我仍然会很势利地认为卡莎是“这种人”。

“我先泡壶茶好吗？”

我跟着她进入昏暗的厨房，地板上的油毡已经磨损不堪，露出了水泥地面。尽管里面的东西残缺不齐，却也十分干净，有缺口的白色瓷器发出微光，老旧的炖锅虽然生出锈斑，但同样闪亮。她在壶里装满水，放在炉架上。我不认为她能告诉我一些有价值的东西，但无论如何也得试试。

“你知道有人会给苔丝毒品吗？”

这话让她十分错愕：“苔丝绝不会吸毒的。她怀着孩子，对孩子有害的东西她都不会碰，连茶和咖啡她都不喝。”

“你知道苔丝害怕谁吗？”

卡莎摇摇头：“苔丝谁都不怕。”

“可怀了孩子后呢？”

她的眼里噙满泪水，转身背对我，竭力想恢复平静。当然啦，你怀上泽维尔的时候，她跟米奇在马略卡岛玩。你死了之后她才回来，当时她敲开你家的门，却只发现了我。让她为难我很愧疚。她压根儿就帮不上忙，我却问了她这么多问题。她在为我煮茶，所以我现在也不好离开，但我不知道该怎么跟她说。

“你有工作吗？”

这个问题同鸡尾酒会上那句标准的寒暄“你是做什么的？”相比实在突兀。

“有的。清洁工……有时在超市整理货架，不过都是夜班，不好。有时我还为杂志社工作。”

我立即想到了色情杂志。我对她的这身行头有着根深蒂固的偏见，一时难以改观。不过公平一点儿说，我担忧的是她在性交易中的处境，而不是仅仅对她做出道德审判。她敏感地察觉到了我对她“为杂志社工作”这句话有所顾忌。

“免费的那种，”她继续解释道，“我会把杂志扔进信箱里，包括那些‘严禁垃圾邮件’的信箱，因为我看不懂英语。”

我冲她笑了笑。她似乎对我第一次露出的真挚笑容很开心。

“富人区的人都不会要免费的纸张，但我们又不去贫民窟，搞笑吧？”

“是啊。”我搜肠刮肚地寻找别的话题，“你在哪里认识的苔丝？”

“啊，我没告诉过你吗？”

她当然跟我说过，但我忘了——记得我说过我对她并没有多大兴趣，所以你大概不会感到意外。

“诊所。我的孩子也病了。”她说。

“你的孩子也得了囊性纤维症？”

“囊性纤维症，是的。但现在……”她摸了摸肚子，“好多了，真是奇迹。”她在胸前画了个十字，如同将头发从脸上拨开一样自然。

“苔丝把那家医院称为‘倒霉妈妈诊所’。我第一次见到她，她就逗我笑了。后来她还邀请我去她家。”她的话卡在喉咙里，转身背对我。我看不到她的脸，但我知道她正努力忍住不哭。我想伸手搭在她的肩膀上，却怎么也做不到。我发现去触碰一个我不怎么了解的人如同怕蜘蛛的人还要去摸蜘蛛一样。你可能觉得好笑，但事实如此，总觉得没法下手。

卡莎帮我泡好了茶，放在托盘上。我发现她泡起茶来还真是有模有样，杯子、碟子一应俱全，罐子里装着牛奶，过滤器中盛着茶叶，先把廉价的茶壶烫热了。

我们走到起居室，我看到对面墙上有张照片，之前我没有留意，现在才发现那是一张卡莎脸部的炭笔素描。画很漂亮，令我觉得卡莎也变得漂亮了。我知道是你画的。

“是苔丝画的吗？”我问。

“是的。”

我们四目交融，那一瞬间，我们之间有了某种交流，无须言语也没有任何障碍。如果你要把“某种”东西转化成语言，那应该是你们之间的亲密关系，亲密到你自然想为她作画，你在她身上看到了外人看不到的美。但我们之间的交流无须这么繁复，没有沉闷的语言，只有更加微妙的东西。

砰！关门声把我吓了一跳。

我看见一个男人朝屋里走来。那人身材魁梧，约莫二十岁，在狭小的公寓里显得出奇地高大。他穿着一身工作服，里面没有穿 T 恤，强健的胳膊上密密麻麻的文身如同套着两只袖子。头发上满是石膏灰。对这么大块头的人来说，他的声音出奇地小，但带着一种威胁人的音质：“卡什？你为什么不把门闩上？我早跟你说……”见到我后他一下站住了。

“卫生署的人？”

“不是。”我答道。

他没有理我，直接质问卡莎：“这是谁？”

卡莎又紧张又尴尬：“米奇……”

他坐下来，嘴里嘟囔着他才是这个房间的主人，暗示我是不速之客。

卡莎很怕他，表情跟我上回在你公寓外头她男友使劲按喇叭的时候别无二致。

“这是碧翠斯。”

“这个叫‘碧翠斯’的想从我们这里得到什么？”他挖苦道。

我突然想起我穿着名牌牛仔裤和一件价格不菲的开司米羊毛衫，这是讲究社交礼仪的纽约人周末通常的穿戴，星期一的早上穿着这样一身行头出现在特拉法加新月街显然格格不入。

“米奇上夜班。很累。”卡莎解释道，“他很……”她绞尽脑汁地寻找合适的词，可你的脑子里得有本母语词典才能为米奇无礼的举动找到托词。“容易闹脾气。”我脑子里很快迸出这个表达方式，我恨不得为她写下来。

“你不用给我道歉。”

“我妹妹苔丝是卡莎的朋友。”我说，但我的声音变得跟母亲一样焦虑，焦虑反而会加重我那上流社会的口音。

他愠怒地看着卡莎：“就是你经常跑去找的那人？”我不知道卡莎的英语水平是否能听懂他实际上是在恐吓她。我在想他是不是真的会动手打人。

卡莎细若蚊蚋地说：“苔丝是我朋友。”

自从小学毕业后我就没听过有人说过这样的话，为了支持某人，只需来一句“她是我的朋友”。我被这句简单的话所蕴含的力量感染了。为了不让她更加尴尬，我起身说：“我还是走吧。”

米奇四仰八叉地躺在扶手椅上，我得从他的腿上跨过去才能走到门口。卡莎追了上来：“非常感谢你的衣服。你真好。”

米奇看着她：“什么衣服？”

“我带来几件婴儿的衣服，仅此而已。”

“你想装好人吗？”

卡莎不明白他的意思，但能感觉到刚才那句话的敌意，我转身对她说：“我只是觉得那些衣服太可爱了，不想把它们扔了，或者捐给慈善商店，到时候什么人都可以买。”

米奇腾地站了起来，像他这样好斗的男人随时都可以出手，而且乐在其中：“看来你把我们这里当成慈善商店了。”

“你什么时候才能放下你的大男子主义？”我针锋相对地说，以前这样的事情对我来说是那样的陌生，现在却是这样的驾轻就熟。

“我们早买好衣服了。”他说着朝卧室走去。不一会儿，拎出一个盒子，扔到我脚边。我低头一看，里面装满了价格不菲的婴儿衣服。卡莎看起来非常尴尬：“我和苔丝，买的，一起。我们……”她用蹩脚的英语说。

“可是你们的钱是哪儿来的？”我问，趁米奇还没有发作，我追问道，“苔丝也没有钱，我只想知道钱是谁给她的。”

“做治疗的人，”卡莎说，“一共三百英镑。”

“什么治疗？囊性纤维症的治疗吗？”我问。

“是的。”

我在想不知道这算不算贿赂。现在我已经形成习惯，怀疑一切跟你有关的人和事，现在我当然会怀疑从一开始就疑虑重重的治疗，好比一块富含焦虑的土壤，怀疑的种子很容易在里面生根。

“你还记得那个人的名字吗？”

卡莎摇摇头：“信封里有，不过里面并没有信，只有广告纸。好奇怪。”

米奇愤而打断她的话：“你把所有的钱都买衣服了，不出几星期就会花得精光，鬼知道我们还有多少东西要买。”

卡莎的目光从他身上移开。我感觉这样的争吵对她来说早已司空见惯，令她疲惫不堪，之前买衣服的快乐早已烟消云散。

她陪我离开公寓，我们一同走过楼梯间满是涂鸦的混凝土台阶，她可能在想，如果我们都能说出流利的话来不知道我会说什么。“他是孩子的父亲。

谁也改变不了这个事实。”她说。

“我就住在苔丝的公寓里。你来吗？”

我竟然那么希望她能来，这样的想法真让我惊讶。

这时，米奇在楼梯顶上扯着嗓子喊道：“你忘了这个。”说罢将我的箱子从楼梯上扔了下来。箱子撞到混凝土地板上裂开了，那件小羊毛衫、一顶帽子以及一张婴儿毯散落在湿漉漉的混凝土地面上。卡莎帮我拾起来。

“别来参加葬礼了，卡莎，求你了。”

是的，因为泽维尔的关系，这样对她太过残忍。

我朝家里走去，凛冽的风如刀一样刮过我的脸。我把外套的衣领竖起来，用围巾抱着头抵御寒冷。我没听到手机响，电话转为短信。是母亲打来的，说父亲想跟我谈谈，还把他的电话号码给我了。但我知道我是不会打给他的，我成了一个缺乏安全感的成年人，感觉自己长大的身体无法适应全新的生活。我再次想起他抛弃我们时令人窒息的决绝。噢，我知道他还记得我们的生日，会寄给我们略显奢侈的礼物，可那些礼物对我们来说已经超龄，像是他只想盼着我们早点儿长大，这样就不用再负责了。我们曾在暑假跟他待过两个星期，可我们拉长的脸却让明媚的普罗旺斯黯然失色。离开时，就像我们未曾来过一般。我看到放置我们卧室用品的大箱子从此就被束之高阁，就连你这个生活中的乐天派，能够接纳别人优点的人尚且觉得无味。

我想起父亲的时候，突然意识到你为什么不叫埃米利奥对泽维尔负责。你将自己的孩子视若珍宝，不想让他成为别人生活的累赘。他永远不会觉得自己是个无足轻重的人，永远不会觉得自己被抛弃了。你不是在保护埃米利奥，而是在保护你的孩子。

我没有将没给父亲打电话的事情告诉莱特先生，只跟他说了你和卡莎在给孩子治病时收到钱的事。

“那笔钱不多，”我继续说，“但我觉得这是苔丝和卡莎接受治疗的诱因。”

“苔丝没跟你说过钱的事吗？”

“没有。她总能看到人们身上最好的一面，但她知道我向来疑心重。她可能不想被我数落吧。”

你肯定猜出了我的车尾上贴着的警告语：“天下没有免费的午餐。”“没有无缘无故的恩惠。”

“你觉得是因为钱才促使她去治疗的吗？”莱特先生问。

“不是。她觉得这是孩子唯一能治愈的希望，但我想那个给钱的人并不知道。跟卡莎一样，苔丝看起来也特别缺钱。”我停下来等莱特先生做下笔录，继续道，“苔丝第一次跟我说这个事的时候，我从医学角度全面了解了一下这种治疗，在网上发现参与治疗的人有权获得费用。甚至还有些专门的网站登广告招募志愿者，许诺所得费用‘可为你接下来的假期筹集资金’。”

“克拉姆医疗公司招募志愿者吗？”

“这家公司没有任何有关支付费用的消息。克拉姆医疗公司自己的网站有关于这项治疗的详细介绍，但没有提及付费的事。我知道基因治疗的发展花费巨大，三百英镑与之相比只是九牛一毛，但这笔钱仍然很奇怪。克拉姆医疗公司的网站上列出了所有成员的邮件地址，大概表明公司是透明的，可以随时联系他们的成员，于是我给罗森教授发了一封电邮。我相信邮件一定会被公司的小角色接收，但觉得值得一试。”

莱特先生面前有我那封邮件的副本。

寄件人：碧翠斯 · 赫明的 iPhone 客户端

收件人：professor.rosen@chrom-med.com

亲爱的罗森教授：

你能告诉我参加囊性纤维症治疗的妈妈为什么能得到三百英镑的费用吗？也许你希望我解释得更准确一些：“是补偿她们的时间吗？”

碧翠斯 · 赫明

不出所料，我没有收到罗森教授的回信。但我并没有死心，继续在网上搜索，我仍然穿着去卡莎家的那件外套，包也随意地扔在脚下。屋子里很黑，没有开灯，我几乎没留意到托德进来了。我甚至都没想过，更别说问他整天去哪儿了，我的眼睛几乎没离开过屏幕。

“苔丝参加了囊性纤维症的治疗，还获得了一笔钱，卡莎也是，但根本找不到记录。”

“碧翠斯……”

他已经不再称呼我为“亲爱的”了。

“但这不是重点，”我继续说，“我以前没想过这个实验对金融会有什么影响，但一些知名的网站，比如《金融时报》《纽约时报》都说克拉姆医疗公司几星期内即将上市。”

报纸上也有新闻，但自从你死后我就再没看过报纸了。克拉姆医疗公司挂牌上市这样的新闻在我看来是个非常重要的消息，不过托德连一点儿反应都没有。

“克拉姆医疗公司的董事要发财了。”我继续说，“网站上对于公司的估值有不同看法，但市值都相当大。而且公司的所有员工都是股东，所以他们都能分红。”

“这家公司肯定花了不少钱去做研究。”托德不耐烦地说，“现在他们的治疗也即将获得巨大的成功，投资也该获得收益了，他们自然要上市，这是非常符合逻辑的商业决定。”

“可是给孕妇的回报……”

“够了，看在上帝的分上，消停会儿！”他咆哮道。那一瞬间我们两个人都吓了一跳。四年来我们一直礼貌有加。冲对方大声嚷嚷会让亲密的关系蒙上一层阴影。他竭力控制着自己的语气：“先是已婚的老师，接着是一个暗恋他的怪学生，现在你又怀疑这次治疗，这次治疗可是得到所有人认同的，包括全世界的新闻媒体、科学界的人。”

“没错，我就是怀疑所有人，甚至包括这次治疗。因为我还没找到杀害她的凶手，也不知道那个人为什么杀她。只知道肯定是他杀。什么可能我都要调查一番。”

“不，你用不着这样。这是警方的工作，该做的他们已经做了，你掺和不上。”

“我妹妹是被谋杀的。”

“求你了，亲爱的，你得面对现实……”

我打断他的话：“她不可能自杀。”

吵着吵着我们两个都觉得有些尴尬，我感觉我们就像演员，竭力照着蹩脚的剧本完成演出。

“那只是你一厢情愿的想法，”他说，“不是你相信什么就是什么。”

“那你又怎么知道真相是什么？”我反唇相讥，“你总共才见过她几次，见面的时候你也没跟她说过几句话。你根本就不待见她。”

我言辞凿凿地跟他吵起来了，不仅提高了嗓门，也不怕言语伤人，但事实上，我们的关系仍在“环形公路”上，并没伤及内里，我的“表演”仍在继续，而且我这么容易就入戏了，这让我未免有些惊讶，我以前可从没跟人吵过架。

“你当时叫她什么？‘怪人’？”我问，也没想等他回答，“我们在一起吃过两次饭，我想你压根儿就不想听她说话。你甚至还没正儿八经地跟她说过话，就已经对她做出了评判。”

“你说得对。我对她是不怎么了解。我得承认，我一点儿也不喜欢她。事实上她还激怒了我。但这事跟她本人没……”

我打断他：“你对她有成见就因为她是艺术生，因为她生活的方式和穿衣的品位。”

“天哪！”

“你根本就不了解她这个人。”

“你说的这些根本就是两码事。听着，你想找个人为她的死负责，这我完全理解。我知道你不想为她的死负责。”他冷静的声音是强装出来的，我想起了我自己跟警方谈话时的情形。“你害怕这辈子生活在愧疚中，”他继续说，“这个我真的能理解。但我希望你明白，一旦你接受了真相，你就不会觉得愧疚了。我们都知道你根本无须为她的死承担责任，她是自杀的，警方、验尸官、你的母亲以及她的医生都对这样的结果表示满意，包括你在内的任何人都不该受到责备。只要你相信了这个事实，你的生活就能继续了。”他笨拙地将手搭在我的肩膀上，停留了一会儿，跟我一样，他也不喜欢触碰别人的身体，“我已经买好咱俩回家的机票了。我们在葬礼结束后的当天晚上离开。”

我沉默不语。我怎能一走了之？

“我知道你担心你妈，怕她需要你而想留下来帮她。”托德继续说，“但她也同意你越早回家恢复正常生活越好。”他的手重重地砸在桌子上，他做出这种非常举动之前我就发现电脑屏幕在晃动，“我现在都不认识你了。现在，我就是把我的肠子掏出来放在这里，你都不会把目光从网上挪开看一眼。”

我转身看着他，这才发现他脸色苍白，身体痛苦地蜷缩成一团。

“对不起。在弄清楚真相之前我不能走。”

“我们都知道真相。你必须接受事实。因为生活还得继续，碧翠斯，我是说我们的生活。”

“托德……”

“我知道失去她后你有多伤心，这个我能理解，但你现在有我了。”眼泪模糊了他的视线，“再等三个月我们就要结婚了。”

我正在想该怎么说，他却默不作声地进了厨房。我该怎么跟他解释我现在没办法结婚了？因为婚姻是对未来的承诺，没有你的未来叫我怎么设想？我没法跟他结婚就是因为这个理由，而不是因为我对他没有感情了。

我进入厨房。他背朝着我，我看着他的背影，感觉他就像一个老人。

“托德，对不起，可是……”

他转身朝我大声叫道：“我真的爱你。”他像是用母语朝外国人大声嚷嚷，像是只有这么高的分贝我才能听懂，才能让我对他回心转意。

“其实你并不了解我。如果你真的了解我，就不会爱我了。”

这话说得没错，他不了解我。我也从没让他去了解。如果我喜欢一首歌，我也从来不会唱给他听，星期天的早上我也从来没有跟他躺在床上。我想什么时候起床、什么时候外出从来都是由着我的性子来。也许他曾凝视过我的眼睛，但即便他这样做过，我也没有回望过他。

“你应该更多地了解我。”我说着想要牵住他的手，可他把我的手推开了。

“对不起。”

他躲开我。但我一直觉得对他心存愧疚，现在仍是。对不起，我没有发现只有我一个人在安全的环形公路里，孑身一人，无遮无拦。对我本应该关心的人，我再次表现得那么自私、那么残忍。

你去世之前，我觉得我们的关系成熟、理智。但这只是因为我的懦弱、缺乏安全感而做的被动的选择，而不是托德理应得到的，因爱做出的主动选择。

几分钟后，他离开了，没有告诉我去哪儿。

莱特先生决定一边工作一边吃午餐，他从熟食店买了个三明治。随后，他领着我走过空荡荡的走廊，进入一间会议室，里面有张桌子。不知何故，我对这间只有我们两人的大办公室有种莫名的亲切感。

我还没告诉莱特先生在查案的过程中我取消了订婚，托德在伦敦举目无亲——那晚，他肯定踏着雪去了酒店。我只跟他说了克拉姆医疗公司要上市的消息。

“你晚上十一点半给芬伯勒警探打的电话？”他低头看着警局的通话记录问我。

“是的。我给他留了口讯，叫他回我电话。第二天早上九点半，他仍然没打给我，于是我便去了圣安妮医院。”

“你早就计划再次去那里？”

“是的。那个高级助产士说她到时应该找到苔丝的病历本了，她已经约好跟我见面了。”

我来到圣安妮医院，感觉头皮有些发麻，因为我想我很快就能见到你生泽维尔时在场的人了，我知道我必须做这件事情，但具体什么原因我也不清楚。也许是忏悔，也许是愧疚。那天我早到了十五分钟，便去了医院的咖啡馆。我拿着咖啡坐下时发现了一封新电邮。

收件人：碧翠斯·赫明的 iPhone 客户端
寄件人：克拉姆医疗公司，罗森教授的办公室

亲爱的赫明小姐：

我向你保证，我们并没有提供任何资金引诱病人参与我们的治疗。每位参与者都不是在强迫或者诱使的情况下参与的。如果你愿意去股份制医院道德委员会查证，就会发现我们一直严格执行最高的道德准则。

谨致问候

罗森教授的私人医学助理萨拉·斯托纳克

我立马回了电邮。

寄件人：碧翠斯·赫明的 iPhone 客户端
收件人：professor.rosen@chrom-med.com

有个“参与者”是我妹妹。她参与治疗获得了三百英镑的报酬。她的名字叫苔丝·赫明（中间名叫安娜贝尔，是随我祖母取的）。她现年二十一岁，在产下一名死胎之后被人谋杀了。她和她儿子的葬礼在星期四举行，你不知道我有多想她。

这样的地方适合写这样的信。病痛和死亡都被隔绝在上面的病房里，但我想象着看不见的粒子被吹到中庭，落在医院咖啡馆的卡布奇诺和花草茶里。我肯定不是第一个在这张桌子上写这种饱含感情的信的人，我不知道那个“私人助理”会不会把信转交到罗森教授手里。我很怀疑。

我决定向医院的工作人员打听这笔酬金的事。

离预约时间还有五分钟的时候，我按照指示乘电梯来到四楼，朝侧楼的产科走去。

那位高级助产士见到我的时候看起来忧心忡忡的，也许是因为她那头桀骜不驯的红色鬈发让她看起来向来如此。“我们还没有找到苔丝的病历本。没有病历本，我就没办法知道她生孩子的时候有谁在场。”

我松了一口气，转念一想这么快就放弃似乎太懦弱了：“就没有一个人记得吗？”

“恐怕不会有人记得。近三个月里，医院的人手一直很紧张，所以我们从助产士代理公司临时聘请了不少护士和医生，我想肯定是他们中的某个人。”

这时，护士站里一位看起来朋克范儿十足、鼻子高挑的年轻护士插话道：“我们的中心计算机里有一些基本的信息，里面有聘用和解聘的时间、日期，不过你妹妹的情况太可惜了，她的孩子死了。里面并没有详细记录。没有病史，也没有看护孕妇和孩子的医护人员的资料。我昨天特地查过精神病科。尼克尔斯医生说她的病例压根儿就没给过他，还说叫我们部门‘管好自己的事’就好了，他似乎很生气。”

我记得尼克尔斯医生说他不了解你的“精神病史”，却不知道你的病历本丢失了。

“可是她的病历就不会在别的电脑上吗？我是说除了基本资料外还有一些别的详细资料吗？”我问。

那位高级助产士摇摇头：“我们对产妇都是用的便笺，这样病历就可以随身携带，要是病人的家离我们医院太远，还可以去别的医院生产。然后我们会将分娩信息附在手写便条上收好。”

电话响了，但那位助产士并没有接，她的精力仍然在我身上：“真是抱歉。我们知道这东西对你一定非常重要。”

她接电话的时候我在想，原本我对病历本丢失的事情还算轻松，现在却疑虑重重。莫非你的病历本上有你被谋杀的线索？或者只是“丢了”这么简单？我等着那位高级助产士通完电话。

“病历本丢失这样的事情难道不奇怪吗？”我问。

助产士一脸苦相：“很不幸，一点儿也不奇怪。”

这时一个身穿白色条纹服、身材魁梧的医生走过，他停下来插话道：“星期二那天，整整一手推车糖尿病患者的病历本都不见了，管理也太乱了，那么多病历本都不见了。”

我发现桑德斯医生也来到了护士站，正在查看病历。他似乎没有注意到我。

“真的吗？”我对穿着白色条纹服的医生说，本来我对他的话毫无兴趣。但他继续兴致勃勃地说：“去年他们建圣约翰医院的时候，甚至没人记得建太平间，第一个病人死掉的时候，他们都没地方放尸体。”

那位高级助产士显然被他的话弄得十分尴尬，我也纳闷他为什么这么口无遮拦地谈论医院的疏漏。

“医院曾把十几岁的癌症病人转移到别的地方，却没有一个人记得把冷冻的卵子转移过去。”医生继续说，“即使把病治好了，能生孩子的概率也是零。”

桑德斯医生注意到了我，满怀鼓励地冲我笑了笑：“但我们也不是所有时候都不称职，我保证。”

“你知道有孕妇付费参加囊性纤维症的治疗吗？”我问。

我突然改变话题让条纹服医生有些不高兴：“不知道呢。”

“我也不清楚，”桑德斯医生说，“你知道多少钱吗？”

“三百英镑。”

“那很有可能是某个好心的医生或者护士出的钱。”桑德斯医生用体贴的语气说，他再次让我想起了你，这次让我想起了人性中美好的一面。

“去年肿瘤科是不是有个护士？”他问。

白条纹医生点点头：“她把所有部门的交通费用都用来给一个她觉得亏欠的老人买衣服了。”

那位朋克风格的年轻护士插话道：“助产士有时候会帮助困难的妈妈，在她们出院的时候送一些尿布和婴儿食品给她们，偶尔还会送消毒器或者婴儿浴盆什么的。”

白条纹医生咧嘴笑道：“你是说以前护士的心肠还那么好的时候吗？”

护士怒目圆瞪，白条纹医生哈哈大笑。

这时哔哔响了两声，护士站的电话也响了。白条纹医生走了过去，去回复那个哔哔的声音，朋克风格的护士则接下电话，那个高级助产士则在回应护士的蜂鸣器。只留下我和桑德斯医生。我在长相帅气的男人面前总会露怯，更别说这种美男子了。倒不是觉得这样的男人会对我敬而远之，我是觉得他们根本就会把我当作隐形人。

“你要喝杯咖啡吗？”他问。

我估摸自己都脸红了，下意识地摇摇头，我可不想接受别人的情感施舍。

我得承认，虽然我并没有跟托德分手，但我对桑德斯医生却产生了幻想，但我知道应该将这种幻想埋藏在心底。即便我能幻想他喜欢我，但他手上的婚戒也会让我不敢奢望长久或者稳定的关系，或是任何我想维系的感情状态。

“我把我的详细联系方式告诉那位高级助产士了，万一她找到了苔丝的病历本呢。不过她提醒过我那些病历本可能永远都找不到了。”

“你是说你觉得她的病历本丢失的事很可疑？”莱特先生问。

“一开始我的确是这么想的。但在医院待的时间越久，我越觉得难以想象会有任何罪恶的事情发生在那里。医院似乎处于一个非常开放的环境，人们在这样一个摩肩接踵的空间里工作，我觉得谁也没办法在那种环境下拿走什么东西。虽然我不知道那个‘东西’是什么。”

“酬金的事呢？”

“圣安妮医院的人似乎并没有感到惊讶，更别说怀疑了。”

他低头看着警方的电话记录：“芬伯勒警探没有给你回电话，你也没有紧抓着这事不放吗？”

“没有，因为我又能跟他说什么呢？那些女人都获得了报酬，但我跟医院里的人聊过后，他们都没觉得有什么问题，也没觉得奇怪，克拉姆医疗公司马上就要上市了，就连我的未婚夫都觉得那是一个符合逻辑的商业决定。苔丝的病历本丢了，但医院的员工也都觉得很正常。我真没什么要跟他说的。”

我口干舌燥，喝了一口水后我继续说：“我觉得我钻进死胡同了，我应该继续之前对埃米利奥·科迪和西蒙的怀疑。我知道大多数凶手都顾家，我不知道在哪里听过这句话。”

但我记得也曾想过凶手和顾家的人本身就是矛盾的。星期天晚上在家里熨衣服、清洁洗碗机的人就顾家，可他们并不是凶手。

“我觉得西蒙和埃米利奥都有可能会杀她。埃米利奥有明显的动机，西蒙对她神魂颠倒，那些照片就是证据。他们两个和苔丝都跟艺术学院有联系。西蒙是那里的学生，埃米利奥是老师。所以，离开医院后我去了艺术学院，想看看那里会不会有人告诉我什么线索。”

莱特先生肯定觉得我很狂热，精力充沛。但事实并非如此，我因此推迟了回家的计划。一方面是因为我不希望连一点儿进展都没有就回家，另一方面是因为我想躲着托德。他打电话说想来参加你的葬礼，但我告诉他不用了。于是他决定尽快飞回美国，到时候会来公寓收拾他的东西。我不想去那里。

前往艺术学院的那条路上的雪没有清理，大多数窗户也都是一片漆黑。

一个带着德国口音的秘书告诉我现在是教师培训的最后三天。她同意帮我贴几张通知。第一张是有关你葬礼的信息，第二张是让你的朋友过几星期来学校对面的咖啡馆见我，我发现这几张通知写得很随意，日期的选择也没什么讲究。我把通知贴在公寓和小卖部旁边，总觉得有些荒唐，不会有人来的，但我还是把通知留在了那里。

回家后，我发现托德在黑暗中等我，他将兜帽拉了下来抵御雨雪："我没有钥匙。"

我以为他带了一把。"对不起。"我说。

我打开门，进入卧室。

我从门口看着他一丝不苟地收拾衣服。他突然转过身来，像是要令我猝不及防似的，这是我们第一次正儿八经地对视。

"跟我走吧，求你了。"

我的脚步有些踉跄，看着他收拾得整整齐齐的衣服，我记起了我们在纽约秩序井然的生活，跟这个是非之地相比，那里简直是安全的港湾。但我有条不紊的生活已经成为过去。我可能永远也回不去了。

"碧翠斯？"

我摇摇头，这个表示拒绝的微小动作让我一阵眩晕。

他说会把车还给机场的汽车租赁处。我居然不知道自己已经在这里待了这么久了。汽车租赁费非常昂贵。我们之间这种世俗的对话、对生活琐事的关心让人感觉既熟悉又温馨，我想求他待在我身边，求他留下来，但我不能这么做。

"你确定不想让我留下来参加葬礼吗？"他问。

"是的，不过还是谢谢你。"

我把租来的车钥匙交给他，直到汽车发动后，我才意识到应该把订婚戒指还给他。我揉搓着手上的戒指，透过地下室的窗户看着他驱车远去，直到消失在我的视线里，这辆车的声音跟陌生的车辆没什么两样。

我坠入寂寞的牢笼。

我跟莱特先生说了我在艺术学院张贴布告的事情，但没有提及托德的事。

“要我去拿点儿蛋糕吃吗？”他问。

我吃惊不小：“那敢情好。”

我只是用“好”形容此刻的感受，明天我应该拿本字典来。我不由得想，不知道他是出于好心还是也饿了，或者这只是一个表达浪漫的姿态，比方说像过去一样，暗示一起喝杯茶什么的。我居然希望是后一种答案，真是令人吃惊。

他离开后，我拨通了托德的办公室电话。是他的私人助理接的，但她没能听出我的声音，肯定是我重新说起了英国腔。她把电话接给了托德，我们之间的气氛仍然尴尬，但比之前好多了。我们这段时间在商量卖房子的事，讨论价格什么的。然后他突然改变话题。

“我在新闻上看到你了，”他说，“你还好吗？”

“挺好的，谢谢你。”

“我一直想跟你道歉。”

“你没什么需要道歉的。真的，是我……”

“我当然应该道歉。你对你妹妹做的事情都是对的。”接下来我一直沉默，但最后还是我主动问道：“你和卡伦搬进去了吗？”

他稍稍停顿一下后说：“是的。当然啦，在房子卖出去之前，我仍然会支付我那部分的贷款。”

卡伦是他的新女友。没想到他这么快就有女朋友了，他告诉我这个消息的时候我既轻松，又有些愧疚。

“我想你是不会介意的。”托德说，不过我觉得他是希望我介意。他像是强颜欢笑地说：“我希望这段关系跟你我一样，不过情况正好相反。”

我不知道该怎么说。

“如果世上还有平等的感情，”托德语调轻松地说，但我知道现在不该曲解他的意思，我害怕他会继续说，“就让我多爱你一会儿。”

我们道了别。

我跟你说过我学过文学，对吗？我对语录的引用可谓信手拈来，但这么做只会彰显我生活的缺失，而不会提升我的文学品位。

莱特先生拿着蛋糕、端着茶回来了，我们暂停了五分钟，聊的是一些鸡毛蒜皮的小事——四季如常的温暖天气、圣詹姆斯公园的球茎植物、你家花园里长出新芽的牡丹。我们一起喝茶时多少有种十九世纪的浪漫，不过我怀疑简·奥斯汀笔下的女主角是否也会用塑料杯喝茶，将蛋糕盛在塑料盒中。

我感到一阵恶心，蛋糕也吃不下，希望他不会觉得我怠慢了他。

喝完茶后，我们一起回顾了这几天的笔录，他再次核实了几个要点，然后建议今天到此为止。他得留下来整理一些文书工作，不过仍然陪我走到了前门。他一直等到电梯开门，我安全地进入里面。

我离开皇家检察署的办公室后就去见了卡莎，我答应过她用两天的薪水购买伦敦眼[①]的门票。但我实在太累，四肢沉重得像是根本不受我控制似的。我只想回家呼呼大睡。当我看到伦敦眼排得长长的队伍时，不由得心生厌恶，

① 又称千禧之轮，坐落在伦敦泰晤士河畔，是伦敦的地标之一。——译者注

这活脱儿将伦敦变成了独眼巨人。

我看到卡莎在队伍前面向我招手。她肯定等了好久了。很多人看着她，像是担心她可能会在摩天轮里生产似的。

我走到她面前，十分钟后我们便登上了摩天轮。

随着摩天轮的舱室越升越高，伦敦在我们脚下一览无余，我病怏怏的感觉一下烟消云散了，变得兴高采烈起来。我在想，虽然今天的精神算不上多充沛，但还不至于让人觉得昏天暗地，我觉得这是个好兆头。所以，也许我应该满怀希望地觉得自己已经完好无损地活过来了，一切都会好起来的。

我给卡莎介绍着各种景点，叫南边的人挪一挪，好指着大本钟、巴特西电站、下议院威斯敏斯特大桥给她看。我挥舞着手臂向卡莎展示伦敦的时候很是惊奇，不只是为这座城市感到自豪，而且因为这是我曾经居住过的城市。其实我更喜欢住在离大西洋咫尺之遥的纽约，但此刻我莫名地觉得自己就属于这里。

星期一

今天早上我破天荒起得很早，布丁则像块毛茸茸的、能发出呼噜声的垫子，趴在我双腿上（我一直不理解你当初为什么要把这只流浪猫带回来）。莱特先生跟我说希望我今天把葬礼那部分讲完。五点三十分我便打消了睡觉的念头，起身去你的花园里看了看。我要先在脑海中演练一遍，以确保自己还记得那些重要的情节。可当我试图集中精力回想时，我的思绪却沉迷于那些美好回忆，停滞不前。于是我将视线转移到枝叶上，那些曾一度干枯濒死的细枝此刻一片繁茂。然而我却害怕宿命，康斯斯普赖被一泡狐狸尿浇死了，所以我在那块地方又种了红衣主教黎塞留，[①] 估摸这样应该没有狐狸敢

① 康斯斯普赖和红衣主教黎塞留均为月季花的品种。——译者注

造次了。

这时我感到肩头被披上了一件外套，回身看到卡莎一副困倦的样子，摇摇晃晃地走回床去，你那件长袍睡衣已经遮不住她那隆起的肚子，还有三天就是预产期了。她之前央求我去做她的生产陪护，当她的“助产师”（对比我那些浅显的知识来说，这个词听上去也太时髦了）。你怀泽维尔那会儿只是要我陪在你身边，从没告诉我“助产师”是什么。也许你当时觉得我会对这个词稍有不悦（你是对的）。或者跟你在一起我根本不需要什么特别的名头，我是你姐姐，也是泽维尔的亲姨，这就足够了。

你也许会认为这是在搞砸了你那件事后，卡莎给我的第二次弥补的机会。可说来容易，实际上没那么简单。她又不是能走会说的百忧解[①]，随时随地能帮我排忧解难。不过她总是要我往前看。还记得托德跟我说过“生活总要继续”这句话吗？我的生活不可能回到你活着的时候，可我好想让时间停下来，撇下你继续前行太自私了。但卡莎肚子里日渐长大的宝宝（她早知道是个小丫头）是最直观的见证，时刻提醒我生活在继续——是与死亡完全对立的。我不知道是否存在象征生命的东西。

阿米亚斯说得没错，鸟儿一大早就会在外面吵个不停，它们叽叽喳喳地叫了快一小时了。我试图回忆阿米亚斯告诉过我的那个演唱顺序，我想现在该是云雀鸣唱的时候了吧。当我听到自以为是森林云雀的啼啭声时，竟有那么点儿惊讶于它神奇的安抚效果，那声音就像巴赫前奏曲，让我又想起了你的葬礼。

就在我入住小哈德森旧卧室的前一天晚上——那时我已经好几年没睡过

---

① 学名为氟西汀（Fluoxetine），是一种抗忧郁药。——译者注

单人床了——发现床真的好窄，床单包得紧紧的，沉甸甸的鸭绒被给人一种安全和舒适的感觉。我是早上五点半起床的，可当我下楼时发现母亲早就在厨房里忙活了。餐桌上有两杯咖啡，她递了一杯给我。“我本可以把你的那杯咖啡带上楼给你，不过我不想叫醒你。”我在没尝之前就知道咖啡已经凉了。窗外黑漆漆的，冷雨重重地敲打着地面。母亲心烦意乱地拨开窗帘，像是能看到窗外什么东西似的，然而窗外仍是漆黑一片，她只能看到自己在玻璃窗上映出的身影。

“人去世以后就会成为你记忆中不同年龄段的样子，对不对？”她问我。就在我正琢磨如何回答的时候，她又继续说：“可能你想到的是苔丝长大了的样子，因为你们一直很亲密。可当我醒来时，我想到的却是她三岁时的模样，穿着我从伍尔沃斯给她买的小仙女裙子，还戴着警察头盔，而她的魔法棒是把木勺。昨天我在公交车上想象着怀抱着出生仅有两天的她，我能感受到她的温度。我还记得她的小手抓着我手指的样子，那只手太小了，甚至都握不住我的手指头。我还记得她头的形状，当时我就拍着她的颈背，直到她沉沉地睡去。我记得她身上的气息，闻起来是那么的天真无邪。别的时候，我记忆中的她是十三岁的样子，那么漂亮，每次有男人盯着她看时我都担心得很。这些不同年龄段的苔丝都是我的女儿。”

上午十点五十五分，我们步行去教堂，寒风卷着冰冷的雨水打在我们的脸上和腿上。母亲的黑裙子湿漉漉地紧贴着她的衬衣，我的黑靴上也溅得都是泥巴。不过我倒是很喜欢风雨交加的天气，寒风刺痛地刮着脸颊。我知道，这里可不是满眼枯萎，到处都是石楠的荒野，而是星期四清早的小哈德森，去往教堂的道路两旁停满了排成长龙的汽车。

一百多号人在寒风斜雨中站在教堂门外，有些人撑着伞，有些人只戴着防风帽。起初我以为是教堂还没有开门，后来才意识到是因为人太多，教堂里根本无法容下那么多人。在这样的气氛和雨丝中，人群里我只瞥见了芬伯勒警探和他身边的女警弗农，而看不清其他人的模样。

我望着教堂外的人群，想到挤在教堂里的另一部分人，他们每个人都带着各自对你的记忆——你的音容笑貌、做过的事说过的话——这些有关你的碎片都组合起来，能拼成一幅你的模样，这样就可以拥有完整的你了。

彼得神父在通往教堂的墓地门口处接见了我们，他撑着伞为我们遮雨，告诉我们唱诗班已经安排妥当，还弄了几把富余的椅子，可教堂里连个落脚的地方都没有。他带着我们穿过墓地朝教堂的大门走去。

就在我跟着彼得神父往里走的时候，我瞥见了一个男人的背影，孤零零地伫立在墓地里。他光着头，衣服都湿透了，旁边是安放你棺材的墓穴，他就那样驼着背站在边上，是父亲。这些年我们一直在等他，然而他从未出现过，而如今他却在这里等你。

教堂的钟声敲响了，没有比这更瘆人的声音了。那声音是与这人世无关的韵律，毫无生命的悸动，只是象征着丧亲之痛的机械撞击声。现在，我们得走进教堂了。我感觉自己就像是从一座摩天大楼的顶层窗户走出来似的，内心是那样的不可思议又满是恐惧。我想母亲也会有同样的感受吧。每一步都会靠近那个残酷的结局，你的身体将被埋葬在被雨水浸透的土里。这时我感到有一只臂膀搂住了我，是父亲。他的另一只臂膀搂紧母亲，护送着我俩走进教堂。当母亲看到你的棺材时，我能从父亲身上感受到她的战栗。父亲一直用他的臂膀搂着我们，朝着看似无尽的过道走去。后来他握着我们的手在我俩中间坐了下来，这是我第一次对人与人之间的触碰这般心存感激。

我突然转身，瞥了一眼拥挤的教堂和外面站在雨中的人群，思索着凶手是否就藏身其间，就在我们当中。

母亲已经对葬礼弥撒要求面面俱到，我很满意，这样你就没这么快下葬了。你从不喜欢布道，但我想你一定会被彼得神父的布道感动。前一天是情人节，或许是因为这个，彼得神父讲到了不求回报的爱。我想我还能记得，大概是这样的：

“当我谈到不求回报的爱时，大部分人可能会想到浪漫的爱情，然而现实中还有各种各样的爱，即使这些爱索求回报，也未必都还得清。一个牢骚满腹的年轻人是不会像母亲爱他那样去爱母亲的；一位满嘴脏话的父亲也不可能用自己孩子那样天真无邪的爱去爱孩子。然而悲痛是这世上最无私的爱，我们对于已经去世的人无论爱得多么深切、多么长久，他们也无法再回应我们的爱了，至少感觉上如此……”

在教堂里做完弥撒后，我们到外面将你葬下。

无情的雨水早已将这片白雪皑皑的墓地弄得泥泞不堪。

彼得神父开始举行安葬仪式：“让我们把我们的姐妹苔丝和孩子泽维尔托付给仁慈的上帝吧，现在将他们的身体交给大地，尘归尘，土归土。我们怀着坚定的信念希望他们得以永生。”

我想起里奥的葬礼，那时我十一岁，你六岁，我握着你的手，感觉到你的小手软软地裹在我的手心里。当神父说道“怀着坚定的信念希望他得以永生”时，你转身对我说：“我不要什么信念和希望，我就是要他永生，碧儿。”

在你的葬礼上，我也不要什么信念和希望，可教堂本身也只是一种希望，没有谁能承诺生命走到尽头以后就是永恒的欢乐。

你的棺材被下葬到那个很深的墓穴里，我看着它擦过露在外面的草根，滑向底部，越来越深。如果能再次握住你的手，我愿付出任何代价，让我做什么都行，哪怕一次，哪怕只有短短的几秒钟，任何代价我都心甘情愿。

雨点敲打在你的棺材上，发出嗒嗒嗒的声音。“**嗒嗒嗒，嗒嗒嗒，我听到了雨点的声音。**”这是我五岁时唱给你的那首歌，当时你刚出生不久。

棺材抵达了巨大墓穴的底部，而我生命中的一部分也随着你落入了泥里，躺在你身边，伴你一同死去。

母亲走上前去，从她的外衣口袋里拿出一把木勺，松开手指的瞬间，木勺掉到了你的棺材上。那是你儿时的魔法棒。

而我则向里面把我们的邮件扔了进去，那些邮件的落款写着“无尽的爱”，标题是姐姐，昵称落的是碧儿，想来这样的举动对别人来说不算隆重也无足轻重，但这是你我联系的纽带，都是些琐碎的小事。你知道我不会用字母形状的意大利面拼词，可我把元音都给了你，这样你就可以造出更多的词来。我知道你以前最爱紫色，后来变成了亮黄色（“赭色是很有艺术气质的词，碧儿。”），你知道我喜欢的是橙色，直到后来我发现灰褐色更有深度，你为此还嘲笑了我一番。你知道的，我第一个奇特的瓷器动物是只猫咪（还是你从自己零花钱里拿出五十便士借给我买的）。有次我把我的衣服从学校箱子里都拿了出来，满屋子乱扔，那是我唯一一次恼火。我记得你五岁那会儿，整整一年里，每晚都跟我一起爬到床上，我们把共有的东西统统扔到地上，把我们姐妹情谊健壮的根茎、繁茂的叶子和轻柔绽放的美丽花朵统统扔掉。而我现在独自站在这里，失魂落魄。

我所能做的只有对你无尽的思念。思念是什么？泪水刺痛我的脸庞，所有的情感如鲠在喉，胸腔被掏空了一般。这就是我现在的样子吗？在这二十一年爱你的岁月里，除了思念我一无所有。难道因为你是我情感的基石，那块伴随我从孩提时代一路走来的基石，才使得我的感情世界一直正常吗？这一切会随你的离去而消失吗？一无所有的恐惧感如同鬼魅一样阴魂不散，而今我再也不是谁的姐姐了。

我看到父亲抓起一把泥土，可当他握着那把泥土举在你棺材上方时，怎么都不忍松开手指。他将手插进衣兜，让泥土落在了兜里而不是你的身上。彼得神父代替他将第一撮冰冷的泥土撒下去，父亲看着泥土在棺材上散落开来，痛苦也随之在他的心里弥漫。我走到他身边，将那只沾满泥土的手握在我手里，泥土在我们柔软的掌心间摩擦着。父亲满怀慈爱地凝视着我，一个自私的人仍然拥有爱他人的能力，不是吗？即使他们曾伤害了别人，令人失望过。我，以及所有人，都该理解这点。

在他们往你的棺材上撒泥土的时候，母亲一直沉默。

内心爆炸是没有声响的。

我到达皇家检察署办公室时，母亲心底那股压抑的尖叫一直在我的脑海里回荡。今天是星期一，人很多。我一走进封闭式电梯就开始担心起来，我经常这样害怕手机被屏蔽收不到信号，卡莎如果那时候生产的话，就会联系不上我。我一出三楼便马上查看是否收到短信，还好没有。我还查看了下寻呼机，只有卡莎有我寻呼机的号码，没错，这样担心似乎有些过头了，但这就像我最近信奉天主教一样，有玫瑰香念珠和印度熏香相伴，我定会变成一个体贴入微的人，寻呼机和特设的铃声都是专门为她服务的。我不是一个生来就懂得体贴的人，好在我最终学会了，但我还做不到很自然地将其视为自我本能的一部分。哦，还有我对卡莎的担心，或许那是我暂时转移思念的方式，将它寄托在活着的人身上。我需要生的象征。

我走进莱特先生的办公室，这天早上他并没有冲我微笑，或许是因为他知道今天我们要以你的葬礼为开篇吧，或许我周末所觉察到的浪漫火花，已被现在所讲的事浇灭了吧。我的证词主要是关于凶手的，不是描写爱情的十四行诗。我敢打赌，阿米亚斯的鸟儿不会互相吟唱这类事情。

他拉下百叶窗，将春天明媚的阳光挡在外面，室内昏暗的光线似乎很适合讨论你的葬礼。今天我会尽力避开我身体的问题，正如我说的，我没有权利抱怨，当你的身体已被永远地破坏，那个时候我早已没有权利去抱怨什么了。

我跟莱特先生讲了你的葬礼，主要说事情的经过，未曾触及感情。

“她的葬礼给了我两个重要的启迪，尽管当时我并没有意识到这点。”我讲道，省去了那段心路历程——那段我看着你的棺材被泥土一点点掩埋时让人窒息的煎熬，“首先，我知道了埃米利奥 · 科迪一定会等到泽维尔出生后再动手，如果真是他杀害了苔丝的话。”

莱特先生对我为何会突然讲起这个毫无头绪，但我想你是知道的。

“我一直清楚埃米利奥有杀人动机，”我继续讲道，“他与苔丝之间的不伦之恋威胁到了他的婚姻和工作。事实上，他的妻子在发现他们私情的时候并没有离开他，而他自己根本不知道妻子那边的情况。但如果凶手是他，为了保住自己的婚姻和事业，他为什么不在苔丝拒绝流产时杀掉她呢？”

莱特先生听完点点头，我想他开始对这个逻辑感兴趣了。

“我还记得在场景重现的节目播放后，是埃米利奥 · 科迪告诉警察苔丝已生下孩子。我估摸后来他肯定又找过她或者跟她通过话。埃米利奥已向警局正式投诉了我，所以我必须十分小心，以确保他不会跟警察说我纠缠他。我之前给他打过电话，问他还想不想要回他那些关于苔丝的画作，他火冒三丈，但还是想要回画。”

身处你的公寓时，埃米利奥看起来像个庞然大物，他性如烈火，简直要把整个公寓吞没。他打开每幅裸体画——这是在检查我有没有毁坏它们吗？还是担心我在上面添枝加叶？抑或是说只是想再看看你的身体？他暴躁的声音叫人生厌。

“根本没必要让我妻子知道苔丝和囊性纤维症这档子事。现在她正在检测自己是否为该基因的携带者，我也一样。”

“她的做法是明智的，而你很明显是基因的携带者，否则泽维尔也不会患这种病。只有父母双方都携带该基因，孩子才会患病。”

“我很清楚遗传规律，基因顾问已经给我们普及过相关知识了。但我未必就是孩子的父亲。”

我被他的话弄得目瞪口呆，他耸耸肩：“她在性方面很不检点，很有可能还有其他情人。”

“如果真是这样，她会告诉你，我也会告诉你，她不可能撒谎的。”

他默不作声，因为他知道我讲的是实话。

“是你打电话告诉警察她生下泽维尔了，对不对？”我质问道。

“我认为这样做完全正确。”

我真想反驳他，他就没做过“对的事”。但这并不是我要质问他的原因。“如此说来，她也一定告诉你泽维尔已经死了的事实？”

他又一次沉默了。

“是电话里谈的，还是当面谈的？”

他拿起你的画，转身要走。可我站在门口挡着。

“她想要你为泽维尔的死承担责任，对不对？”

“你得弄清楚，她告诉我怀孕的时候，我就很明白地表过态，我跟她说我是不会以任何方式帮助她的，也不会帮助那个孩子。我不是孩子的父亲。她对此也没怎么吵闹。她甚至说过孩子不用我管或许会过得更好的话。”

“没错，但泽维尔死后呢？”

他放下手里的那些画，我一度觉得他会一把推开我，然后一走了之。可他做了个戏剧性的投降动作，真是可笑至极，幼稚得让人作呕。

“你是对的，我投降。她当时威胁说要揭发我。”

“你的言外之意是说她要你承认你是泽维尔的父亲？”

“是的。”

“她的孩子死了，她只是希望孩子的父亲不要觉得他是个耻辱。”

他两手仍举在头顶，攥紧拳头。曾有那么一瞬间我以为他会打我，但随后，他把双手放下来，垂在身体两侧。

“有个男孩总是拿着该死的相机围着苔丝转，你该质问的是他。他对苔丝那么痴迷，嫉妒心又那么强。”

“我很清楚要是泽维尔还活着的话，苔丝不会对埃米利奥提任何要求。”我说，“可当泽维尔死了，她就不能忍受埃米利奥不认孩子了。”

当我看到父亲站在你的墓旁忏悔，就在你的尸体葬进泥泞冰冷的墓穴的那一刻，他作为父亲一步步走近你，你无法否认一个已经死去的孩子。

莱特先生稍微停顿了一会儿才提出下一个问题：“你相信他说的关于西蒙的事情吗？”

“我对他和西蒙都怀疑，可我没有实实在在的证据。警方将苔丝的死因定为自杀，对此我也没有证据反驳。”

我跟莱特先生讲了我同埃米利奥交锋的经过，我把自己当成了侦探，但最重要的是我是你的姐姐。我必须把这点告诉他，保不准这和这个案子有些许联系。这样坦露心迹有些尴尬，但我不能再一味地谦让、羞怯，哪怕他对我的印象不好也在所不惜，于是我继续讲下去。

埃米利奥站在敞开的前门外，愤怒之下，他的汗水从脸上的毛孔里渗了出来，手中拿着你的裸体画。

“你还不明白，是吗？我和苔丝之间只有性，我们的性关系非常和谐，仅此而已。苔丝知道这个。”

“你难道就没想过，像苔丝这样的年轻人就不会把你当成父亲吗？”

这是我的观点，尽管你否认过多次。

“不，我并不这样想。”

“因为她的亲生父亲离开了，你作为她的导师，就不觉得她会向你寻求更多的东西，而不仅仅是性爱吗？”

“我不觉得。”

“我倒希望不是，她已经够失望了。”

我真高兴我终于当着他的面讲出了那句话。

“或许她是想打破成规呢，”他说，“我就是那个规矩之外的人，没准她喜欢的就是这个。”他的语气中带着调戏的意味，“禁果总是更能勾起性欲，不是吗？”

我一言不发，可他却向我靠近，几乎跟我贴面。

“但你对性不感兴趣，对吧？”

我仍然保持沉默，而他就在一旁等待，等待我的反应。“苔丝说过你只会在感情稳定后才会跟人发生关系。”

我感觉他的眼睛在盯着我，像是在窥探我的内心。

“她说你只是为了稳定才选择一份枯燥的工作，而你选择未婚夫的标准也是如此。”他在试图剥开我们姐妹情谊的保护层，继续讲道，“她还说相比快乐，你宁愿选择安全。”他觉得自己已经命中了目标，于是穷追不舍，“她还说你畏惧生活。”

你说得没错，在你看来，其他人的生活或许就像在生命的蓝色海洋里航行，只是偶尔会有暴风。于我而言，生活通常就是一座陡峭、凶险的山。还记得我告诉过你，生活好比是在攀岩，我的脚底必须站稳，牢牢地抓住工作和住所之间的这根安全绳。

埃米利奥仍旧盯着我的脸，期待看到我被你背叛和伤害后的痛苦。可恰恰相反，我被你深深感动了，我感到你我之间更加亲密，你比我更了解我自己——却仍然爱着我。你那么善良，从没有跟我说起过你了解我的恐惧，让我能够保住我作为姐姐的颜面。我多希望能早些告诉你。如果我有勇气从我人生那座险峻大山的山腰处望去，一定可以看到你在天空里无忧无虑地自由翱翔，没有安全绳的束缚。

也没有安全绳保你周全。

好希望你觉得我找回了一丁点儿勇气。

第八章

Chapter Eight

罗森教授的办公室

十分钟过后，罗森教授的秘书陪着我从接待处乘坐泡泡电梯抵达顶层，教授在那里迎接我。

讲完我与埃米利奥见面的经过后，我试着观察莱特先生是否会看不起我。秘书小姐用瓷杯端着为莱特先生准备的咖啡匆匆忙忙进来了，马里兰曲奇饼放在碟子上，上面的巧克力在白色瓷碟上融化了。而我的是一次性杯子，没有饼干。莱特先生因秘书的偏心而略显尴尬。等秘书小姐离开后，他将一块曲奇饼放到我杯子旁边。

“你说葬礼给了你两个重要的启迪？”

启迪？我真是这样说的吗？有时我听到自己说出某个新词，可在刹那间又感觉它的荒诞不稽会把我的生活变成闹剧。

“黄上校端着一盏烛台在厨房里。”

“碧儿，你太傻了。是梅子教授手里拿着一根绳在图书馆里！”

莱特先生等在那里。

“是的。另一个人是罗森教授。”

因为悲痛和大雨，你葬礼上的大多数人在我眼里都变得模糊，但罗森教授除外，可能因为他在电视上出现过。他跻身教堂外的人群中，手持一把有透气孔的伞，那是一把科学家用的伞，风能从伞面穿过，而其他哀悼者的雨伞则被风吹得伞面翻转。之后他走向我，尴尬地伸出手，然后垂在身体两侧，想要继续做这个手势又好像太过羞涩。“我是阿尔弗雷德·罗森。我要为私人助理发给你的邮件向你致歉。她用词太过冷漠了。”他的眼镜起雾了，他便用手帕将其擦干。“我把我的个人联系方式通过邮件发给你了，如果你还有什么问题要问我的话，我会很乐于为你解答疑问的。”他用语刻板，举止僵硬，我只注意到这么多，再无其他，因为我一直都在想你。

“葬礼结束一星期后，我拨打了罗森教授给我的号码。”

我没有提到你葬礼结束后那星期我如坠旋涡的感情状态，没办法好好思考，吃不进东西也很少说话。我竹筒倒豆子似的全说出来了，试着抹去有关那段时光的记忆。

“他说他马上进行巡回演讲，提议我们在他走之前见一面。”

“你怀疑他吗？”莱特先生问。

“没有。我没理由把他或他的实验跟苔丝的死联系在一起。那会儿我觉得他们公司给女人的报酬可能并无恶意，正如医院里的人们所说的那样，但我没有直接问过他，所以还是想问问。”

我想我必须质问一切，怀疑所有人。我不能让你失望，我必须对他们所有人刨根问底，直抵迷宫的中心，找到杀你的凶手。

“我们约在十点见面，但克拉姆医疗公司的信息研讨会在九点半开始，于是我提前预约了个地方。”

莱特先生看起来很吃惊。

“那里就像过去的核工厂一样，”我说，“想要让一切看起来都在阳光底下，没有危险。‘来塞拉菲尔德核电站吧，过来野餐！’你知道这档子事的。”

莱特先生笑了，但奇怪的事发生了。那一瞬间，我觉得我说话的口吻就跟你一样。

早上高峰时段的地铁人满为患。我和其他上班的人挤作一团，骇然想起我曾在大学布告栏里贴通知让你的朋友来见我。葬礼过后，我的思绪很是混乱，差点忘记了这件事情。见面的时间定在那天十二点。相比和罗森教授的见面，我对此更觉不安。

上午九点半之前，我抵达了克拉姆医疗公司——玻璃墙，十层高，透明的电梯上上下下，像矿泉水里的泡泡。霓虹灯环绕，紫色和蓝色的光照亮四周。“科幻小说成了科学事实”似乎就是它要表达的信息。

这充满想象力的璀璨场景却因十来个示威者举起的横条而不再完美。一条上面写着:“拒绝人造婴儿!”另一条上面写着:“亵渎上帝者自有天收!”并没有叫喊声与之相伴，示威者打着哈欠、死气沉沉，想必是起得太早了。我在想他们是不是想上电视，尽管电视采访在最近几星期逐渐减少，电视上播放的也都是准备好的资料片。也可能是因为这是几个星期以来难得没有冰霜雨雪的一天，他们得出来活动活动罢了。

我走向医疗大楼，听到一个打着耳洞、顶着一个爆炸头的女人在对记者说话。

“……只有有钱人才能出得起钱，用基因手段让孩子变得更聪明、更漂亮、更健康。只有有钱人才能出得起钱，用基因手段让他们的孩子免受癌症和心脏病……”

手持录音机的记者看起来有些倦怠，但那个爆炸头却并不气馁，而是愤怒地继续道：“他们最终会创建出基因特权阶级。而且不同阶级的通婚绝无可能。谁会和比他们丑陋、虚弱、愚蠢而更易患病的人结婚呢？几代人后，他们就会创造出两个群体，一个携带优势基因，另一个则是劣质基因。”

我走向爆炸头：“你见过得囊性纤维症的人吗？见过得肌肉萎缩症、亨廷顿氏病的人吗？”我问。

她瞪着我，对我打断她滔滔不绝的发言很不满。

“你不知道得囊性纤维症的人过的是怎样一种生活，那种生不如死，好像自己吐口痰就会把自己淹死的感觉。这些你都不知道，对吗？”

她从我身边走开了。

“你很幸运，”我在她身后叫道，“你生来是基因健全的人。”

随后我走进大楼。

我在门口安检板上输入自己的姓名，门便开了，我进去，在接待处签了名。

我按指示出示了身份证明，柜台后面的照相机自动对我拍了照，做了张身份卡，我这才被允许进入。我不知道他们在搜查什么，但这个机器远比我过机场安检所见到的复杂得多。我们中十五个人进入了研讨室，这里有一个巨大的屏幕，一个叫南希的年轻女人接待了我们，她一副神气活现的样子，算是我们的“导师”。

在基因基础课程讲完后，神气的南希向我展示了一小段胚胎被植入水母基因的老鼠实验。视频是关着灯的，一转眼老鼠便发着绿光。惊叹声此起彼伏，我注意到，有个留着灰色马尾辫的中年男子却像我一样对此并不感冒。

神气的南希向我们展示了另一段视频，里面是两只迷宫中的老鼠。“这是爱因斯坦和他的朋友，”她兴奋地说，“这些小家伙多了一组用来记忆的基因，因此它们更聪明。”

视频中，“爱因斯坦和他的朋友”以惊人的速度找到了迷宫的出路，而它们那些没有基因植入的朋友则相形见绌。

留着马尾辫的男人开口了，咄咄逼人地问道："这种'智慧基因'是否也能植入生殖细胞中呢？"

南希对我们微微一笑："你的意思是问基因能否传给它们的后代吧？"她转身朝向马尾辫男人，仍旧保持微笑，"是的，最早得到基因增强的老鼠至今已有十年，它们是这群小家伙的曾曾曾——我不知该说几个曾——曾祖父。从严格意义上来说，这些智慧基因通过许多代延续了下来。"

马尾辫男人的姿态和语调都充满了敌意："你们什么时候打算把它用在人身上？准备大赚一笔了，对吗？"

神气的南希面不改色："法律不允许在人身上进行基因增强。基因增强只能用在治疗疾病上。"

"但一旦合法，你们就会迫不及待地去做，对吗？"

"科学工作不过是为了推进我们的认知，没有任何邪恶或商业方面的目的。"神气的南希答道，对此类问题的解答她早已烂熟于胸。

"你们已经准备上市了，对吗？"他问。

"关于公司商业方面问题的讨论不在我的工作范围之内。"

"但你有股份对吗？每个员工都有，是不是？"

"我说过……"

他打断她的话："所以你们有什么问题都会掩盖，不想将其公之于众！"

神气的南希语调甜美，但我感觉到亚麻外套里的她强硬如铁。"我向你保证我们这里是完全公开的。没有你所谓的'问题'存在。"

她按下按钮，为我们播放另一段影片，几只老鼠被放在笼子里，一个研究员把尺子放在里面作为辅助。你会发现它们的大小——不必用尺子衡量，仅仅是通过与研究人员的手做对比。它们的个头真的很大。

"我们给这些老鼠注入了肌肉增长基因，"南希热情地说，"但这种基因还有别的令人惊喜的效果。它使得老鼠不仅变得更大，而且更温驯。我们本以为会创造一个像施瓦辛格那样的肌肉男，结果却得到了一个肌肉发达的小鹿斑比。”

人群中爆发出一阵笑声，同样只有我和马尾辫男人没有笑。神气的南希似乎是要抑制住自己的欢喜，继续道：“这个实验有其严肃的意义，它向我们展示了同样的基因可以用来创造两种完全不同、毫无关联的事物。”

这就是我一直以来担心你的。我从没这么如临大敌过。

南希带着我们走出研讨室，我看到门卫在跟留着灰色马尾辫的男人交谈。他们在争吵，但我听不清楚在吵什么；然后马尾辫男子就被带走了。

我们朝另一个方向走，被带入一个大房间，这个房间是专门用来做囊性纤维症治疗的。里面有治愈婴儿的照片和世界各地的新闻头条。南希向我们这些初学者匆匆介绍了囊性纤维症，她身后的大屏幕上有个患病的儿童。我注意到其他人在看大屏幕，而我在看南希，她两颊粉红，声音饱含激情。

“治愈囊性纤维症的故事始于一九八九年，当年，一支国际科学家团队发现了导致该症的反常基因。这听起来很简单，但请记住人体细胞有四十六条染色体，每条染色体上有三万个基因。发现那个致病基因是件了不起的成就。此后寻找治愈办法的研究才随之展开！”

她的讲话听起来像是《星球大战》的电影开场，她兴致勃勃地继续说：“科学家发现囊性纤维症的致病基因会在肺部和消化道的细胞内产生大量盐分，缺乏水分会导致黏液的产生。”

她朝向屏幕，屏幕上一个孩子正在拼命呼吸，她的声音有些颤抖，也许每次看这段影片她都会如此吧。

“问题在于如何使健康基因植入患者体内，”她继续道，“现有的利用病毒携带的方法很不理想，因为它伴有风险，而且很快就会损耗。罗森教授在克拉姆医疗公司的支持下，创造了人造染色体。这是一种完全安全的全新方式，可以把健康基因植入患者体内。”

一个穿着牛津大学运动衫的年轻人面露忧色地说："你的意思是把额外的染色体注入人体的每个细胞内？"

"是的，"南希答道，眼睛里闪着光，"受治疗的患者，每个细胞将有四十七而非原先的四十六条染色体，但这只是一个小染色体，而且……"

他打断了南希的话，房间里的气氛紧张起来。他要取代马尾辫男子唱黑脸吗？"这条额外的染色体会进入生殖细胞吗？"他问道。

"是的，它会被传到下一代。"

"你不觉得这很令人担忧吗？"

"不，我不觉得。"南希答道，仍旧保持着微笑。她镇定自若的回答似乎消除了年轻人的所有敌意，也许是我没看出来，因为南希把灯光调暗了。

大屏幕上又播放了一个短片，向我们展示放大一百万倍的DNA双螺旋结构图。我和其他十三个人都注意到了那两条标注过的囊性纤维症基因，接着，它们被健康基因取代了，真是不可思议。

科学发明堪称真正的尖端领域，这样的奇迹真是让人叹为观止。就像赫雪尔透过天文望远镜发现新行星、哥伦布发现新大陆那样。你觉得我在夸大其词吗？我亲眼看到囊性纤维症被治愈，苔丝，就在我面前。我看到里奥的死亡判决书本可以被改写。他本能活到现在。当南希讲述染色体终端、基因芯片还有量化细胞时我就一直在想这些。他本该还活着。

电影进行到新生婴儿的场景，都是不受囊性纤维症困扰的婴儿，充满喜悦的母亲和情不自禁的父亲亲吻着他们，我想起某个男孩长大的情形；他不再以《机动部队》卡片作为生日礼物。现在他可能长得比我还高。

电影结束，一时间我意识到，过去一个月里我没法集中精力，甚至连短暂的凝神也做不到。随后我记起——这我当然记得——我很高兴得知这种治疗与你或泽维尔的死并无任何关联。我希望囊性纤维症的基因治疗在没有代价、牺牲和邪恶掺入的前提下打开我们新世界的大门。

我以为电影已经结束，但随后罗森教授出现在屏幕上进行演讲。这些内容我在网上听过，还在报纸上看到过，但此刻，他的演讲却以不同的方式震撼着我。

“绝大多数人以为科学家在工作中毫无激情。如果我们弹奏乐器、画画或是写诗，人们才会觉得我们充满激情，但科学家需要的是冷静细致、深入剖析、独立思考的能力。对大多数人而言，‘临床’一词非常冷漠、没有感情，但它却和医疗休戚相关——是为了做一些有益的事情。我们也应该做到，和艺术家、音乐家还有诗人一样，精力充沛、矢志不渝、充满激情地去工作。”

十分钟过后，罗森教授的秘书陪着我从接待处乘坐泡泡电梯抵达顶层，教授在那里迎接我。他看起来和在电视上及出席你的葬礼上时没什么两样，同样夸张的金丝眼镜，两肩窄小，不善言谈，活脱儿一个靠谱的科学工作者形象。我对他出席你的葬礼表示感谢，他点点头，我觉得他的回应有点儿无礼。我们一同走下楼梯，然后我打破了沉默。

“我弟弟曾是囊性纤维症患者。我好希望你能早几年出现。”

他半转身背对着我，我记起电视采访时，他在面对赞扬时是多么窘迫。他随即转移了话题，我很欣赏他的谦虚。

“所以你觉得这个研讨会很有启发性吗？”他问道。

“是的，非常具有启发性。”我正要继续说下去，他却打断了我，而且对此还毫无察觉。

“我发现高智商的老鼠最叫人不安。我受邀参加初步阶段的实验。皇家学院的年轻研究员在研究超级聪明的老鼠和普通老鼠之间的区别，或者诸如此类的荒唐实验。这已经是好几年前的事了。”

“但这些老鼠后来都出现在了克拉姆医疗公司的影片里？”

“是的，公司买断了这项研究及其所研究的基因，还有全部的研究成果。遗憾的是，任何用于人体的基因工程实验都是禁止的，不然我们现在就会有在黑暗中的发光人或是唱摇篮曲的巨人了。”

我觉得这段话是他引用的或者至少是提前练习过的。他不像是那种能用俏皮话谈笑风生的人。

“但是囊性纤维症的治疗是完全不同的。”我说。

他停下脚步转身向着我：“是的，用于治疗可怕疾病的囊性纤维基因疗法和通过基因增强来修补基因的方法毫无可比性。后者也可称为畸形秀，和前者完全比不了。”

他言语中透露出的活力令人吃惊，我也是第一次意识到他是一个有血有肉的人。

我们来到他的办公室，走了进去。

房间很大，三面玻璃，配有全景天窗，整个伦敦尽收眼底。他的桌子却小而简陋，我想这张桌子是从他学生宿舍搬出来的，伴随他去过一间间越来越宽敞的办公室，最后摆放在这里，显得颇不协调。罗森教授关上身后的门：“你有问题要问吗？”

一时间我所有的怀疑都烟消云散了，而在我质问他付钱的事情后我才想起这问题实在荒谬（我之前说过，与实验所需巨额投资相比，这才是区区三百英镑）——根据当时的场景我觉得有些无礼。不过那时我顾不上礼数了。

“你知道为什么参加实验的女人都得到报酬了吗？”我问。

他几乎毫无反应：“私人助理写的邮件语气冷漠，但讲的都是事实。我不知道谁给你妹妹或其他人付钱了，但我可以向你保证不是我们或者这项实验的管理人员。我把医院道德委员会的名单和报告给你。你可以自己查查，这里面并没有支付酬劳的行为。这是违反规定的。”他递给我一沓文件，继续说道，“事实上，如果真有金钱交易，那也是婴儿的母亲支付报酬给我们，哪用得上我们支付。有许多父母乞求我们进行治疗。”

接下来是一通尴尬的沉默。不过，我们刚进入他的办公室三分钟，我的问题就得到了回答。

“你还为皇家学院工作吗？”我问，借此争取时间思考更为重要的问题。但这个问题触动了他的神经，无论他的身体还是说话的声音都进入了戒备状态。

“没有。我现在是全职人员。这里有更好的设备，还允许我外出演讲。”不知何故，我听出了他言语中的苦涩。

“这儿肯定需要你！”我问道，依然彬彬有礼。

“是的，非常需要我。我在这里收益颇丰。所有欧洲名校都邀请我去演讲，美国常春藤八校都请我做主讲，其中四所还授予了我荣誉教授之职。我明天就要在美国进行巡回演讲，每次能讲上几小时，听众至少能听懂一些，这和新闻采访相比，令我宽慰多了。”

他的话解除了我的防备，让我明白我之前对他的看法是完全错误的。他的确需要聚光灯，但他更想在名校的演讲台上成为瞩目的焦点，而非在电视上抛头露面。他的确需要赞扬，但他要的是同行的赞扬。

我坐的地方离他有一段距离，但即便这样，他还是在讲话时身体向后倾，好像房间有多狭窄：“在你回复的邮件中，你似乎在暗指你妹妹的死或许同我的实验有关。”

我注意到他说的是“我的实验”，而在电视上他则称之为“我的染色体”。我之前一直不知道他个人对于囊性纤维症实验是多么的认同。

他转过身去，不再看我，对着办公室的玻璃墙上他的倒影。

“这是我一生的工作，旨在找到囊性纤维症的治愈方法。事实上，我已经花费一生，倾尽所有——时间、信念、精力，甚至爱情——投入这一件事上。我做这一切绝不是为了伤害别人。”

“是什么促使你这么做的？”我问道。

“我想知道当我不在人世时，是否能让这个世界变得更好。”他转身面向我，继续道，“我相信我的成就会被下一代人视为转折点，引领人类走向不受疾病困扰的新纪元——没有囊性纤维症、没有阿尔茨海默病、没有运动神经元损伤、没有癌症。”他满怀热情的声音让我震惊，他继续说：“我们不仅要消除疾病，还要确保这些改变会一直保持下去。人类经历了数百万年的进化，可是连感冒都没办法治愈，更别说大病了，但我们可以改变，再通过几代人的努力，我们很可能将实现这个目标。”

不知何故，在他讨论治愈疾病时，我总觉得他令人不安，或许是因为任何一种狂热——无论起因好坏——都会让我们害怕。我记起他在演讲中把科学家与画家、音乐家和作家做类比，我发现这种关联令人害怕——因为和音符、文字以及画作不同的是，基因科学家手里掌握的是人类基因。他一定感受到了我的不安，却误解了原因。

“你觉得我在夸大其词，对吗，赫明小姐？我的染色体就在我们的基因库里。我用一生实现了人类一百万年进化所取得的成果。”

我把临时通行证还给他，离开大楼。示威者仍在楼下，现在声势更大了，他们一定用热水瓶带来了咖啡。马尾辫男子和他们在一起。我在想他是不是经常参加研讨会，挑衅神气的南希。也许是出于公共关系的考量和法律方面的因素，他们不能禁止他入内。

他看到了我，走上前来。

“你知道他们是怎么测量那些老鼠的智商的吗？”他问道，“不只是用迷宫测试。”

我摇摇头，从他身边走开，但他跟了上来。

“他们会把老鼠放进密室里接受电击。当再次放入老鼠时，那些通过基因增强智商的老鼠知道害怕。他们是通过恐惧来测试智商的。”

我加速走开，但他仍然紧随身后。

“还有老鼠被放进水箱里，水箱里有隐蔽的平台。高智商的老鼠会试着找到这个平台。”

我疾步朝地铁站走去，试着重新燃起我对囊性纤维症治疗实验的热情，却被罗森教授和老鼠实验搅得心神不宁。“他们是通过恐惧来测试智商的”这句话在我脑海里挥之不去。

“我很想相信囊性纤维症治疗实验是完全合法的，不希望它以何种方式与苔丝的被害和泽维尔的死相连。但这次访问后我深感不安。”

“是因为罗森教授吗？”莱特先生问。

“也不全是。我原以为他淡泊名利，因为他在电视上很不自在，却对受邀展开巡回演讲一事沾沾自喜，他特别强调将在世界上最负盛名的大学进行演讲。看来我对他之前的判断完全错了。”

“你怀疑他吗？”

“我对他有戒备。此前我以为他来苔丝的葬礼并为我解答问题是出于同情心，但现在我不再这么确定了。我觉得他人生的部分时间都被当作科学怪人，显然贯穿他的整个学生生涯。但眼下他却成了红人——而且，通过他的染色体实验，将来也会一直走红。我觉得就算实验有任何差错，他也不会让这些错误来损害他刚刚获得的身份。”

但最让我困扰的不仅仅是罗森教授，而是所有基因科学家的力量。当我走出克拉姆医疗公司大楼时，我想起了命运三女神的故事——一个吐出人类的生命之线，一个维护它，还有一个负责切断它。我想起我们体内 DNA 的线头，以双螺旋结构相缠绕，每个细胞上面的两条线就决定了我们的命运。我还想到，科学从未如此密切地接触人类的本质——与我们终有一死的生命息息相关。

参观完克拉姆医疗公司后，我心事重重地走了好远的路来到艺术学院对面的咖啡馆。你的很多朋友都来参加葬礼了，但我不确定会不会有人来见我。

我走进咖啡馆，里面满是学生，所有人都在等我。可我却有些不知所措，舌头也打结了。我向来不喜欢主持什么活动，甚至连午餐聚会都没主持过，更别说跟一群陌生人见面了。跟这些穿着奇装异服、留着古怪发型、打着耳钉的人相比，我感觉自己实在太古板了。有个留着拉斯特法里式发型、长着一双杏仁眼的人声称自己叫本杰明，他将手搭在我肩上，领着我朝一张桌子走去。

他们知道我想听到更多关于你的生活，跟我说了很多你的事情，说你很有才华，心地善良，风趣幽默。他们说着你的一些有趣的往事时，我却在观察他们的脸，怀疑会不会有人就是杀害你的凶手。那个有着一头亮铜色头发、胳膊细长的安妮特有没有气力杀人，会不会这么恶毒呢？本杰明那双漂亮的眼睛里饱含的泪水是否是真的？或许他只是沉浸在自己的动人故事里？

“苔丝的朋友从不同的角度向我描述过她，”我跟莱特先生说，“但所有人都用到了一个词语，所有人都说她是‘生活的快乐之源’。”

快乐、生活——这两个字眼同时放在你身上再贴切不过，却也是莫大的讽刺。

“她有很多朋友吗？”莱特先生问。我被这个问题感动了，因为根本不需要问就知道。“是的。她非常珍惜朋友之间的情谊。”

这原本就是事实，对吗？你总能轻而易举地交到朋友，但又不会轻易地放弃他们。在你二十一岁的生日派对上，甚至还有小学的同学参加。你会将过去的朋友带到现在，你会让友谊保鲜。即便他们现在不能随时随地陪伴你左右，但你仍会很珍惜他们，不会弃之如敝屣。

“你问过他们毒品的事吗？”莱特先生问，将我的思绪带回到现在的问题上。

“问了，跟西蒙一样。他们都坚称她绝不会碰，我还向他们打听过埃米利奥·科迪的情况，但并没有问到什么有价值的线索。只是听人说他是什么‘傲慢的狗屎’。一门心思顾着自己的艺术创作，并不是一个正派的老师。他们都知道这段婚外情，也知道苔丝怀孕的事。我还问起了西蒙的事以及他跟苔丝的关系。”

咖啡馆的画风突然变了，气氛也变得凝重起来，像是承载了一些我无法理解的东西。

“你们都知道西蒙在追苔丝吗？”我问。他们点点头，但没人主动提及这方面的信息。

“埃米利奥·科迪说他吃醋了？”我问，试图挑起话题。

一个一头黑发、嘴唇如同宝石一样鲜红的女生开口道：“不管苔丝爱过谁，西蒙都会打翻醋坛子。”她活像童话书里的女巫。

那一瞬间我不由得在想是否也包括我。

“可她不爱埃米利奥·科迪吧？”我问。

“不爱。她跟埃米利奥·科迪在一起更像是跟西蒙斗气。”漂亮女巫说，“他嫉妒的是苔丝肚子里的孩子，受不了苔丝居然爱一个尚未出生的孩子，也不爱他。”

我想起了他家那幅用婴儿的脸拼凑而成的蒙太奇监狱画。

“他去参加葬礼了吗？”我问。

我看到那个漂亮的女巫脸上闪出一丝迟疑的神色，跟着开口道：“我们在车站等他，但他一直没有出现。我还给他打了电话，问他到底在搞什么鬼。他说他改变主意不来了。因为他没有一个‘特殊的位置’，他对苔丝的感情，怎么说来着，总是‘被忽视’，他‘实在受不了’。”

这就是我问及西蒙的情况时气氛变得凝重的原因吧？

“埃米利奥·科迪说他对苔丝神魂颠倒？”我问。

“是的，的确是这样的。”漂亮女巫说，“他在拍摄‘女人这个物种’那个什么狗屁专题时，就老是阴魂不散地跟在她后面转悠。”

我看到本杰明向漂亮女巫瞥了一眼，想要警告她，但她并没有注意。“他这不就是在跟踪她吗。”

“他是拿拍照做借口吗？”我问，想起了他卧室墙上的那些照片。

“可不是？”漂亮女巫说，“他算哪门子男人，根本不敢正眼看她，非得用镜头拍她，有的镜头还真是长，那家伙就跟狗仔一样。”

“你知道她为什么能容忍他吗？”我问。

一个满脸羞涩，一直都没发言的男孩开口道：“她人很好，我想她可能觉得有点儿对不起他。西蒙没别的朋友。”

我转身看着漂亮女巫：“你是不是想说，在他的那个专题结束后……”

“是的，他的导师巴登太太叫他别折腾了。她知道西蒙用那个做借口去跟踪苔丝，还告诉他如果再一意孤行，就等着被学校开除吧。”

“这是什么时候的事？”我问。

“这个学年开始的时候，”安妮特说，“就是去年九月的第一个星期。苔丝那时候可算是解脱了。”

可他的那些照片时间跨度包括整个秋天和冬天。

“他没有罢手，”我说，“你们就没有一个人知道吗？”

“他肯定做得更隐秘了。”本杰明说。

“这有什么难的。”漂亮女巫说，“不过自从苔丝‘休假’后，我们就很少看到她了。”

我记得埃米利奥说过："有个男孩总是拿着该死的相机围着苔丝转，你该质问的是他。"

"埃米利奥知道他一直在拍，"我说，"他是学院的老师，为什么不把西蒙开除了？"

"因为西蒙知道他和苔丝之间的私情。"漂亮女巫答道，"他们可能以此要挟对方不要乱说吧。"

我不想再遮遮掩掩了。

"你觉得他们两个有可能杀了苔丝吗？"

人群沉默下来，但我感觉到了明显的尴尬，而不是震惊。连漂亮女巫都避开了我的目光。

良久，本杰明终于开口了，我想他只是为了安慰我："西蒙说她得了产后抑郁症。因为产后抑郁症导致的精神问题自杀的。他说是验尸官得出的结论，警方也确认了。"

"我们不知道他说的是不是真的，"那个一脸羞涩的男孩说，"但本地的报纸也是这样写的。"

"西蒙说你当时不在，"安妮特鼓起勇气说，"但他说看见她……"她的声音越来越小，我能想象西蒙是怎么在他们面前描述你的精神状态的。

看来是媒体和西蒙的说辞让他们相信你是自杀的。而他们认识的那个女孩、他们向我描述的那个女孩是绝不可能自杀的，但你却成了产后抑郁症这个当世恶魔的受害者，这个恶魔让你这个崇尚快乐生活的女孩厌倦了生命，了却了自己。你只是被一个医学名词，而不是被人杀死的。

"没错，警方的确相信她是自杀的。"我说，"因为他们觉得她被产后抑郁症折磨得精神出了问题。但我相信他们的判断是错误的。"

我看到有人用同情的眼神看着我，有些人眼中则满是怜悯，像是在说"已经过了一点半了""十分钟后就要上课了"，他们准备走了。

我想肯定是西蒙在他们跟我见面前给他们灌了迷魂汤。他一准跟他们说苔丝的姐姐精神状态不稳定，满嘴胡说，这也解释了我问他们有关凶手的事情时，他们并不是那么吃惊，反而很是局促不安，他们对我的态度也很尴尬。他们宁愿相信西蒙也不愿相信我，他们宁愿相信你是自杀的，不过我并不会怪他们。

本杰明和漂亮女巫是最后离开的。他们叫我参加一星期后举行的艺术展览活动，他们的坚持令我感动，所以我答应了。这样也好，到时候还会有机会当面质问西蒙和埃米利奥。

我独自待在咖啡馆里，想到西蒙不仅在"毕业专题"的问题上撒了谎，还说了一些冠冕堂皇的话："这是我的毕业作品……我的导师认为这是年度最具创造力、最令人兴奋的作品。"我在想不知道他还有没有撒谎。你在死前真的跟他通了电话，要跟他见面吗？那天他有没有像往常一样跟踪你？难道所有的事情都是他精心策划的，这样我就不会怀疑他了？他还真是个富有心机的人。那天真有人藏在树林里吗？还是西蒙信口胡诌的，或者还有更加高明的说辞，那只是你幻想出来的人，正好让他洗脱嫌疑？他到底有多少次捧着一大束花坐在你的门阶上，希望有人发现他，让人觉得他只是单纯地在等你？即使你当时已经不在人世了。

每次想到西蒙和埃米利奥我就会想，现在依然还会这么想，是不是所有年轻貌美的女子的生活中总会出现邪恶的男人。不过如果我死了，我身边却不会有这样的男人，焦点肯定会转移到我朋友圈以外或者前未婚夫身上。我不相信魅力非凡的绝色女子只能让一般的男子为之神魂颠倒，她们还会吸引一些有怪癖的人和跟踪狂，如同黑暗中撩人的火焰，尽管不是有意的，却引得人们欲罢不能，最后亲手掐灭那团让人趋之若鹜的火焰。

"后来你又回到她的公寓了吗？"莱特先生问。

“是的。”

但我觉得好累，不愿提及那天回到公寓后发生了什么事，不愿去回忆我听到了什么。我说话的语速越来越慢，身体也感觉沉甸甸的。

莱特先生关切地看着我：“今天就到这里吧。”

他说要帮我叫出租车，但我说走路会好些。

他陪着我走到电梯旁边，我发现自己非常喜欢这种老套的待人处事方式，觉得阿米亚斯年轻的时候会有几分像莱特先生。他笑着跟我道了别，想来这是未曾熄灭的浪漫火花吧。浪漫的想法稍微让我的精神为之一振，这比咖啡还要甜蜜，我不认为这样放松一下会有什么坏处。所以我应该想想莱特先生，允许自己稍微奢侈一回，我走过圣詹姆斯公园，而不是在拥堵的地铁里挤来挤去。

春日新鲜的空气让我心旷神怡，那些不合逻辑的想法让我多了几分勇气。来到圣詹姆斯公园的尽头时，我觉得应该继续穿过海德公园，是时候拿出勇气面对心魔了。

穿过伊丽莎白女王大门时，我的心跳得越来越快。但跟它的邻居一样，海德公园也是色彩、噪声和气味交融的喧嚣之地。我没有在青翠的草木中发现任何恶魔，也没有在打球的人群中听到窃窃私语的魑魅魍魉。

我穿过玫瑰园，再经过活像立体童话书的演奏台，周围是柔和的粉色，上面是用巧克力棒支撑的糖色顶棚。我记起了人群中的大爆炸，炸弹里全是铁钉，记起来那场大屠杀，突然感觉有人在偷窥我。

我能感觉到他在我背后的呼吸，温暖的空气里透着寒意，我没有回头，只是加快脚步。他在跟踪我，呼吸越来越快，令我脖颈上的汗毛都竖起来了。我的肌肉紧张得痉挛。我看到远处有人在露天游泳池里，便朝那边跑去，肾上腺素和恐惧令我的腿抖得跟筛糠似的。

我终于来到游泳池旁，一屁股坐了下来，双腿仍然不停地颤抖，每次呼吸胸口都会灼痛。我看着孩子们在浅水池里泼溅着水花，两个中等年纪的白领卷起裤管在水中划桨。直到这个时候我才敢回头，我想我看到树林中有个影子，直到影子变成树枝斑驳的阴影才离开。

我绕过树林，尽量离人群和喧嚣近一些，终于来到林子的另一头，看到一片嫩绿色的青草，上面点缀着圆点状的番红花。一个女孩拎着鞋光脚走过，尽情享受被阳光照得暖暖的草地，我想起了你。我一直看着她走过番红花点缀的草地尽头，然后便看到了那排公厕，在柔和斑斓的春日里如同一块黑色的伤疤。

我匆匆跟在小女孩后面，来到公厕旁边。她已经走远，一个男孩搂着她，两人笑着离开了公园。我也离去了，可我的双腿仍然摇晃，呼吸还是吃力。我试图安慰自己，这样的想法实在荒唐。有什么好怕的，碧翠斯。都是你过度反应想象出来的罢了。你的脑子里会有各种各样的恶作剧，只能从儿时已经证实的事情中寻求安慰。衣橱里没有妖怪，但你和我都相信这个世界是有妖魔鬼怪的。

第九章

Chapter Nine

是谁播放《摇篮曲》

“睡吧，睡吧，宝贝儿 / 爸爸在照顾小绵羊 / 妈妈在摇晃梦乡的树 / 树上会为你掉下甜蜜的梦儿 / 睡吧，睡吧，宝贝儿。”

星期二

我挤进皇家检察署的电梯，里面散发着橡胶烧焦的甜腻味，人们的身体不情愿地挤在一起。在拥挤的人群中，在这样一个阳光明媚的早晨，我知道我不会提及公园里的那个男人。因为莱特先生会告诉我，他已经被关在监狱里，不能保释，审判后他会被判处终身监禁，永远都不会被释放。理性地讲，我应该知道他可能永远都不会再伤害我了。电梯上到三楼，我认真地告诉自己，他不在这里，将来也不会出现，他只是幻觉，我绝不允许他出现，甚至想都不能想。

所以今天早晨我做了一个新的决定，再也不会被自己的心魔困扰。我不会让他再控制我的思想，也不会像过去一样让他伤害我的身体。莱特先生、秘书小姐，还有这栋大楼所有的其他人都在我身边，让我安心。我知道我眩晕的毛病仍在，而且比以前更频繁了，我的身体也越来越虚弱，但我不会因为自己不理智的恐惧和虚弱的身体就认输。我会像你一样寻找日常生活中的美，而不是老想着那些恐怖和丑陋的事物。但最重要的是，我会想着你所经历的一切，于是我再次觉得，相比之下我没有权利让自己生活在虚幻的恐惧和自怨自艾中。

今天我决定亲自去泡咖啡，老是想着胳膊会颤抖毫无意义。看，我也能泡出两杯咖啡，还端给了莱特先生，一点儿问题都没有。

莱特先生有些意外，向我道了谢。他将一盒新磁带放进录音机里，我们继续开始。

“我们上回说到你找苔丝的朋友问及西蒙·格林利和埃米利奥·科迪的事了？”他问。

“是的。然后我回到我们的公寓。苔丝在那里装了个老式的电话答录机，我想应该是在汽车后备厢甩卖会上买的。但她觉得挺不错。”

我一直没谈及主题，现在我得说到重点了。

“我进入公寓，看见灯在闪，提示已经录满了。”

我连外套都没脱，便打开了答录机，结果发现是燃气公司打来的，并不是什么要紧的事。别的留言我也都听过了，都是别人给你留的言。

我脱下外套，正准备倒带，看到磁带有A面和B面。B面的内容我从没听过，便翻转过来播放。每次留言之前都有电子声音提示时间和日期。

B面最后一次留言的日期是一月二十一日，星期四晚上八点二十分。也就是你刚生完泽维尔几小时后。

《摇篮曲》充斥着整个房间，甜甜的声音居然那样恶毒。

我试图说得更清楚、更大声一点儿，想用言语将脑子里的有声记忆淹没。

“录音很专业，我想不管是谁想要播放它，肯定都是将听筒对准了CD播放机。”

莱特先生点点头。虽然他已经听过录音了，但他跟我不一样，对录音的了解不会那样刻骨铭心。

“我从阿米亚斯那里得知她接到骚扰电话了，”我继续道，“不管是谁打来的，她都很害怕，所以我知道那家伙肯定骚扰过她很多次，但只有这一次被录下来了。”

难怪我到你的公寓时，你的电话线被拔掉了。你根本受不了。

“你立即跟警方说了这个情况吗？”莱特先生问。

“是的，我给芬伯勒警探的语音信箱留了言，跟他说西蒙的毕业专题根本就是子虚乌有，我还发现埃米利奥为什么要等待孩子出生后才杀她了，还跟他说囊性纤维症的治疗为什么有问题，因为他们出钱让孕妇参加治疗，苔丝的病历本也不见了，尽管我认为这些情况不大可能有什么关联，但我认为《摇篮曲》才是突破口。如果警方能找出播放《摇篮曲》的人是谁，就能顺藤摸瓜找到凶手，我给他留言的时候很是激动，听到《摇篮曲》的时候，我根本无法平静下来。”

给芬伯勒警探留完言后，我去了圣安妮医院，我的满腔怒火需要发泄出来。我来到精神病科，尼克尔斯医生在那里有个门诊。我在门上发现一张写有他名字的卡片，就从一个正准备进去的病人身边挤了过去，接待员在后面抗议，但我没有理会。

尼克尔斯医生一脸惊愕地看着我。

“她的答录机里有一首《摇篮曲》。”我说，然后便唱起了那首歌，“睡吧，睡吧，宝贝儿 / 爸爸在照顾小绵羊 / 妈妈在摇晃梦乡的树 / 树上会为你掉下甜蜜的梦儿 / 睡吧，睡吧，宝贝儿。”

“碧翠斯，求你别唱了……”

我打断他的话："那晚她从医院回来便听到了这首歌。那时候她的孩子才死了几个钟头。天知道那人给她播放了多少次《摇篮曲》。那些电话根本不是什么'幻听'。有人要在精神上折磨她。"

尼克尔斯医生没有说话，无比震惊地看着我。

"她没有疯，只是有人想把她逼疯，或者让所有人觉得她疯了。"

他的声音听起来有些颤抖："可怜的孩子，那些《摇篮曲》肯定把她吓坏了。但你肯定是有人故意这么做的吗？会不会是哪个冒失的朋友不知道她的孩子死了呢？"

他倒是会帮人找借口。

"不是的，我不这么认为。"

他转身对着我。这次他穿着白大褂，不过衣服皱皱的，还有点儿脏，让他看上去特别邋遢。

"你为什么不好好听她说呢？为什么不多问她一些问题呢？"

"我跟她只见了一面，而且那天我的诊所跟以前一样预约者人满为患。恰好又有急诊病人要来，时间分配不过来，我得给所有人都瞧病，不能让病人久等。"我看着他，他的眼神没有跟我的接触，"我应该在她身上多花点儿时间的，对不起。"

"你知道五氯苯酚的情况吗？"

"知道，警方跟我说过。但那是在我们上次见面之后的事了。我跟他们说五氯苯酚会引起幻觉，还是很可怕的那种。考虑到苔丝的心情本就非常悲伤，药效会更强。有资料显示使用者可能会更加频繁地伤害自己。《摇篮曲》肯定是压死她的最后一根稻草。"

他的国民保健服务咨询室里并没有狗，但我感觉他想伸手抚摩它那软塌塌的耳朵。

"这也解释了为什么那天早上我还看见她，过不久她就自杀了。"他继续说，"她肯定听到了《摇篮曲》，也许还服用了一些五氯苯酚，两者一同作用的话……”他看着我脸上的表情停下来不说了，“你觉得我是在为自己找借口？”

这是他第一次做出直觉式的评论，颇让我惊讶。

“其实这不是什么借口，”他继续道，“她显然有幻视症，不管是因为精神病还是服用了五氯苯酚，可这不是重点。我只是疏忽了，不管什么原因——不管是精神病还是服了药，她都可能伤害自己，而我在应该保护她的时候没有保护她。”

同我第一次跟他见面时一样，他的言语中同样流露出羞愧的意味。

我本来是来这里宣泄内心的愤怒，但现在好像没什么意义了。他似乎已经在自省了。不过他并没有改变以前的观点。门突然开了，一名接待跟一个男护士急急忙忙地闯了进来，被房间里安静的气氛吓到了。

我关上身后的门，没有别的跟他说了。

我匆匆经过走廊，像是这样才能超过在后面紧追不舍的种种想法，因为现在我不用再分心了，脑子里全是你听《摇篮曲》的情景。

“碧翠斯？”

我差点儿撞在桑德斯医生的怀里，这才意识到自己哭了，眼泪鼻涕全出来了，手里还拿着一块湿透了的手帕。

“她在被害之前曾饱受精神折磨，还被人污蔑是自杀的。”

他没有发问，只是给了我一个拥抱，手臂紧紧地环绕在我身上，但我并没有觉得安全。我向来对身体的亲密接触感到不安，就算是家人也是如此，更别说是一个近乎陌生的人了。所以，我现在的感觉更多的是焦虑而不是安心。但他似乎习惯拥抱心神悲苦的女人，这样的举动对他而言早已轻车熟路。

“我能再帮你叫杯咖啡吗？”

我同意了，因为我还想向他打听尼克尔斯医生的事，我想找出证据证明他不是一个合格的医生，希望警方能重新考虑他说的所有事情。还有一部分原因是我刚才说你的精神饱受折磨时，他镇静地接受了，没有表现出任何怀疑的迹象，他跟阿米亚斯和克里斯蒂娜等少数几个人一样，没有将我拒之门外。

我们坐在喧嚣的咖啡厅中央的一张桌子上，他聚精会神地直视着我的眼睛。让我想起了看谁的眼睛瞪得比较久的游戏。

“碧儿，我有个诀窍，只需盯着瞳孔看就行了。”

但我仍然做不到。特别是他的眼睛属于这么一个漂亮的男人，而且还是在这样的环境下。

“桑德斯医生，你……”

他打断我的话：“请叫我威廉，我从不喜欢这种太正式的礼节，都怪我父母把我送去那种只求进步的学校。穿上白大褂的那天可是我生平第一次穿制服。”他笑着解释说，“而且，我还有个习惯，宁愿主动把自己知道的说出来，而不是等着人来问。我刚才打断了你的话，你想问我什么吗？”

“是的，你认识尼克尔斯医生吗？”

“以前就认识了。多年前我们一起到一个学生卫生组织轮岗，一直都是朋友，虽然我现在跟他见面的机会不多。我能问问你为什么要打听他吗？”

“他是苔丝的精神科医生。我想知道他是否称职。”

“称职。”他的回答很简短，“你有不一样的想法吗？”

他在等着我的答案，但我想从他那里打听情况，而不是给出答案，他似乎明白了。

“我知道，雨果有点儿不修边幅，”威廉继续说，“经常穿着一身粗花呢衣服，带着一只老狗，但他是个出色的医生。要是你妹妹的治疗出了问题，那也是国民保健服务的心理健康基金的状况堪忧，而不是他本人的问题。”

他再次让我想起了你，看到的都是人们身上最好的一面，你也常常这样，我脸上一定露出了怀疑的神色。

“他在成为临床医生之前是个研究员，”威廉继续说，“显然是大学里的明日之星，传言说他非常聪明，将来一定会成为了不起的人物。”

他对尼克尔斯医生的一番介绍让我很是吃惊，感觉跟我见过的那个人一点儿也不像，尼克尔斯医生根本没有表现出来他说的这些特质。

威廉去柜台拿牛奶了，我在想尼克尔斯医生是不是在耍我。莫非我们第一次见面时的那只狗和邋遢的衣服是他故意在营造一种特定的形象，而我一直不明就里？可是他为什么要这样煞费苦心地布这个局来骗我呢？现在我习惯性地怀疑每一个见过的人，不信任别人成了常态，但我却从未怀疑过他。他给人的印象相当正派，邋遢得要命，根本没办法将他跟暴力犯罪联系起来。坊间关于他聪明的传言肯定是无稽之谈。可他是在你生下泽维尔之后才见过你的，而且仅仅见过一次，除非他是神经病，否则又怎么可能杀你呢？

威廉拿着牛奶回来了。我本想透露我的想法，将这样的想法说出来，也不用憋在心里了，但我只是搅动着咖啡，盯着戒指看，我应该把它还给托德的。

威廉肯定也注意到了：“好漂亮的钻戒。”

“是吧。实际上我已经解除婚约了。”

“那你为什么还戴着？”

“我忘记取下来了。”

他扑哧一笑，让我想起了你善意嘲笑我的样子。只有你才会那样揶揄我。

这时响起了哔哔声，他一脸苦相。“通常在急诊之前我有二十分钟时间，但今天那些实习医生需要我去指导。”

他起身时，挂在项链上的金戒指从白大褂的领口掉了出来。也许我暗示得太多了。

“我妻子在朴次茅斯，是放射科的医生，”他说，“在同一个城市都没那么容易找工作，更别说在同一家医院了。"他将挂在项链上的戒指塞进上衣里。

"我们不允许把戒指戴在手上，这样容易滋生细菌。这玩意儿不就是讲个象征意义，对吗？"

我惊讶地点点头，较之我之前受到的待遇，我感觉他对我有点儿特别。这时，我才突然意识到我的衣服有点儿皱，头发乱糟糟的，脸上也没有化妆。先前在尼克尔斯医生的咨询室怒气冲冲地唱《摇篮曲》的时候，我在纽约的朋友怕是一个也不认得我。我不再是美国那个浑身透着机灵、自制力极强的人，我在想这会不会怂恿人们将其邋遢的一面也展示在我面前？

看着威廉离开咖啡馆，我不由得在想——现在也仍然在想——是否希望遇见能勾起对你的回忆的人，哪怕一点点回忆也好。我还在想我是希望在别人身上看到你的影子，还是那些人身上本来就有你的影子。

我将跟尼克尔斯医生见面以及随后跟威廉见面的事告诉莱特先生了。

"你觉得播放《摇篮曲》的人是谁？"莱特先生问。

"当时我并不知道，我想西蒙有可能，埃米利奥也有嫌疑，不过我无法想象罗森教授这么个了解女人的人会这样折磨她们，但我之前也误会他了。"

"尼克尔斯医生呢？"

"他的工作让他很了解这种精神折磨的方式，但他身上看不到一丝残忍或者暴虐的迹象。而且他没有动机。"

"你曾质疑过罗森教授的观点，却从没怀疑过尼克尔斯医生？"

"也怀疑过。"

莱特先生好像还有问题要问，然后决定还是不问了，而是继续做笔记。

"那天晚些时候，海恩斯探长回你电话了吗？"他问。

"是的，他声称是芬伯勒警探的上司。我当时想警衔更高的人给我回电话应该是好事来着。”

海恩斯探长的声音在电话里显得十分洪亮，他是那种可以盖过周围所有的喧嚣声，让人能专心听他说话的人。

“我同情你的遭遇，赫明小姐，但你不能胡乱冤枉人。当时科迪先生投诉你的时候，我出于对你的同情，并没有惩罚你，但现在你把我的耐心都耗光了。我跟你明说吧，别再叫狼来了。”

“我没有叫狼来了，只不过……”

“你有，”他打断我的话，“你还同时把一群狼都招来了，根本不管是不是狼。”他差点儿被自己的俏皮话逗得咯咯笑起来，“但验尸官对你妹妹的死是基于事实给出的定论。不管事实对你来说是多么难以接受，你很难受这我能理解，但事实就是自杀，没人要为她的死负责。”

我想警方不会招募像海恩斯探长这样的人了吧：高高在上，一副家长式做派，自恃高人一等，容不得别人质疑。

我竭力保持镇定，不希望他认为我就是一个丧失理智的女人：“那些《摇篮曲》真的能看出有人想……”

他打断我的话：“我们已经知道《摇篮曲》的事了，赫明小姐。”

我彻底被呛了回去。海恩斯继续说：“你妹妹失踪的时候，她楼上的邻居，一位老先生让我们进入了她的公寓。我的一位警官就检查过，看有没有什么线索能帮助我们找到她的下落。他听完了答录机磁带上所有的留言。我们不认为那首《摇篮曲》有什么恶意。”

“可根本不止一首曲子，只是一首被录下来了。所以她才害怕那些电话，最后还把电话线拔了。阿米亚斯也证实了有不少电话。”

“他年纪大了，还主动向我们承认现在记性不大好。”

我仍然尽量保持镇定："可是你就不觉得哪怕只有一首《摇篮曲》也很怪异吗？"

"比不上起居室里放着衣橱，屋子里有昂贵的颜料，却连个茶壶都没有这些事来得奇怪，那个并不算什么。"

"所以你之前都没把这个亲口告诉我？因为你觉得《摇篮曲》并没有什么恶意，甚至一点儿都不怪异？"

"没错。"

我将电话设置为免提放下，这样他就察觉不到我的手在颤抖了。

"而且她的体内还发现了五氯苯酚，再加上《摇篮曲》，显然有人想在精神上折磨她。"

他洪亮的声音响彻整个公寓："你就不觉得更大的可能是她朋友并不知道孩子的事，冒失打过来的？"

"这是尼克尔斯医生跟你说的吗？"

"用不着他跟我说。这样的推断符合逻辑。特别是孩子早产了三星期。"

我的声音忍不住颤抖起来。

"既然你已经知道《摇篮曲》的事，又觉得那个情况根本不用理会，为什么还打电话给我？"

"这是因为你给我们打了电话，赫明小姐，出于礼貌我得回你电话。"

"她卧室的光线比较好，所以把衣橱搬了出来，这样就可以把那里当成画室了。"

但他已经挂断了电话。

自从我住进来后才弄明白这事儿。

"你听到《摇篮曲》一星期后就是学院的艺术展了，对吗？"莱特先生问。

"是的。苔丝的朋友邀请我了。西蒙和埃米利奥也一定会去，所以我必须去。"

在学院的艺术展上，你精彩的画作、你的精神，以及对生活的热爱将展现在每个人面前，我觉得在这样的地方找到杀害你凶手的线索再合适不过。

艺术展的那天早晨，你的朋友本杰明出现的时候打扮得很是干练，一头拉斯特法里式的头发梳在脑后，一同前来的还有一位我不认识的年轻男子，一辆破旧的厢式车里装着你那些运往学院的画。他说虽然比不上学年结束的时候，那时候场面很大，但这个展览也很重要。有潜在的买家过来，每个人都会有家人陪同。他们对我十分热情，似乎觉得我很脆弱，现场的喧嚣声和笑声随时会将我震碎一般。

他们带着你的画离开公寓时，我看到有两个人的眼里泛着泪光，像是被你生活中的某样东西触动了，但我并不知道，也许只是记起了上次他们来公寓时的情景，也许看到了今昔对比，屋子里住着的是我而不是你，让他们触景生情。

我已经亲自把你的画包好了，但当我进入展厅时，不由得屏住了呼吸，我只见过你的那些画堆在地上的样子，从未见过它们挂在墙上，现在，你的画放在一起，鲜活的颜色绽放开来，是那样的摄人心魄。你那些在咖啡馆见过的朋友都一一上前跟我说话，像是轮流来看望我一样。

这会儿，我并没有发现西蒙的踪迹，但透过拥挤的房间，我看到埃米利奥在展厅的远处。他旁边是漂亮女巫，从她的表情判断，我感觉像是有什么异常。我朝他走过去，发现他把你的裸体画也拿出来展览了。

我生气地走到他跟前，但说话的时候竭力保持冷静，不想让任何人听见。

“你是觉得她死了后这段不伦之恋不会带给你任何惩罚了对吗？”我问。

他指着裸体画，像是很享受跟我的争辩：“这并不意味着我们两个有私情。”

我的表情一定很难以置信。

“你觉得画家跟模特儿上床很正常对吗，碧翠斯？”

没错，我就是这么想的。他称呼我的名字而非姓氏表达亲近的方式很不合适，同他把你的裸体画展出来的道理一样。

“但你的确是她的情人，你是想弄得众人皆知吗？毕竟，一个比你小二十岁的漂亮女孩愿意跟你上床让你沾沾自喜。而你是她的老师，而且已经结婚，当然这些事实在你的大男子主义做派下根本不值一提。”

我看到漂亮女巫朝我点点头，同时我觉得还有些惊讶。埃米利奥生气地看了她一眼，她耸耸肩，离开了。

“你是觉得我的画是‘大男子主义做派’？”

“你在利用苔丝的身体，正是这样。”

我背身远离你的画朝另一头走去，但他跟了上来。

“碧翠斯。”

我并未转身。

“我有个消息你可能感兴趣。我们拿到囊性纤维症的检测结果了，我的妻子并不是囊性纤维症基因携带者。”

“恭喜。”

但埃米利奥并没有把话说完：“我也不是囊性纤维症基因携带者。”

可他身上一定有这样的基因，要不说不过去。泽维尔患有囊性纤维症，所以他的父亲一定是这种基因的携带者。

我好不容易抓住机会跟他解释：“你不能仅凭一个测试就得出结论。囊性纤维症有成千上万种基因变化形式……”

他没等我把话说完：“我们把所有的检测都做过了，没有遗漏。我们全都做了，医生斩钉截铁地告诉我们，我跟我妻子都不可能是囊性纤维症基因的携带者。”

“有时即使父母双方都不是携带者，孩子也有可能天生就患有囊性纤维症。”

“这样的概率有多大？百万分之一吗？泽维尔跟我没有任何关系。”

这是我第一次听他提及泽维尔的名字，还是以那种不屑一顾的神情告诉我，孩子跟他没有丝毫关联。

这样的解释显然表明埃米利奥不是泽维尔的父亲。但你告诉我他就是，而你从不撒谎。

我察觉莱特先生更加专注地在听我讲。

“那个时候我才知道泽维尔根本就没有患上囊性纤维症。”

“因为父母双方都必须是这种基因的携带者才会患病吗？”莱特先生问。

“没错。”

“那你当时是怎么想的？”

我停顿了一会儿，想起了自己当时发现真相的情绪：“我觉得克拉姆医疗公司在健康的婴儿身上进行了基因治疗。”

“你觉得他们的动机是什么？”

“我觉得完全就是个骗局。”

“你能说得具体点儿吗？”

“如果婴儿本身没有患上囊性纤维症，到时候这家公司又‘治愈’了孩子，这样的想法应该不难理解吧。这家公司也正是因为在治疗方面取得的奇迹，才令公司的市值一飞冲天。现在，公司已经上市好几个星期了。”

“那监管机构是怎么管理这种治疗方式的？”

“我也没弄清楚他们是怎样被误导的，但我觉得他们肯定是中了克拉姆医疗公司的套。我知道像苔丝这样的病人从来不会对诊断有任何质疑。如果你的家人得过囊性纤维症这种病，那肯定会觉得自己可能也是携带者。”

“你当时觉得罗森教授跟这事有关吗？”

“我觉得一定是他。即便主意不是他出的，那也肯定是他指使的。他是克拉姆医疗公司的董事，这也意味着，只要公司上市，他就会赚一大笔钱。”

我当时在基因公司见到罗森教授的时候，我只是觉得他是一个狂热的科学家，一门心思想获得同行的赞誉。我发现很难把他当成钻在钱眼里的人，他并没有被虚荣心这种古老的动机驱使，而是被一种更古老的动机——贪欲——所驱使。很难想象他居然是一个出色的演员，他关于消除疾病、创造历史的演讲其实只是画了张大皮，专门就是来骗我们的。但是，如果真是这种情况，那他的确是一个令人厌恶的说客。

“那个时候你跟他联系了吗？”

“我试着跟他联系来着。但那时候他在美国做讲座，要到三月十六日才回来，还有十二天。我给他发了短信，但他没回。”

“你跟芬伯勒警探说了吗？”莱特先生问。

“说了，我给他打了电话，说我想跟他见面，那天下午早早地安排我跟他见面了。”

莱特先生低头看了一眼笔记：“你跟芬伯勒警探见面的时候，海恩斯探长也在场吗？”

“没错。”

这个男人侵入了我们微妙的私人关系，就像他有这个权利一样。

“在我们继续之前，我想弄清楚一件事情，”莱特先生说，“你为什么觉得这场骗局跟苔丝的死有关？”

“我觉得是她发现了真相。”

海恩斯探长的双下巴在桌子对面若隐若现，体格跟那个傲慢的声音很相配。旁边是芬伯勒警探。

“你觉得哪一种可能性更大，赫明小姐？”海恩斯声如洪钟，“一个制度健全、蜚声国际的知名公司会在健康的婴儿身上做基因治疗的实验，还是一个学生把肚里孩子的父亲弄错了？”

“苔丝不会在孩子父亲的问题上撒谎。”

“我上次就在电话里礼貌地叫你不要冤枉人。”

“我知道，可是……”

“一星期前，你还在电话里给我们留言，把科迪先生和西蒙·格林利列为你的头号嫌疑人。”

我真不该在芬伯勒警探的电话里留言，那样的留言只能证明我是个情绪化的人，一点儿也不靠谱，把我的信誉全都毁了。

“你现在改变主意了，对吗？”他问。

“是的。”

“但我们仍然坚持以前的看法，赫明小姐。没有任何新证据能推翻验尸官做出的自杀结论。我会将赤裸裸的事实告诉你，你可能听不进去，但并不能证明事实就不存在了。”

他一口气用了三个否定，不过他的说辞并没有他自认为的令人信服。

“一个未婚的年轻女子，”他继续说，对自己斟字酌句的表达方式甚为满意，“一个伦敦的艺术生，怀了一个患有囊性纤维症的私生子，孩子还在子宫里的时候就接受了一种新的基因疗法。”他在独白里加了一点儿拉丁文①，我想他肯定会为自己卖弄知识的方式颇为自豪。“可惜因为别的原因，它一生下来就死了（没错，他用的是‘它’这个称谓）。她众多朋友中的一个冒失地在答录机上留了一次言，在她自杀的道路上推了一把。”我想插话，但他只是急促地吸了一口气，这样才能继续以高人一等的态度教训我，“她服用了禁药，饱受幻觉的困扰，从厨房带了一把刀去了公园。”

---

① 海恩斯探长所说的子宫“utero”原文为拉丁文。——译者注

我注意到芬伯勒警探和海恩斯探长交换了一下眼神。“也许她买这把刀有特殊的用途，”海恩斯恶声恶语地说，“也许她就是需要这么一把价格昂贵而又特殊的刀。或者只需要锋利就行了。我不是精神病学家，搞不懂一个准备自杀的年轻女子心里在想什么。”

芬伯勒警探似乎对海恩斯探长有些惧怕，起码对他没什么好感。

“于是，她去了一间废弃的厕所，”海恩斯继续说，“也许是不想被人发现，也许是不想待在雪地里，我同样不知道她的确切想法。她要么是在公园里，要么是在厕所里服用了过量的镇静剂。（我很奇怪他没有用‘一心寻死’这样的说法，因为他恨不得这么说。）她拿出厨房的刀割断了手臂上的动脉，因为她发现那个私生子的父亲不是她的老师，而是另有其人，而那人显然携带了囊性纤维症的基因。”

我想跟他争辩，但觉得最好把他的话当成耳边风，我知道这是你的口头禅，但在他让我没有机会说话的时候，想起你的这句话让我感到些许安慰。他仍在神气活现地说着话，不可能听我说，我只能看着自己皱巴巴的衣服、乱蓬蓬的头发，处于这样的环境又谈何礼貌，也是对他权威的不尊重，难怪他会不搭理我。以前对我这种打扮的人，我同样不会正眼相待。

芬伯勒警探陪我走出警局，我转身看着他：“我说什么他都不听。”

芬伯勒警探显然很尴尬：“是因为你之前指控埃米利奥·科迪和西蒙·格林利的事。”

“是因为我经常喊狼来了的关系吗？”

他笑了：“有点儿关系吧。虽然埃米利奥·科迪正式投诉过你，而西蒙·格林利是国会议员的儿子，但这些都跟本案无关。”

“可他应该也能察觉到这事有点儿不对劲吧？”

“一旦他的结论有事实和逻辑支撑，就很难说服他，除非出现更有说服力的反转证据。”

我觉得芬伯勒警探是个正人君子，也很职业，不会公开指责他的上司。

“你的看法呢？”

他停顿片刻，像是没有拿定主意要不要跟我说：“法医对那把赛巴迪剔骨刀有了结论。刀是全新的，从没用过。”

“她买不起赛巴迪牌的刀具。”

“我同意，她家里连水壶和烤箱都没有，这不符合逻辑。”

这样看来，他上回在你公寓，告诉我尸检报告的结果时就已经察觉出了异样。跟我当时的想法一样，他那次拜访我并非出于同情。他是第一个怀疑的警察，我很感激他，便鼓起勇气提出自己的问题。

“你现在相信她是被谋杀的了吗？”

我们沉默下来，我的问题也像是凝固了。

“我觉得有疑问。”

“那你会解答你的‘疑问’吗？”

“我试试。我只能尽力而为。”

莱特先生全神贯注地听我回忆，微微倾身，用眼神回应着，不是被动，而是主动参与到谈话中来，我想这样聚精会神听人说话的人真不多见。

“我离开警局便径直去了卡莎的公寓。我要她和米奇去做囊性纤维症的基因检测。只要他们中有一个人的检验结果是阴性的，那警方就必须采取行动。”

卡莎那间昏暗的起居室比我上次来的时候还要潮湿。只有一根发热棒的电暖炉根本没有办法抵御从混凝土墙里渗进来的寒冷。关闭的窗户上仍旧挂着那张薄薄的印度织毯，在窗框周围的气流中噼啪作响。上次见面已经是三星期以前的事了，她肚里的孩子差不多八个月了。她看上去一筹莫展。

“可是我不明白，碧翠斯。”

这次我仍旧希望别人不要这么亲昵地叫我的名字，我是个懦弱的人，不希望在我让她难做的时候关系表现得这么亲近。我用公事公办的口吻对她说：“只有父母双方都有囊性纤维症的基因时孩子才会患病。”

“我知道。他们在诊所就告诉过我了。”

“泽维尔的父亲没有携带这种基因，所以泽维尔没有患上囊性纤维症。”

“泽维尔没得病？”

“是的。”

这时，米奇从洗手间里走了出来。他肯定偷听了我们的谈话。“她就是在胡说八道，到底跟谁去鬼混了她都没讲实话。”

他脸上没了石膏灰后还挺帅的，但跟他如同雕刻一般的英俊脸庞相比，他文有刺身的健壮身体莫名有股杀气。

“她在性方面看得很开，不会羞于启齿，”我说，“如果她真跟别人发生性关系，一定会告诉我，她没有理由撒谎。我真的觉得你应该去检查一下，米奇。”

称呼他的名字真是失策，而且我提到他的名字时态度并不友好，反而像小学老师。卡莎仍然一脸茫然：“我身上有囊性纤维症的基因。我检验过了，是阳性的。”

“我知道。但米奇可能是阴性的，也许他不是这种基因的携带者……”

“没错，”他打断我的话，挖苦我说，“医生都是错的，就你厉害行了吧？”他满怀恶意地看着我，也许他真的讨厌我，“你妹妹在孩子的父亲这件事上撒谎了，”他说，“可是谁又会怪她呢？反而只有你觉得她丢人。你这个自以为是的婊子。”

我倒希望他是为了保护卡莎而对我恶语相向，是因为他想证明他们的孩子跟你的孩子一样的确患有囊性纤维症，这样就能证明治疗并非骗局。如此，唯一的真相就是你撒谎了，而我真的是个不折不扣的自以为是的婊子。但他出言不逊，并且乐在其中，显然并非出于善意。

"事实可能是她睡的男人太多，自己都弄不清孩子的父亲是谁了。"

卡莎的声音很小，但说得很清楚："不会的，苔丝不是这样的人。"

我记得你曾说过你是她的朋友，记得她对你的忠诚。这时，米奇恶狠狠地瞥了卡莎一眼，但她继续说道："碧翠斯说得对。"她一边说一边站起来，看到这个条件反射似的动作，我想他以前肯定打过她，本能地站起来是想躲避他的拳头。

房间的寂静跟墙上的潮湿冰冷交汇，事情已经发展到这个地步，我希望能发生激烈的争吵，却害怕出现残忍的肢体冲突。卡莎示意我到门口，我便走了过去。

我们走过满是污渍、崎岖不平的混凝土台阶，谁也没有说话。她转身回去的一刹那，我抓住她的手臂："跟我走吧，我们一起住。"

她抚摩着隆起的肚子，并没有看我的眼睛："不行。"

"求你了，卡莎。"

我对自己的举动很是吃惊。以前，我能付出的最大贡献是找个合适的理由在支票上签上自己的名字，但现在我却要求她跟我一起住，并且真的希望她能答应。这样的希望让我吃惊。她转身离去，走过污秽不堪的混凝土台阶，朝那间冰冷潮湿的房间走去，不管有什么在等着她。

回家的路上我在想，不知她有没有告诉你她为什么会爱上米奇。我想卡莎以前肯定是爱他的，她不是那种没有感情也会跟人发生性关系的人。我想，威廉的那枚订婚戒指表明了已经心有所属，但卡莎脖子上戴的那个金十字架却并没有表明归属已定或是已经做出承诺，那只是一个"闲人莫入"的标志，如果你对佩戴者没有爱和善意，那就请你走开。米奇却对此熟视无睹，我很气愤，因为他对这样的身份完全不理不睬。

午夜刚过，门铃响起，我匆忙去开门，盼的就是卡莎。我看到她站在门阶上，不见了那身放荡的衣服和庸俗的发色，只见到满脸的淤青和伤痕累累的胳膊。

这天晚上我们睡在一张床上。她的鼾声如同蒸汽火车，我记得你跟我说过，孕妇会打鼾。我喜欢那样的声响。这段时间，我彻夜辗转反侧，只能倾听自己的悲伤，我的哭泣声是房间里唯一的动静，那声音有节奏地敲打着床垫，我的心也在放肆尖叫。那是你死后我睡得最香的一个晚上。

莱特先生还有个会要参加，所以今天我早早回了家。离开地铁站时下起了瓢泼大雨，我回家后被淋成了落汤鸡。我看见卡莎在窗户边张望，看我有没有回来。不一会儿，她笑着到前门迎接我。“贝亚特（碧翠斯的波兰语叫法）！”她大声喊道。我记得跟你说过，现在她有了自己的床，我在起居室弄了个蒲团，房间显得出奇地狭窄。我伸腿便能碰到衣橱，头也贴在了门上。

我换上干衣服，觉得今天真是个好日子。我早上在处理事情的时候不再感到惶恐、威胁。当我觉得眩晕、颤抖、恶心的时候，我尽量不去理会这样的心理反应，不让身体控制我的思想，我觉得我处理得相当不错。我没能每天发现日常生活中的美，但也许只是这样的目标太遥远。

换好衣服后，我开始给卡莎上英语课，现在，这已经成为我的日常工作。我有一本教波兰人学英文的课本。那本书把单词集中起来，她在“上课”之前就学会了不少单词。

“Piekn。”我照着发音读道。

“漂亮的、可爱的、极好的。”她解释道。

“出色的。”

“谢谢你，贝亚特。”她故作严肃地称呼我。我竭力掩饰很喜欢她用波兰名字称呼我的事实。

“Ukochanie 呢？”我继续问道。

“爱、仰慕、喜欢、热情的意思。”

“很好，Nienawis’c 呢？”

她没有回答。现在，我翻到那页的背面和反义词部分。我跟她说“厌恶”的波兰语。她只是耸耸肩。我又试着说了另一个单词，用波兰语怎么说“不开心”，但她一脸茫然地看着我。

一开始我对她在词汇量上的“严重偏科”很沮丧，觉得她可能有些孩子气，只是不愿意学一些负能量的单词罢了，这样学语言只是避重就轻的“鸵鸟式的方法”。但学习那些正能量的词汇时，她的进步非常快，甚至学会了一些俗语。

“你好吗，卡莎？”

“棒极了[①]，贝亚特。”（她喜欢二十世纪五十年代的音乐剧。）

我叫她生完小孩后继续跟我一起住。卡莎和阿米亚斯都很高兴。他现在没收我们的租金，说什么等我们“站稳脚跟后”再说，这样，我就要照顾她和她的孩子了。我能搞定，一切都会好起来的。

上完课后，我从窗户瞥了一眼，这才注意到你公寓台阶上的盆栽都开花了，金色的水仙花俨然成了这里的主人（虽然这些主人个头矮小，但也是主人）。

我按响阿米亚斯家的门铃，他看到我时感到由衷的高兴。我吻了他的面颊：“你种的水仙花都开花了。”

八星期前，我看着他在雪地里种水仙花球茎，即便我不怎么懂园艺，也

① 原文“tip-top”为俚语，意为顶呱呱、棒极了。——译者注

断定这些花活不了。阿米亚斯冲我笑了笑，得意地看着一头雾水的我：“你用不着这么惊讶。”

跟你一样，我也经常去看望阿米亚斯，有时一起吃晚饭，有时还会喝点儿威士忌。我以前认为你去他那里只是出于好心。

“你是不是趁我没注意在花盆里放了什么东西呀？”我问。

他哈哈大笑，对一个年纪这么大的人来说，他的笑声是不是太大了？爽朗的笑声让人觉得他的精力是那样的充沛。

“我一开始在花盆里放了一些热水，跟泥搅拌在一起，然后再种上球茎。如果先把土弄暖和，植物一般会长得更好。”

我发现这样的画面很是暖心。

第十章

C h a p t e r T e n

我又为你买了一束矢车菊

我们得尽力代替彼此，不仅是我们两个，还要代替你、里奥和父亲的责任。在人生遭遇最低谷的时候，我们必须振作起来。

星期三

今天早上我到达皇家检察署的办公室时，发现其他人种的小水仙花也绽放了，因为莱特先生的秘书用湿漉漉的纸包了一束水仙花出来，如同普鲁斯特蘸着茶水的小玛德琳蛋糕，潮湿的厨房里到处都是水仙花的根茎，我感觉回到了阳光明媚的教室，我将家中挑选的水仙花放在波特老师的办公桌上。那一瞬间，我的思绪回到了过往，那时里奥还活着，父亲也在我们身边，寄宿学校尚未在母亲每晚给我们的亲吻上留下阴影。但回忆的思绪被五年后那个更加残忍的记忆取而代之，消失得无影无踪，那时，你给波特老师带去了一束水仙花，我很难过，因为我没有要送花的老师，而且我当时已经离开寄宿学校了。不过，即使那里有花，他们也不会让我摘的，因为一切都变了。

莱特先生进来了，通红的眼睛里流着泪水。

“别担心，只是花粉病，不会传染的。”

我们进入他的办公室，我为他的秘书感到可惜，为了讨好上司，她还特地把水仙花打扮得漂漂亮亮的。

他走向窗户：“你介意我关上吗？”

“不介意，没关系。”

他显然很不舒服，我却很高兴可以分心关注别人的病痛，而不用留心自己的痛苦，这让我多少觉得不用那么自我了。

“我们上回讲到卡莎搬过来跟你一起住了，对吗？”他问。

“是的。”

他冲我笑了笑：“我知道她现在仍然跟你住在一起。”

他肯定是看了报纸上的新闻。所有的报纸都刊登了我搂着卡莎的那张照片，看来那张照片选得不错。

“是的。第二天早上我给她播放了答录机里的《摇篮曲》。不过她也觉得那只是朋友的冒失之举。”

“你把自己的想法告诉她了吗？”

“没有。我不能无端惹她生气。她刚跟我见面的时候就已经把这个想法告诉我了，她甚至都不知道苔丝害怕的事，更别提知道是谁在威胁她了。我给她播放《摇篮曲》是够蠢的。”

但是，如果我真的以平等的地位待她，会把心里的想法告诉她吗？我会想找个同伴分享这样的想法吗？但那晚我听到她的鼾声，醒来给她泡茶，给她做可口的早餐时，我就给自己的角色定了位：我要照顾她、保护她。

“答录机里的磁带仍在转动，”我继续说，“有个叫哈蒂的女人留了一个消息，我不认识她，觉得没什么要紧的。但卡莎认得她，说那人也跟她和苔丝在‘倒霉妈妈诊所’。她觉得哈蒂的孩子已经生了，但没料到她会打电话过来。她跟哈蒂的关系没那么亲密，是苔丝经常组织她们聚会。她没有哈蒂的电话号码，不过有她的住址。”

我照卡莎给我的地址去了那里，说起来倒是轻巧，但我没有车，而且对公共交通又不熟悉，我发现无论去哪儿都让人头大，而且很耗时间。卡莎躲在后面，她对自己鼻青脸肿的样子很介意，害怕见人。她以为我只是出于感情方面的考虑才去探望你的老朋友，不过我也没跟她解释。

我们来到奥奇斯威克一幢漂亮的房子外面，按响门铃的时候总觉得有些尴尬。我没有提前打电话，甚至都不大确定哈蒂是不是在家。一个像保姆一样的菲律宾人抱着一个金发碧眼，刚刚学会走路的孩子前来开门。她似乎很害羞，没有直视我的目光。

“是碧翠斯吧？”她问。

她肯定看出我的困惑了：“我是哈蒂，苔丝的朋友。我们在她的葬礼上见过，不过见面的时间十分短暂，只是握了握手。”

当时人们排着长队来见我和母亲，如同婚礼上排着长队的迎宾队，只不过葬礼尤其残忍罢了，他们轮流着对我们说节哀，反反复复都是这两个字，像是你的死是他们造成的一样。我只想快点儿结束，不希望看到那么长的队伍，哪有心思记住那些新的名字和面孔。

卡莎没有跟我说哈蒂是菲律宾人，不过她也没必要告诉我吧。但让我惊讶的不仅是哈蒂的国籍，还有她的年龄。你和卡莎还很年轻，甚至可以说是稚气未脱的少女，但哈蒂年近四十，手上还戴着婚戒。

哈蒂替我把着门，她举止端庄，甚至有些谦恭：“请进。”

我跟着她进入房间，婴儿的啼哭让我紧张起来，结果发现只是起居室播放的儿童节目的声音。我看着她把那个刚学会走路的孩子安顿好，让他看《托马斯和他的朋友们》的动画片。我记得你跟我说过有个菲律宾朋友是做保姆的，但你没告诉我她叫什么名字，当时我对你胡乱交友很生气。（天哪，居然跟菲律宾女佣做朋友！）

“我有几个问题想问你，可以吗？”

“可以，但我到十二点得去接他哥哥。你介意我……”她指了指厨房的熨衣板和洗衣篮。

“当然不介意。”

我突然出现在她家门口，现在又要向她打听事情，不过她似乎被动地接受了。我跟着她进入厨房，注意到她穿着的衣服价格便宜，不怎么耐穿。外面的天气很冷，但她仍然穿着一双旧塑料人字拖。

“卡莎·列夫斯基跟我说你的孩子也接受了囊性纤维症的治疗，对吗？”我问。

“是的。”

“你和你丈夫都是囊性纤维症的基因携带者吗？”

“显然是的。”

她温顺的外表下说出来的话是那样斩钉截铁，她没有看我的眼睛，我觉得我肯定听错了。

“你过去接受过囊性纤维症基因检测吗？”我问。

“我有个孩子就得了这种病。”

“抱歉。”

“他现在跟他的爷爷和父亲一起住。我女儿也跟他们住。不过她没有得囊性纤维症。”

哈蒂和她的丈夫显然都是囊性纤维症基因携带者，这样看来，我怀疑克拉姆医疗公司利用健康的婴儿做实验的推断并不能从她这里得到支持，除非……

“你丈夫还在菲律宾吗？”

“是的。”

我开始设想各种场景，一个生性腼腆、穷得叮当响的菲律宾女人在丈夫远在菲律宾的情况下怎么会怀孕呢？

“你是住家保姆吗？”我问，不知道这是一个冒昧的闲聊话题，还是在暗示屋子的主人就是孩子的父亲。

“是的，我就住在这里。贝文先生不在的时候，乔治娜希望我留在这儿。”

我注意到女主人叫“乔治娜”，男主人是“贝文先生”。

“你在外面住会不会更好？”我问，再次想到了贝文先生是孩子父亲的场景。我不大确定为什么会想象一个这样的画面，难不成让她突然坦白："哦，没错，这样房子的主人晚上就不会性侵我了。"

"我在这里住得很开心。乔治娜心地很好。她是我的朋友。"

我对这样的说法很不以为然，友谊是建立在两个对等的人身上的。

"贝文先生呢？"

"我对他不是很了解。他在外面有很多生意要忙。"

这么问下去也不会有什么有用的线索。我看着她继续一丝不苟地熨衣服，心想乔治娜的朋友肯定很羡慕她吧。

"你确定孩子的父亲是囊性纤维症基因的携带者吗？"

"我不是给你说过了？我儿子就有囊性纤维症。"早前听到的那种斩钉截铁的口吻又出现了，而且这次我听得真切，"我见你完全是因为你是苔丝的姐姐，"她继续道，"出于礼貌才跟你见面，而不是要听你在这里质问我。这关你什么事？"

我这才意识到我关于她的印象完全错了。我以为她的眼神不跟我接触是出于羞涩，其实她只是在谨小慎微地捍卫她的领地。她的害羞并非因为逆来顺受，而是在竭力守护自己的私人空间。

"对不起。其实我只是没办法确定囊性纤维症治疗是不是合法的，所以我想知道你和你孩子的父亲是不是携带了囊性纤维症的基因。"

"'合法'这个单词这么长，你真觉得我能理解吗？"①

"是的，我想我刚才对你的态度实在太傲慢了。"

她转身过来，似笑非笑，我面前的这个女人完全变了个样。我能想象不管乔治娜是什么样的人，都会跟她成为朋友。

"治疗是合法的。我的孩子就治愈了。但我的另一个孩子在菲律宾，没

① "合法"原文为"legitimate"，稍微有点儿长，但哈蒂说这句话只是反讽，因为碧翠斯对她的态度并不好，以为身为菲佣的她地位低下，英文未必好。——译者注

办法治疗。而且对他来说太晚了。”

她仍然没有告诉我孩子的父亲是谁。我只能等到她对我没有戒备的时候再让她告诉我答案。

“我能再问你一个问题吗？”

她点点头。

“参加治疗的时候你有没有收过酬金？”

“有。三百英镑。我现在得去幼儿园接巴纳比了。”

我还有很多问题，担心没有机会再问。她进入起居室，哄着那个蹒跚学步的孩子，让其不要看电视了。

“我能再见到你吗？”我问。

“我下星期二要去做临时保姆。他们八点后出门。你愿意的话可以过来。”

“谢谢，我……”

她示意我不要出声，手中抱着的孩子是很好的挡箭牌，避免再次出现不愉快的谈话。

“我第一次见到哈蒂的时候，以为她跟苔丝、卡莎不一样，”我说，“她的年龄、国籍、职业都跟她们不同。但她跟苔丝和卡莎一样都穿着廉价的衣服，我这才意识到她们除了在圣安妮医院接受囊性纤维症的治疗外，还有个共同点，就是她们都没钱。”

“你觉得这个发现很重要吗？”莱特先生问。

“我觉得只有她们才容易被钱打动，才会愿意接受贿赂。我还发现哈蒂的丈夫在菲律宾，她们实际上都是单身。”

“卡莎的男朋友迈克尔·弗拉纳根呢？”

“卡莎接受治疗的时候，他就已经离开她了。等他回来后，他们在一起也只有短短的几星期。我当时就想，不管背后指使的人是谁，都会特意选择这样的女人，因为没人在乎、没人关心她们。他就是在寻找那种孤立无援的女人。”

莱特先生想要说点儿什么安慰我的话，但我并不想让自己觉得内疚，或是让自己安心，所以我急切地说道：“我在电视上，在克拉姆公司的视频上见过许多接受治疗的婴儿，画面上同时出现了婴儿的父母亲。我在想会不会只有圣安妮医院的孕妇才是单身的。如果真是这样，那么这家医院肯定有什么可怕的事情正在发生。”

在饮料和泰迪熊的诱惑下，哈蒂小心翼翼地将那个蹒跚学步的金发孩子安置在童车里。她调了闹钟，拿起钥匙。我四处寻觅，却没有发现那个婴儿的迹象。没有哭声、没有婴儿监视器，也没有放置尿布的篮子。她一言不发。现在，她就要离开房子了，显然楼上也没有婴儿。我站在门阶上，准备离去，终于鼓起勇气，或者说关切地问道：“你的孩子呢……”

她声音很小，以免吵到童车里的孩子。

“他死了。”

莱特先生有个午餐会议要参加，所以我到了外面。被昨日的大雨洗礼后，公园里的草青翠闪亮，番红花也闪耀着宝石般的颜色。我更想跟你在这里聊聊天儿，即便没有阳光，也有着明亮的色彩。哈蒂告诉你那次紧急的剖宫产手术后，她的孩子也死了。但她有没有告诉你，她必须做子宫切除手术，把子宫摘掉？此刻，我潸然泪下，不知旁人会怎么看，也许会觉得我有些疯癫吧？但当她告诉我这一切的时候，我根本无暇顾及她的孩子，更别说哭泣了，一门心思只想暗示她回答孩子的父亲是谁。

我回到皇家检察署的办公室，继续在莱特先生面前讲述，尽量不带任何感情色彩，只陈述赤裸裸的事实。

“哈蒂告诉我她的孩子死于心脏病；泽维尔则死于肾功能衰竭。我确定两个孩子的死有一定的关联，肯定跟他们在圣安妮医院的治疗有关。”

“你觉得有什么关联？”

“不知道。我也不明白发生什么事了，一开始我觉得他们的技术完全是理论上的，用健康的孩子做虚假治疗，完全是个骗局，只是为了谋取巨大的利润，但死了两个孩子之后，这样的推断已经站不住脚了。”

莱特先生的秘书为他带来了抗组胺剂，打断了我们的谈话，见我眼眶通红，她误以为我也过敏了，问我要不要吃药。我发现自己误会她了，倒不是说她试图对我表示关心，而是她想主动尝试消除水仙花的影响。跟着，她离开房间，我们继续。

“我给罗森教授打电话的时候，他仍在美国讲课。我在他的手机上留言问他这到底是怎么回事。”

我在想，他对被常春藤大学邀请前去讲课感到自豪，难道这只是个幌子？以掩盖自己真正的目的，他莫非担心东窗事发逃之夭夭了？

“你有没有将这个发现告诉警方？”莱特先生说。他手里那份我跟警方的电话记录在那段期间有一段空白。

“没有。海恩斯探长早就觉得我在无理取闹，当然，这的确是我造成的。我得找到‘更有说服力的反转证据’才去找他们。”

可怜的克里斯蒂娜，当时她在吊唁信的末尾写下“如果有任何需要我帮

忙的事，尽管开口”这样的话时，可能没想到我真的会去找她帮忙，而且还找了她两次。我拨通她的手机，把哈蒂的孩子死了的事告诉她。她当时在上班，说话时一副雷厉风行的口吻。

“有尸检报告吗？”她问。

“没有。哈蒂告诉我她不需要。”

我听到电话的背景声里传来哔哔的声响,克里斯蒂娜的声音里带着疲倦，说晚上下班的时候再打给我。

那天，我决定去看望母亲。这天是三月十二日，我知道这个日子对她来说很难熬。

里奥生日那天，我每次都会送花给母亲，给她打电话，虽然距离很远，我仍然会以这样的方式表达对母亲的关切。不过我通常都会以这样的方式结束通话，比方说要跟人见面、参加电话会议等，人为地制造障碍，这样我的情感才不会宣泄出来。但我从来没有控制不住感情的时候，每次情感即将发泄出来的时候，越洋电话那头颤抖的声音都会将其终结，说来真是有些尴尬。

我已经为里奥买好了卡片，但在利物浦街站，我又为你买了一束矢车菊，鲜蓝色的花惊艳动人。店主包装花的时候，我想起了卡莎的话，说我应该把花放在那间公厕里，她几星期前就做过这事。她一再坚持要我这么做，觉得这对母亲也有“疗愈”作用。但把花放在斑马线旁、街灯的柱子上、路肩处这种眼下流行的表达哀思的方式，会让母亲觉得不安。花儿就应该放在你葬身之地，而不是你死亡的地方。而且我已经尽我所能不让母亲看到那间公厕。其实我同样如此，再也不想靠近那里。所以，我告诉卡莎我宁愿在你的花园里种上漂亮的植物，悉心照看，看着它们枝繁叶茂。跟母亲一样，我也在你的墓地放了些花。

我从小哈德森站走了半英里路来到教堂，看到母亲已经在墓地里了。我跟你说过几天前我同她一起吃过午饭，我提前告诉你是想让你安心，这样对她也公平。你已经知道在你死后她的变化有多大。她再次变成了我们孩提时的那个母亲，穿着沙沙作响的睡衣，脸上的面霜即使在黑暗中也散发着令人安心的香味，暖暖的，充满爱意。她很焦虑，感情也变得脆弱。这是在你的葬礼上发生的改变。那不是渐变的过程，而是瞬间的变化，令人害怕。你坠入湿漉漉的泥土时，她外表粉饰下的性格被击得粉碎，内心的感情暴露无遗，她在心底无声呐喊。伪装破碎的那一刻，她对于你死亡的幻想也土崩瓦解。跟我一样，她也知道你绝不可能自杀。突如其来的醒悟让她脊椎里的力量一股脑儿地消失，令她的头发没了色彩。

每次见到她时，都感觉她是那样苍老，头发是那样花白，这些都能让我错愕不已。

“妈？”

母亲转过身，我看到她脸上挂着泪珠。她紧紧地抱着我，脸贴在我的肩膀上。我感觉到她的眼泪湿透了我的衬衫。她轻轻推开我，强颜欢笑。

“我不该把你当成手帕。”

“没事，随时都可以。”

她捋了捋我的头发：“你的头发这么长了，该剪了。”

“我知道。”

我伸手抱着她。

父亲回法国了，没说给我们打电话，也没说来探望我们，他总算诚实了，不会轻易承诺做不到的事情。我知道他爱我，却不会时常出现在我的日常生活中。所以，严格意义上来说，现在就只剩下我和母亲相依为命，我们将彼此视若珍宝，觉得再怎么珍惜都不为过。我们得尽力代替彼此，不仅是我们两个，还要代替你、里奥和父亲的责任。在人生遭遇最低谷的时候，我们必须振作起来。

我将矢车菊放在你的墓前，自从你的葬礼后我就没见过这种花了，看着你和泽维尔身上隆起的土，我觉得我做的一切都是值得的：跟警方交涉、去医院、在网上搜索、打破砂锅问到底，不停地怀疑、控诉，而你却被埋在土里，同光亮、空气、生命和爱隔绝。

我转身来到里奥的坟墓，放下卡片，是一张机动部队图案的卡片，我觉得八岁的孩子会喜欢。我从未让他长大。母亲已经在上面放了一件包裹好的礼物，她说是一架遥控直升机。

“他是什么时候知道他得了囊性纤维症的？”我问。

母亲以前跟我说过，在还没有露出任何病征的时候，里奥就知道自己得了囊性纤维症，但她和父亲都不知道他们是基因携带者，那他们怎么知道带里奥去检查呢？我现在已经有了思维定式，习惯性地提出问题，即便在里奥的墓前也不例外，本来今天应该是他的生日。

“他很小的时候经常哭，”母亲说，“我吻他的脸时，发现他的眼泪特别咸。我顺口就跟医生提了一下，不过当时也没想那么多。眼泪很咸是囊性纤维症的一个症状。”

还记得吗，小时候，即使我们哭了，母亲也不会亲我们？但我记得她以前会，那时候她还没尝过里奥的眼泪。

我们沉默片刻，我的目光从里奥的旧坟转到你的新坟上，这种强烈的对比，让我对你们的哀思是那样的直观。

“我决定立块碑，”母亲说，“我想刻成天使的模样，将大石头雕刻成张开双翼的天使。”

“我想她会喜欢天使的。”

“她会觉得天使很滑稽，很好笑。”

我们两人闪过一丝微笑，想象着你对天使墓碑的反应。

“但我觉得泽维尔会喜欢，”母亲说，“我的意思是说小孩会觉得天使很可爱，对吗？不会太伤感。”

“肯定不会。”

不过母亲却是那样的多愁善感，她每星期都会带一只泰迪熊来，之前的玩具熊如果弄湿了，或者脏了，她就会用新的替换。这样做让她觉得有些许歉意，但也不会觉得太抱歉。年迈的母亲可能会对糟糕的品位心存恐惧。

我再次想起了我们之间的那次谈话，当时我叫你把你怀孕的事告诉母亲，不过我忘了结局，我想自己可能是故意忘记的吧。

“你还保存着上面绣着星期几的灯笼裤吗？”你问。

“你又在改变话题。我九岁就有那种裤子了。”

“你真会按星期穿吗？”

“如果你不告诉她，她会觉得很受伤。”

你的声音破天荒地变得严肃：“她每次话一出口就会后悔，可就是忍不住。”

你心地善良，总是先顾忌爱，然后才会考虑真相。但我以前没能明白你，以为你只是找借口，只会“逃避问题”。

“碧儿，等我生下孩子就会告诉她的，到时候她会爱上他的。”

你猜得没错。

母亲在你的墓地旁边种了一株卡里尔夫人玫瑰，放在瓷盆里。“这个只是暂时放在这里，等到天使刻好就换了。要是什么都没有看起来会光秃秃的。”我给洒水壶里装满水用来浇花。我还记得你小时候，带着小小的园艺工具，跟在母亲屁股后面转悠，手里捧着一把从别的植物上收集来的种子，我想可能是耧斗菜吧，但我并未太留心。

“她以前很喜欢园艺，对吗？”我问。

“还是小不点儿的时候就喜欢了，”母亲说，“我是三十几岁才喜欢的。”

“是什么让你喜欢上园艺的？”

我们聊着天，这样的聊天绝不会触及痛处，我希望母亲能找到些慰藉，谈起植物时，她总是兴致勃勃。

“植物种下后会变得越来越漂亮，三十六岁那年，我遇到了一些不同寻常的事情。”母亲说，用裸露的手指捏着玫瑰旁边的泥土。我看见她的指甲里都是泥。“我不该介意自己逝去的容颜，”她继续说，“但我非常担心，那时里奥还没有死，我觉得自己没被善待，整天忙忙碌碌的，就因为自己曾经是个漂亮的姑娘，有个出租车司机——这样的人总喜欢多此一举——比方说，他会告诉我你以前长得还不错，甚至说挺漂亮的，但这种冒失的举动往往惹我不快，他们哪里知道漂亮会随着年龄的增长黯然失色，可他们好像是怪我不能留住美丽的容颜。”

我听后有些吃惊，不过也只是些许吃惊而已。如今，我对这种口无遮拦的说话方式已经习以为常。母亲用脏手擦了一把脸，脸庞上顿时留下一道脏印。“苔丝长大后很漂亮，却不知道人们因为她的漂亮对她格外慷慨。”

“可她从来没有因漂亮而变得骄傲。”

“她没有必要。世界的大门为她开放，她只需微笑走过，认为那是天经地义的事。”

“你妒忌她吗？”

母亲犹豫了一会儿，然后摇摇头：“不是妒忌，看着她我能看到自己变成什么样子。”她顿了顿，“我有点儿醉了，今天是里奥的生日，我喝了点儿酒。当然，也是他的忌日。现在又成为苔丝和泽维尔的忌日了，对吗？如果我不注意点儿，到时准会变成酒鬼。”

我紧紧地抓住她的手。

“每逢里奥的生日，苔丝总会陪我。”她说。

在车站互相道别时，我建议下星期日一起去郊游，去彼得舍姆草甸的花园餐厅[①]，你以前挺喜欢那里，只是囊中羞涩。我们拿定主意去那里选一株你喜欢的新植物，种在你的花园里。

我搭火车回了伦敦。你从没告诉我里奥生日的时候你会去探望母亲，想必是不希望我觉得内疚吧。我不知道你在其他时间是不是也常去看望她，估摸直到肚子隆起的时候才不去了。我从电话单上知道我平日里一点儿也不重视你，现在我才意识到我对母亲也很疏远。我向来认为你才是母亲的贴心小棉袄，而不是我。

我在逃避吗？其实我在纽约的工作并不是什么千载难逢的机会，只是我离开母亲，撇下责任，在另一个大陆追求一种干净利落的生活。你也许需要我提醒某某的生日快到了，却从未逃避。

我在想为什么王医生没有指出我的缺点。这么出色的心理医生应该在治疗的过程中描绘出道林·格雷[②]式的画像，这样病人才能认清自己，但这对她并不公平。是我没有提出关于自己的合适问题，也从未质疑过自己。

这时，我的电话响了，让我从自我剖析的状态下猛然醒悟。是克里斯蒂娜打来的。她跟我寒暄了一会儿——我想她只是想解释为什么这么迟才打电话来，然后才进入主题。

“泽维尔和另一个孩子的死没有关联，小赫。”

“肯定有。苔丝和哈蒂在同一家医院接受同样的治疗。”

“我知道，但从医学的角度看，他们之间没有关联。没有什么东西既能引发严重的心脏病导致一个婴儿死亡，又能诱发严重的肾脏问题——很可能令整个肾脏都衰竭了——从而导致另一个婴儿死亡。”

---

① 开在伦敦郊外温室里的一家米其林一星餐厅。——译者注

② 《道林·格雷的画像》是英国著名戏剧家、小说家奥斯卡·王尔德的作品，主人公道林在画家霍尔沃德的画像中见识了自己惊人的美貌。——译者注

我慌忙打断她的话："在基因领域，一个基因就能编排出完全不同的东西，不是吗？所以也许……"

她再次打断我的话，也许只是因为火车上信号不好："我也怕自己弄错了，还特地跟我的教授核实过。具体情况我没跟他说，只是跟他说了一个假定的情节。他说两种毫不相干的致人死亡的案例绝不可能是相同的原因造成的。"

我知道她将科学术语以通俗易懂的方式讲了出来，好让我能听明白。我知道实际情况要复杂得多，但道理是一样的。圣安妮医院不必为两个婴儿的死负责。

"可这也太奇怪了，不是吗？两个孩子都死在圣安妮医院？"我质疑道。

"每家医院都有生产死亡率，圣安妮医院每年会产下五千名婴儿，所以，这样的事情虽然叫人悲痛，但只能说是不幸的意外事件，并不是什么异常情况。"

我想进一步询问她，看看她说的有没有什么漏洞，但她不再作声。我感觉火车在摇晃，自己身体很不舒服，精神状态自然也很糟糕，这种不适的状态也让我担心卡莎。最近我一直想带她去旅行，但这样的计划可能对她不怎么负责，所以我才跟克里斯蒂娜再次确认一下。我很高兴她能帮忙，提供的信息极为详尽。

我把我跟克里斯蒂娜通电话的事告诉莱特先生了。"我想肯定有人对那些孕妇撒谎了，隐瞒了孩子的真正死因。没有一个孩子有尸检报告。"

"你从没想过也许是你弄错了呢？"

"没有。"

他好像在用欣赏的眼神看着我，我应该不会搞错。

“我没有精力去想我是不是弄错了，”我继续说，“我只是没办法再重新开始调查一遍。”

“那你接下来是怎么做的？”他问我。听到这个问题时，我感到一阵疲惫，就跟当时一样身心俱疲。

“我回去找哈蒂了。虽然我觉得她那边也没有什么有价值的线索，但我必须试一试。”

我再清楚不过自己是在胡乱地抓救命稻草，但我又不得不这么做。唯一可能帮上忙的就是确定哈蒂孩子的父亲是谁，但我也没抱太大的希望。

我按响哈蒂家的门铃时，是一个年约三十的漂亮女人开的门，我猜想她就是乔治娜，她一只手拿着一本童书，另一只手拿着一支口红。

“你就是碧翠斯吧，请进，我本来跟哈蒂说我最晚八点要出门，但今天晚了点儿。”

哈蒂出现在她身后的门厅里。乔治娜转身对她说：“你给孩子们读奶牛的故事吧。我给碧翠斯倒杯饮料。”

哈蒂撇下我们上楼去了，我感觉这是乔治娜故意安排的，不过她看起来特别友善。“《波西和奶牛》的故事很短，从头到尾也就六分钟，还包括模仿火车头和动物的声音，所以她很快就会下来。”她开了一瓶葡萄酒，递给我一杯，“别让她难过了，好吗？她最近承受的苦难太多了，孩子死后她几乎没怎么吃饭，尽量对她友善一点儿。”

我点点头，她这样关心朋友让我对她心存好感。这时，外面传来了汽车的喇叭声，乔治娜离开前冲楼上喊道：“我把灰皮诺葡萄酒开了，你也喝点儿。”哈蒂冲楼下道了谢。她们就像两个年纪相仿的合租者，而不像主仆关系。

哈蒂安顿好孩子就下楼了，我们进了起居室。她坐在沙发上，双腿摆放的姿势颇为优雅，手中端着葡萄酒，俨然把这里当成了自己的家，而不是住家的用人。

“乔治娜人好像挺好的……”我说。

“是的。她很好。我把孩子的事告诉她后，她给我支付了回家的机票，还预支了两个月的薪水。其实他们也不富裕，都是全职工作，也只能勉强支付我的薪水罢了。”

看来乔治娜并不是那种典型的雇用菲律宾保姆的人家，哈蒂也不用住在扫帚间里。我脑子里闪过那些标准的问题。她知道你害怕谁吗？她知道谁可能给你毒品吗？她知道你被杀害的原因吗？（每次问到这个问题的时候，我都会强打精神。）哈蒂不会有答案的。跟你别的朋友一样，你生下泽维尔后，她就没见过你了。我绞尽脑汁地想着问题，却真不知道该怎么开口。

“你为什么不把孩子父亲的名字告诉任何人？”

她犹豫了一下，我想她看起来有些羞愧。

“他是谁，哈蒂？”

“我丈夫。”

她不再吭声，我更想问个明白了：“你在怀孕的时候获得的这份工作吗？”

“我想如果人们知道实情没有一个人会雇用我的。等到被人看出来的时候，我可以把孩子的预产期往后说。我宁愿让乔治娜误会我不守妇道，却不想让她觉得我骗了她。”我的样子肯定很困惑。“她信任我，把我当成朋友。”

那一刻，我觉得女人之间的友谊从来跟我无缘，我也从没感觉自己需要，因为我已经有你了。

“你跟苔丝说过孩子的事吗？”我问。

“说了。她的孩子还要几星期才到预产期。我跟她说的时候，她哭了。我很生气，因为我的情绪本来没那么悲伤，是她感染了我。”

你当时察觉她对你生气了吗？她跟这么多人交谈过，她是唯一一个指责你的人，你还曾误解了她。

“其实我感觉解脱了。”她说。语气颇有些挑衅的意味，让我很是错愕。

“我理解，”我答道，“你家里还有别的孩子需要照料。生孩子意味着连工作都会没了，不管雇主有多善解人意，你都没办法寄钱回家了。”我望了她一眼，觉得自己还没说到点子上，“要么就是你不忍心把另一个孩子扔在家里，自己一个人跑到英国来工作。”她看着我的眼睛，算是默认了。

我为什么能理解哈蒂，你却不能？因为我懂羞耻之心，你却从没经历过这样的感觉。哈蒂起身：“你还有什么想知道的？”

“是的，你知道在基因治疗的时候是谁给你注射的吗？”

“不知道。”

“生孩子的时候是谁给你接生的？”

“是剖宫产。”

“但是你肯定也见过医生吧？”

“没有。他戴着面具。给我注射的时候、动手术的时候都戴着面具，在菲律宾可不是这样。没有人会注意卫生问题，但在这里……”

她说话的当儿，我想起了你画的那四幅梦魇一样的画，女人尖叫，戴面具的男人俯在她身上。那根本不是由毒品引起的幻觉，而是你亲身经历的事。

“你的病历本还在吗，哈蒂？”

“不在了。”

“医院弄丢了吗？”

她似乎很惊讶我居然知道这事。

我把咖啡喝光了，不知道是咖啡因的作用还是那些画的记忆，我不由自主地哆嗦了一下，咖啡洒在了桌子上，莱特先生关切地看着我。“要不今天就到这里吧？”他建议道。

“好的，如果可以的话。”

我们一起出去。经过接待室，莱特先生看到秘书放在办公桌上的水仙花，停了下来。我发现她很紧张。莱特先生转身看着我，眼睛通红。

“苔丝跟你说的水仙花里的黄色基因可以治疗孩子的眼病，这个点子我很喜欢。”

“我也是。”

芬伯勒警探在皇家检查署大楼附近的卡卢西奥餐厅等我。他昨天给我打过电话，问能不能见一面。我不大确定这是不是符合规矩，但还是同意了。我知道他不会因为私事找我，为了事实的真相，他从不会拐弯抹角，在这点上他比别人都强。

我朝他走过去，两人都犹豫了一会儿，就好像我们会像老朋友那样亲吻对方的面颊一样，对了，我们的关系到底是什么？当初还是他告诉我你是在厕所里被发现的。他还曾握着我的手，看着我的眼睛，把残酷的真相告诉我。我们的关系既不是在鸡尾酒派对上互相浅尝辄止地碰下脸，也不单单是警察和受害者亲属之间的关系。这次我也跟他以前一样，紧紧地握着他的手。不过，这次我的手更加温暖。

“我想跟你说声对不起，碧翠斯。”

我刚要回答，一个女服务生将托盘端得高高的，从我们中间穿了过去，她的马尾辫里插着一根铅笔，显得十分干练。我觉得我们应该去教堂，那里比较安静、严肃，我们可以低声谈论一些要紧的事，而不用扯着嗓子力图盖过锅碗瓢盆和客人闲谈的声音。

我们坐在一张桌旁，我觉得我们两个之间的气氛亲密得有点儿尴尬。于是我打破了沉默。

“弗农怎么样了？”

“她升职了，”他答道，“现在在家暴中心工作。”

“恭喜。”

他冲我笑了笑，算是打破了坚冰，突然谈到了正题：“你一直都是对的。我早应该听你的，应该相信你。”

我以前总是幻想能听到这句话，希望我能小声对自己说，总有一天某个警察也会跟我这么说的。

“至少你怀疑过，”我说，“而且真的采取行动了。”

“可惜太迟了。不应该让你这样冒险。”

餐厅的声音突然沉寂下来，灯光逐渐变得昏暗，最后变得一片漆黑。我刚刚还能听到芬伯勒警探在跟我说话，安慰我说没事的，接下来他也变得沉默，四周黑魆魆的，我想大声尖叫，无奈嘴里无法发出半点儿声响。

我醒过来后，发现自己是在咖啡厅温暖、干净的女厕里，芬伯勒警探跟我在一起。他告诉我，我昏厥了大概五分钟。不算太久，但这是我第一次失声。卡卢西奥餐厅的工作人员很热心，叫了一辆出租车送我回家。我问芬伯勒警探可不可以陪陪我，他欣然同意。

现在我在一辆黑色的出租车里，旁边有一名警察，但我仍然感到害怕。我感觉他还在跟踪我，我能感觉到他正杀气腾腾地离我越来越近。

我想告诉芬伯勒警探，但跟莱特先生一样，他也会告诉我那人被关在监狱里，再也不会伤害我了，没什么好怕的，但我没办法相信他。

芬伯勒警探等我安全进入公寓后，才坐地铁离开。我关上门，布丁毛茸茸的身体在我脚边转来转去，发出呜咽的声音。我叫了卡莎的名字，但没有回应。胸中那团焦躁的火花终于熄灭，我看到桌上有张字条，说她去参加产前小组了。那她随时都会回来。

我走到窗边检查了一下，拉上窗帘。有两只手在另一侧敲击玻璃，要将窗户砸碎。我尖叫着，那人消失在黑暗中。

第十一章

Chapter Eleven

一起走过海德公园

趁他跟花店老板说话的当儿，我给卡莎发了条短信：odcisk palca，我知道她会明白我终于印上爱的指印。

星期四

这是春日里阳光明媚的一天，不过我还是乘坐地铁去了皇家检察署的办公室，而不是穿越公园，这样才能一直待在人多的地方。

我到达那里的时候，很高兴可以跟往常一样进入拥挤的电梯里，不过我同样很担心，因为在里面我的寻呼机和手机都没有信号，卡莎就没办法联系上我了。

我一到三楼，便检查它们有没有信号。我并没有将昨晚看到有人在窗户旁边的事告诉她，不想吓着她。也没有承认别的可能性，不仅是我的身体状态，就连我的精神状态也出了问题。我知道我的身体一向都不大好，但从没想过精神也会出状况。也许那人只是幻觉，不过也可能是我精神方面出了问题才能看到他。也许我得恢复起来，精神才不会出现差池。比起惧怕那个人，我更害怕自己变得疯癫，因为不管是谁，疯狂会荒诞地摧毁一个人的内心。我知道你当时肯定也非常害怕。所以我能明白，让你神志不清的是五氯苯酚，而不是你精神上的缺陷或疾病。

也许我也被人下了五氯苯酚。这样的念头有没有在你脑海中闪过？也许那个跟踪我的恶魔也是我脑中的幻觉。但没人给我下过毒，我只在皇家检察署的办公室、“郊狼”酒吧和公寓里待过，这些地方不会有人伤害我的。

我不打算将在窗户旁边看到凶手的事情告诉莱特先生，现在还不行，也不会把担心自己变疯的事情告诉他。我不跟他说，他才会把我当成正常人，我才会以同样的态度对待自己。他期待我是个心智完全正常的人，所以我必须迎合他的想法。而且，至少在跟他相处的几个钟头里，我知道自己是安全的，那就索性等到这天结束的时候再告诉他。

这天早晨，莱特先生的办公室不再明亮，周围有些暗黑的色调，我用力眨了眨眼。跟他说话的时候，我听到自己的声音有点儿模糊，要努力才能回忆。但莱特先生说今天就能完成所有的笔录了，所以我得加把劲。

莱特先生似乎并没有察觉出有什么异常。也许是我擅长伪装吧，抑或是他的心思全都放在最后一部分笔录上。这会儿，他简单地介绍了一下我们上一次的访谈。

“哈蒂·西姆告诉你给她注射和实行剖宫产的人戴着面具？”

“是的。我问她是不是同一个人，她说是的。但她也不记得了，声音、头发的颜色和身高都不记得了。她试图抹去这段经历，我不能怪她。”

“你觉得给苔丝接生的是同一个人吗？”

“是的。而且我确定就是这个人杀了她，但我需要更多证据才能去找警方。”

“你是说反转的证据吗？”莱特先生问。

“是的。我得证明他戴面具就是掩饰身份。我还没找出给苔丝接生的人是谁——我觉得肯定是特意安排的。但也许我能找到给苔丝和哈蒂注射的人是谁。”

我从哈蒂位于奥奇斯威克的家到达圣安妮医院时，已经很晚了，过了午

夜。但我不能耽搁，得赶紧找出真相。等我摸着夜色到达病房时，才意识到现在不是问人的好时机。但我已经按响了产房的蜂鸣器，是一个我不认识的护士开的门。她怀疑地看着我，想必是担心婴儿被偷。

“我能跟高级助产士谈谈吗？她好像叫克蕾西达。”

“她现在在家里，是一小时前轮的班。她明天会来上班。”

可我没办法等到那时候。

“威廉·桑德斯在吗？”我问。

“你是他的病人吗？”

“不是，”我犹豫了一会儿，“是他朋友。”

这时我听到婴儿的哭声传来，跟着，哭声此起彼伏。有个蜂鸣器响了。那名年轻的护士一脸苦相，看得出来，她压力不小。

“好吧。他在值班室。右边第三个房间。”

我敲响房门，那名护士看着我的一举一动，我随即走了进去。房间内有些昏暗，只是过道里有盏灯。威廉突然醒了，整个人完全清醒了，以为有人传唤，要处理一个十万火急的病人。

“你来这儿干什么，碧儿？”

只有你这么叫过我，像是你把我们亲密的关系借了一部分给他。他下了床，我看到他从头到脚都穿着蓝色的制服。刚才垫在枕头上的皮肤有些凌乱。我这才发现房间很小，只有一张床。

“你知道是谁给囊性纤维症的孕妇注射的吗？”我问。

“不知道。你要我帮你查查吗？”

“好。”我回答得很干脆。

“好的。”他看起来很认真，可谓一丝不苟，我很感激他能认真对待我的问题，“你知道除了你妹妹还有别人吗？”

我点点头。

“你能写下来吗？”

我在包里手忙脚乱地翻找着，然后把她们的名字写了下来，他在一旁等着，接过我手里的纸。“现在我能问问你为什么想要知道这些吗？”

“因为不管是谁，他在注射、接生的时候都戴着面具。”

短暂的沉默过后我意识到，不管我认为这件事情是多么的十万火急，他都不会觉得这是要紧事的。

“医护人员戴面具很常见，特别是在妇产科。”他说，“生小孩是很脏的，到处都是体液，医护人员当然得穿上保护装备。”

他一定看到我脸上露出怀疑或是失望的神色。

“的确是惯例，至少在这家医院是这样的，”他继续说，“约翰内斯堡有很多艾滋病感染者，医护人员被感染的概率非常高。我们会定期检查，以免感染我们医院的病人，但反过来并不是这样的。我们并不知道进来的妇女是不是有病，是不是感染了病毒。”

“可基因治疗呢？注射的时候怎么说？”我问，“这种情况没有体液吧？为什么还要戴着面具呢？”

“也许是医生习惯了，防患于未然吧。”

我之前觉得他总能在别人身上发现最好的一面，这样的性格颇为讨喜，让我想起了你，但现在却觉得这性格着实令人恼火。

“你宁愿为他人开脱，也不愿认为有人谋杀了我妹妹，而凶手就是戴着面具隐藏身份的？”

“碧儿……”

“我没有什么闲工夫去做选择题，丑恶的暴力是我唯一能接受的选项。”我从他身边往后退了一步，“你是不是也戴着面具？”

“是的，我经常戴。看起来似乎有些小题大做，不过……”

我打断他的话：“是你吗？”

“什么？”

他盯着我，我不敢迎上他的目光。“你觉得是我杀了她？”他问，声音里透着惊愕和受伤。在这种毫无意义的言语上起冲突自然是我错了。

“对不起，”我强迫自己看着他的眼睛，“有人杀了她，而我却不知道他是谁。知道有这么个人。我可能见过他，甚至跟他说过话，却仍然不知道他是谁，手头上没有任何证据。”

他牵着我的手，我这才意识到自己在颤抖。

他的手指轻轻地拂过我的掌心，动作是那样的轻柔，起初我觉得他在向我表达爱慕。过了一会儿，我已经确定无疑，真的不敢相信。

我将手抽了出来。他看起来有些失望，但声音仍很友善：“我不太擅长打赌，对吗？”此刻我仍然有些惊魂未定，但还是在受宠若惊的情绪中往门边走去。

为什么我离开房间时还心存幻想？因为即使我不考虑他已为人夫的事实——我当然明白这是无法逾越的羁绊——我知道这也并不是我想要的长期或者稳定的关系。那只是一刹那的激情，再无别的，之后，我将背上沉重的感情包袱。也许只是因为他叫我碧儿这个名字——只有你曾这样叫过我，这么多年来这个名字会一直提醒我是个什么样的人。它不允许我做出这样的事情。

所以我关上身后的门，在那根绷得紧紧的道德准绳上摇摇晃晃，却不曾倒下。倒不是因为我洁身自好，而是因为我再次选择了安全，而不是贪图一时的欢愉。

我在医院附近的路上等夜班巴士，想起他抱着我的时候是多么的有力，手指拂过我的掌心时是多么的轻柔。我想象他拥抱着我，感觉他体温时的场景，如今，我却孤零零的，身处寒冷的黑暗中，后悔离开的决定，为自己的瞻前顾后懊悔。

我甚至转身往回走了几步，倏然听到几英尺外的地方有人。那里有两条没有路灯的巷子通往大路，也许有人潜伏在一辆停着的车后面。我刚才没放在心上，并没有注意公路上，甚至人行道上连一辆车都没有。不管是谁在窥视我，现在就我一个人孤零零地在那儿。

这时，我看到一辆黑色的出租车，连车灯都没有亮，我赶紧招了一下手，希望车能停下来，结果，那车还真停了，司机还责怪我深更半夜的一个人在外面。我把所有的钱都给了他，让他载我回家。那人等到我安全地进入公寓后才驾车离去。

莱特先生关切地看着我，我知道我的身体有多虚弱，我感到口干舌燥，喝光了他的秘书留给我的水。莱特先生问我要不要继续，我说可以。因为我发现跟他在一起让人感到安心，因为我不想一个人待在公寓里。

“你觉得那个人和跟踪苔丝的是同一个人吗？”莱特先生问。

“是的。但我只是感觉有人在窥探我，我想我还听到什么声音了，因为我很警觉，可实际上我并没有看到人。”

他建议我们买份三明治，去公园里吃个工作餐。我觉得肯定是因为我身体状况不佳，话都说不利索了，所以他希望在外面休息一下能让我清醒点儿。于是，他拿起录音机，我之前从没注意到那玩意儿是便携式的。

我们来到圣詹姆斯公园，那里就像《欢乐满人间》[①]里的场景，百花齐放，到处都是含苞待放的花蕾，湛蓝的天空上飘荡着如同芝士蛋糕一样的白云。草地上四处都是上班族，他们将公园变成了没有海的海滩。我们肩并肩走过小径，想找一处没那么拥挤的地方。他友善地看着我，让我感觉暖暖的，不知他是否也能感受到我的暖意。

一个女人推着一辆双人童车朝我们走过来，我们只得站成一列为她让道。他不在我旁边的时候，我好几次感觉是那样的失落，像是那种暖暖的感觉从

① 迪士尼出品的一部电影，改编自英国同名小说。——译者注

我身体的左侧悄悄地溜走。让我好似侧身躺在冰冷的混凝土上，寒意直入骨髓，心脏怦怦地跳动，却无法动弹。我像是在慌乱中将故事情节按了快进键，但等他回到我身旁时，我们又并肩向前走，我这才恢复了常态。

我们找到一处安静的地方，莱特先生为我铺开毯子，我们坐了下来。早上我留意到了这湛蓝的天空，中午他便跟我到公园一起野炊，这让我有些触动。

他打开录音机，等一群十几岁的孩子走过我才继续讲道："我进屋的时候卡莎醒来了，也有可能她一直在等我。我问她是否记得给她注射的医生。"

她用你的便袍裹着身子。

"我不知道他叫什么名字，"她问，"有问题吗？"

"他戴着面具吗？所以你才认不出他？"

"是的，戴着面具。出什么事了，贝亚特？"

她的手下意识地摸着隆起的肚子，我不能吓她。

"没事。真的。"

但这次她很机敏，没这么容易搪塞过去："你上回来我家的时候说苔丝的孩子没有生病，没有得囊性纤维症，你还叫米奇去检测。"

我先前不知道其实她都明白。可能自那以后她就一直在思考这个问题，只不过没有问我而已，也许她在想如果真出什么事的话，她相信我一定会告诉她。

"是的。都是真的。我想查出更多的线索，但这些跟你没什么关系。你和你的孩子都很健康，保管生龙活虎的。"

听到"生龙活虎"这个词，她冲我笑了，这个习语是她最近才学的，不过她笑得有些勉强，似乎在提醒我。

我抱了她一下：“你不会有事的，你和你的孩子都会平平安安的，我保证。”

我没办法帮助你和泽维尔，但我会帮助她。没有人能伤害她和她的孩子。

几个孩子在不远处打垒球，我想，听录音带的人会听到公园的背景音，以及周围的欢声笑语。“第二天你就收到罗森教授的电子邮件了？”莱特先生问。

“是的。星期六上午十点十五分收到的。”

我正赶去上班，可以吃个“周末早午餐”，这是贝蒂娜新出的点子。

“我发现是用私人邮件给我寄来的，”我继续说，“而不是他以前用的克拉姆医疗公司的账号。”

莱特先生低头看了一眼邮件的副本。

寄件人：alfredrosen@mac.com
收件人：碧翠斯·赫明的 iPhone 客户端

我刚从美国巡讲回来，现在回你的信。出差的时候我不带手机（我的家人有酒店的电话，如果有什么要紧事，他们可以用那个电话联系我）。说我治疗婴儿的方法有危险，真是荒唐至极。我的治疗方法安全，是将健康的基因植入体内，用最安全的方法将病人治愈。

阿弗雷德·罗森

剑桥大学文学硕士、哲学硕士、博士

寄件人：碧翠斯·赫明的 iPhone 客户端
收件人：alfredrosen@mac.com

你能解释一下圣安妮医院的医生在接生和基因注射的时候为什么都戴着面具吗？

寄件人：alfredrosen@mac.com
收件人：碧翠斯·赫明的 iPhone 客户端

医生在接生的时候显然会穿戴必要的防护措施，但这不是我的专业领域，如果你关心这个问题，建议你去问妇产科的医生。

至于注射，不管是谁在治疗，我想他肯定对我的染色体治疗的方法完全误解了。染色体不像病毒，没有传染的危险，不用采取这样的防护措施。也许是他谨小慎微惯了？不过，我在你妹妹的葬礼上说过我会回答你的问题，所以这件事情我会调查的。不过能不能找到有用的信息，我真的很怀疑。

我不知道该不该相信他。可是我不知道他有什么理由要帮助我。

贝蒂娜提出的早午餐计划大获成功，到了十二点，“郊狼”酒吧就人满为患了。我看到威廉从人群中挤了进来，想引起我的注意，我对他的到来明显感到惊讶，他冲我笑了笑。

“我们医院的高级助产士克蕾西达说你在这里工作，希望不会打扰你。”

我记得曾给过他你的公寓和“郊狼”俱乐部的联系地址，这样他找到病历本后就可以联系我。

贝蒂娜冲我咧嘴一笑，接过我手里的饮料单，好让我跟威廉说话。有大帅哥来找我，她端出一副不足为奇的样子让我很是不解。我来到酒吧的尽头，他跟了上来。“我没找到是谁给苔丝和另外一个女人注射的，她们的病历本像是离奇地失踪了，对不起，我不该打包票说帮你找。”

其实我早就知道他不可能找到，你生产泽维尔的时候要几小时，连你生产的时候到底哪些人在你身边都无人知晓，而给你注射可以很快完成，也不是什么能引人注意的要紧事，连病历本都没有，要他找到那人简直是天方夜谭。

“我知道我让你失望了，”威廉继续说，“所以我又去基因门诊帮你打听了一下。也许可以帮上点儿小忙。我给你带来些东西。”

他把一摞医院的病历本递给我，像是将一束花送到我手上——“一些零零碎碎的证据，碧儿。”

我发现是米奇的病历本。

“迈克尔·弗拉纳根是卡莎·列夫斯基的男友，”威廉说，我这才意识到平常我很少跟他提起我跟卡莎的友谊，“他不是囊性纤维症基因的携带者。”

看来米奇自己去检测了，显然还没将结果告诉卡莎。我想他应该同埃米利奥一样相信——或者宁愿相信——他不是孩子的父亲。我能想象他看到这个结果后肯定会长吁一口气，想起了他破口大骂，将我扫地出门的话，把卡莎当成了欺骗他的荡妇。也不知道他心里是不是真的这么想的。

我没有吭声，也没表现得很激动，威廉以为我没有明白。“只有父母双方都携带囊性纤维症的基因，孩子才会得这种病，这个父亲身上没有囊性纤维症的基因，所以他的孩子不可能得病。我不是很清楚囊性纤维症的治疗是怎么回事，但显然搞错了，这些病历本就可以证明。”他再次误解了我的沉默，“对不起。我应该听你的，从一开始就应该支持你。但你可以把这份证词拿给警察吧？要不我去？”

“没用的。”

他一头雾水地看着我。

“卡莎只是之前跟他同居过，她这种人很容易被人误解。警方会认为她把孩子的父亲弄错了，可能不是迈克尔·弗拉纳根，或者认为她从一开始就没讲实话。就像他们对我妹妹那样。”

“这个……未必吧。”

可是我真的确定事情会按这种套路发展，因为我本人就曾对卡莎怀有偏见。我知道海恩斯探长也会这么看她，跟我先前一样，觉得这个女孩到处鬼混，这样的女人极易被人误解，或者提到孩子父亲是谁的话题时，嘴里没有一句实话。

这时，威廉的寻呼机响了，在酒吧嘈杂的说话声和觥筹交错的声音中，这个声音显得十分突兀：“抱歉，我得走了。”

我记得他在二十分钟之内必须回到医院。

“你赶得及吗？”

“没问题。我骑自行车来的。”

他离开后，我看到贝蒂娜再次咧着大嘴冲我笑，我也冲她笑了笑。因为他带来的这些零碎的证据虽然没多大用处，但让我信心增强了不少，因为这是第一次有人站在我这边。

贝蒂娜很早就让我回家了，像是回馈我对她微笑的礼物。

我回家后，发现卡莎正跪着擦洗厨房的地板。

“你这是干什么？”

她抬头看着我，脸上布满了汗珠：“他们说干活对孩子有益，可以让孩子保持正确的姿势。”你的公寓越来越像她的了，尽管房间里破破烂烂、锈迹斑斑，到处都是污渍，但现在都闪着微光。“我跟你说过，我本来就挺喜欢清洗东西的。”

卡莎告诉我，小时候她母亲在工厂轮班，放学后，她就会洗洗涮涮，等到母亲回家后，房子里也就焕然一新了。卡莎做家务是给母亲的礼物。

我没有把米奇不是囊性纤维症基因携带者的事告诉她，也没有告诉她哈蒂的孩子已经死了。昨晚，我还想着要保护她，可现在我却背叛了她对我的信任。我实在不知道哪种做法是正确的。

“给，”我说着给了她几张车票，“我有点儿东西给你。”

她接过车票，有些糊涂。

“我买不起到波兰的机票，所以买了些汽车票，你的孩子还有六星期就到预产期了。这是我们两个的票，孩子是免费的。”

我想她应该会带孩子去波兰见他的爷爷奶奶、外公外婆，还有叔叔婶婶、舅舅姑父、堂亲表亲什么的。她亲戚众多，将来照顾她的人也很多。而我的父母亲都是独生子女，根本没什么亲戚可指望的。我们还没出生的时候，我们的家族早就衰落了。

卡莎盯着车票，出奇地安静。

“我还给你买了弹性袜，因为我做医生的朋友说你得当心点儿，别得血栓症。”“血栓”这个单词我说的是波兰语“zakrzepica”，之前我查过字典。她脸上的表情让我看不懂，也不知道是不是我太强势了。

“我倒不必跟你的家人待在一起。但我真觉得让你一个人带着孩子不应该走那么远的路。”

她亲吻了我，不过我意识到这是我第一次看见她哭。

我把找到米奇的病历本的事告诉莱特先生了。

“我想他们选择没什么钱的单身女孩，是因为她们的话很难取信于人。”

春日的阳光没能让我清醒，反而让我睡意更浓。这会儿，我已经向莱特先生讲完米奇病历本的事了。

现在该把事情连贯起来说了。

“然后我把去波兰的车票交给卡莎，她哭了。”

我的逻辑有些混乱，都不知道哪些事情跟案件相关了。

“那天晚上我才明白她是多么勇敢。一直以来我以为她很天真，而且并不成熟，其实她充满勇气，当时她站起来反对米奇、支持我的时候，就应该知道了，她因为这事还挨了一顿打。”

她脸上的淤伤和胳膊上的伤痕就是她勇气的明证。而且不管遇到什么事情，她脸上总是洋溢着热情的笑。跟你一样，她天生就能从一些小事上找到快乐的因子，善于从生活中淘到金子，而且每天都有收获。

可是她丢三落四的毛病又该怎么解释呢？这并非不成熟的表现，我倒是常能找到自己的东西在哪儿，可这并不意味着我就很成熟。想象一下，如果你在学习一门新的语言，只会拣那些描写美好世界的词语学习，不曾理会那些阴暗的词语，还用那些美好的词语描绘你所处的世界。我觉得这并不是天真，而是非常乐观。

隔天早晨，我知道我必须把事情的真相告诉她。自从你出事后，我又凭什么认为自己能照顾好别人呢？

“我刚准备告诉她，可她正给波兰的亲戚打电话，说要带孩子见他们。这时我又收到罗森教授的电邮，说要见我。我离开公寓的时候卡莎仍在打电话。”

我应约前去跟他见面。尽管是星期天，但克拉姆医疗公司大楼的入口处仍然熙来攘往。我以为他会陪我去他的办公室，但他领着我上了他的车。上车后他锁上车门。示威者仍在那里，不过距离有点儿远，我听不清他们在喊什么。

罗森教授竭力想保持冷静，可声音却不由自主地有些颤抖：“圣安妮医院按照我提供的囊性纤维症实验数据给活跃的病毒载体基因做了排列。”

“这是什么意思？”我问。

“要么就会乱成一锅粥，”他说，我想他应该从来没用过“一锅粥”这样的表达方式，他极少会用这样的词汇，“要么就是圣安妮医院在实验一种不同的基因，需要活跃的病毒载体，只是用我的囊性纤维症的治疗做幌子。”

“你的意思是说囊性纤维症的治疗被剽窃？”

“也可以这样说吧，应该是的。如果你觉得整件事这么有戏剧性的话。”

他本来想轻描淡写地讲述这件事，并没能奏效。

“剽窃的目的何在？”我问。

“我猜想如果他们真的在做非法实验，那就是用来增强基因的，英国不允许用人体做这种实验。”

“怎么增强？”

“我也不大清楚，比如蓝眼睛、高智商、肌肉强健这类特征……实在太荒唐了，不管这种基因是什么，都需要活跃的病毒载体进行传输。”

陈述事实时，他仍以科学家的身份在讲述，但在这些言语的背后，他的情绪显然十分激动，看得出他非常生气。

“你知道圣安妮医院进行囊性纤维症治疗时负责注射工作的是谁吗？”我问。

“我接触不到这类信息。在克拉姆公司我们也被限制在自己的狭小范围内。这跟大学不同，公司不会有什么思想和信息的交流。所以，我不知道医生的名字。不过，如果我是那人，肯定会在真的患有囊性纤维症的人或者胎儿身上进行治疗，同时实验我的非法基因。不过也许是那人太不谨慎了，也许是没有足够的病人。”他突然停下来，我能看出他非常愤怒，似乎痛心疾首，“有人想让孩子在某些方面更加完美，但健康就已经很完美了，健康就已经很完美了。”我看到他在颤抖。

我在想你是不是也发现了治疗方式被剽窃了，而且还发现了剽窃者的身份，这才导致了杀身之祸。

“你一定要告诉警方。”

他摇摇头，没有看我的眼睛。

“可是你必须告诉他们啊。”

“这还只是我的推测。”

他通过汽车的风挡玻璃看着外面，像是我们正在开车，而不是藏身其中。“我先得找到证据，做这种实验就是流氓行径，该受到谴责。一旦找到证据，我才能捍卫我的囊性纤维症治疗方案。等到警方调查清楚了，估摸还要好几个月，甚至好几年。也许这项研究永远都不会恢复了。”

“但囊性纤维症的治疗应该一点儿都不会受影响，而且……”

他打断我的话：“要是这件事情被媒体发现了，以他们的敏锐和智商，那就不会只是导致婴儿死亡的非法实验事件了，天知道还会发生什么别的事情，到时候我的囊性纤维症治疗方案都会受到牵连。”

“我不相信会出现这样的情况。”

“是吗？大多数人信息闭塞，文化层次不高，他们哪里知道基因增强和基因治疗之间的区别。”

“可这也太荒唐了。”

他再次打断我的话：“很多人什么都不懂，只会诋毁儿科医生，甚至攻击他们，因为他们觉得儿科医生跟恋童癖者没什么两样，所以，他们会觉得囊性纤维症治疗就是歪门邪道，因为他们根本不明白其中的区别。”

“既然你对调查的结果不闻不问，那为什么一开始还要去调查呢？”我问。

“我去调查是因为我答应过要回答你的问题。”他看着我，一副怒气冲冲的表情，我让他掺和进来这件事儿让他很是生气，“我以为不会有什么结果。”

“既然你不帮我，看来我只能一个人去警局了？”我问。

他看起来很不自在，明显很紧张，试图将皱巴巴的灰色裤腿捋平，却怎么也没办法弄平整。

“病毒载体顺序的事儿也可能是个误会，也许是电脑出了故障。这种管理不善引起的故障时有发生，确实让人头疼。”

“你打算用这段话跟警方解释？”

“这是最可信的解释。没错，我就打算这么跟他们说。”

“看来他们是不会相信我说的。”

沉默如同一块玻璃横亘在我们之间。

最终还是我打破了沉默：“到底哪个更重要，给婴儿治病还是你的名声？”

他打开车门，转身对我说：“如果你弟弟还是个尚未出生的孩子，你要我怎么做？”

我的确犹豫了，但也只是犹豫了一小会儿：“我希望你跟警方说真话，然后拼命挽救你的治疗方案。”

他离开车子，既没想等我，也没想锁好车门。

那个留着爆炸头的女人认出了他，冲他大声喊道：“亵渎上帝者自有天收！”

“如果上帝从一开始就做好了他的分内事，我们也就不用麻烦了。”他反唇相讥。女人不甘示弱地朝他吐口水。

那个扎着马尾辫的示威者喊道：“拒绝人造婴儿！”

他从人群中挤了过去，回到大楼里。

我并没有觉得罗森教授有多坏，但他生性软弱、自私，他只是没办法将自己刚刚建立起来的地位拱手相让。但他对自己的不作为有套精神上的托词：用现在的大环境为自己开脱——囊性纤维症的治疗非常重要。你我都清楚这点。

我来到地铁站时，突然意识到罗森教授向我透露了一个非常关键的信息。我问他是否知道圣安妮医院在治疗囊性纤维症时注射的医生是谁。他说他并不知情，他没办法接触这类信息。但他还提到那人会选择病人。“在真正患有囊性纤维症的病人身上进行实验的同时又在进行违法实验。”换言之，给病人注射的人跟在圣安妮医院进行囊性纤维症治疗的是同一个人。如果负责挑选病人的也是这个人，那整件事就算水落石出了。找出圣安妮医院负责囊性纤维症治疗的人，可比找到那个注射的人要容易得多。

外面天气不错，天空呈现出一片纯净的蓝色。上班的人都纷纷回去工作了。我记得以前在圣玛丽学校，碰上天气炎热的日子，我们就会到外面上课，孩子们和老师都假装对书本感兴趣，可心思全在美妙的夏日上，那一刻，我一度忘记了身上的寒意。

“你觉得罗森教授是故意跟你说的吗？”莱特先生问。

“是的。那人很聪明，学究气十足，不会这么口无遮拦。我觉得他是想减轻自己良心上的不安，才隐晦地透露这个珍贵的信息，我觉得现在该是我发挥聪明才智找出事情真相的时候了。也许是我们在交谈的时候，他良心发现。但不管是什么原因，我只需找到圣安妮医院负责治疗的人就可以了。”

我的腿像是完全麻木了，都不知道还能不能站起来。

“我打了个电话给威廉，他说他会找出来囊性纤维症治疗的负责人，然后告诉我，希望今天就能搞定。然后我又给卡莎打电话，可她的手机占线，估计她还在跟她的家人通话，不过，到现在她手机的通话额度应该已经用光了，肯定是他们打过来的。我知道她会和波兰一些教会的朋友见面，所以我想索性还是等她回来后再告诉她得了，那时，我也知道幕后指使的人是谁了，到时候她也安全了。”

这期间，我按照之前的约定去彼得舍姆苗圃跟母亲见面，为你的花园挑选植物。我很高兴有这样的事情让我可以分心，我得做点儿什么才好，而不是待在公寓里干等威廉的电话。

卡莎最近一直在跟我唠叨，责怪我不把花放在厕所里祭奠你。

她说我用爱的“odciskpalca”同恶魔对抗（我查了 odciskpalca 这个词，最接近的意思是“指纹”，这个解释倒挺有意思的）。但别人这么做可以，我却不能，我必须找到那个恶魔，当面质问他，而不是拿着花去祭奠。

经历数星期阴冷潮湿的天气后，早春第一个温暖、干爽的天气出现了，苗圃里的山茶花、报春花和郁金香争奇斗艳。我吻了母亲，她紧紧地抱着我。我们在温室的顶棚下走过，像是穿越了时空，来到一个古色古香的花园中。

母亲在检查植物的耐霜性以及开花次数，我却心事重重，经过将近两个月的调查，今天凶手终于要浮出水面了。

这是我来伦敦后第一次觉得很热，我脱下了那件厚外套，露出了里面的衣服。

“这些衣服挺难看的，碧翠斯。”

“是苔丝的。”

“我想也是。你现在没钱了吗？”

“是没钱了。不对，还有些吧，不过算是压在那套公寓上了，得卖了才行。”

我得承认，这段时间我一直都在穿你的衣服。我从纽约带来的衣服在这样的环境里显得格格不入，而且我觉得穿你的衣服更舒服。穿死去妹妹的衣服应该感觉怪怪的，有种特别肃穆的感觉，不过我脑海中只会出现这样的画面：我穿着你的旧衣服引得你乐不可支，因为我可是那种必须穿最新潮衣服的人。

“你调查清楚了吗？”母亲问我。这是她第一次问我这样的问题。

“还没有。不过我想会查清楚的。快了。”

母亲伸手抚摩着一株早开的铁线莲的花瓣：“她应该会喜欢这种花。”

母亲突然沉默下来，一种悲伤的情绪倏然掠过她的身体，她看起来像是不堪忍受似的。我想伸手抱住她，却没能够着。最后，我终于抓住她，良久她才转过身来。

“那段时间她肯定饱受恐惧的折磨，而我却不在她身边。”

“她是成年人了，你也不能永远陪着她。”

母亲簌簌而下的眼泪似是在尖声呐喊：“我应该去陪她的。”

我想起了小时候害怕的情景，想起了母亲穿着沙沙作响的睡衣，想起了面霜的味道，听到那样的声音、闻到那样的气味就能驱走我的恐惧，多希望她当时能陪在你左右。

我紧紧地抱着她，希望尽量说出让母亲信服的话。

“她并不知道害怕，我向你保证，她真的什么都不知道。那人在她的饮料中下了镇静剂，所以她不会害怕，死得很安详。”

我终于像你一样，学会先考虑爱，再顾忌事实。

我们继续在温室里走着，看着那些植物，母亲似乎从它们身上找到了慰藉。

“既然你这么快就能查出真相，想来也不会在这里待太久了吧。”她说。

母亲居然认为经历了这件事后我仍会离开她，我有些心痛。

“不。我会留下来，再也不走了。阿米亚斯说我可以住在他的公寓里，我想可以省不少房租吧。”

我的决定倒不是一点儿自私的因素都没有，我老早就决定去上建筑师的培训课了，其实也用不着说老早就决定了，因为我现在仍然想做建筑师，等到案子审判结束后，我就会付诸行动的。我不确定他们会不会收我，也不知道去哪里筹钱，同时我还要照顾卡莎和她的孩子，但我还是想试试。我有数学头脑，痴迷于细节分析，这些都有助于我发挥建筑方面的特长。我还会尽量发掘出同你一样的创造力。谁知道呢？也许我尚未激发出来的艺术潜能正在身体里休眠，被紧紧地包裹在缠绕的染色体下，等着合适的时机焕发出生命。

这时，我的手机响了，是威廉发来的短信，叫我马上跟他见面。我回了短信，把公寓的地址告诉他。等待水落石出的滋味真不好受。

“你要走了吗？”母亲问。

“嗯，马上得走了。对不起。”

她捋了捋我的头发：“你还没去剪头发呢。”

“我知道。”

她冲我微微一笑，仍然抚摩着我的头发：“你还真像她。”

我回到家中时，威廉已经在台阶底下等我。他抬头看着我，面色苍白，平日里率真的表情因焦虑而眉头紧锁。

“我已经找出圣安妮医院是谁在负责囊性纤维症的治疗了，能进去吗？我觉得我们不应该在……”他平素极有分寸的声音急促、颤抖。我打开门，他跟我进入屋内。

他停顿了好一会儿才开口。我听见时钟在寂静中敲了两下。

“是雨果·尼克尔斯。”

我还没来得及提出任何问题，威廉转身对着我，声音仍然急促。

“可我不明白。他为什么会拿没有得囊性纤维症的婴儿做实验？他到底想干什么？我真的不明白。”

“圣安妮医院的囊性纤维症治疗被剽窃了，”我回答道，“是为了测试另外的基因……”

“天哪，你是怎么发现的？”

“罗森教授告诉我的。”

“他报警了吗？”

“没有。”

他停顿了一会儿接着说：“那就让我去跟警方说吧，去揭发雨果。我真希望这事由别人去。”

“这也不算搬弄是非吧？”

“不是，当然不是，对不起。”

可我仍然不明白：“他不是精神病学家吗，为什么会研究基因治疗实验呢？”

“他在没当医生之前是帝国医学院的一名研究员。这事我跟你说过对吗？”

我点点头。

“他研究的是遗传学。”威廉继续解释。

“这个你可没说过。”

“我哪里想得到，天哪，我从没想过与这事儿还有关联。”

“这么说对你挺不公平的，对不起。”

我记得威廉曾跟我说过传言尼克尔斯医生是个绝顶聪明的人，说他“一定会成为了不起的人物”，但我当时觉得这种坊间传闻并不可信，总觉得他邋遢得要命。我还记得我对尼克尔斯医生的印象，意识到我将他从嫌疑犯的名单中剔除真是不可救药，不是因为他不可能进行暴力犯罪，更不是觉得他没有动机，而是我在心底里就认定他是个正人君子。

威廉坐下来，他的表情有些紧张，双手在沙发的扶手上敲打：“几年前我跟他聊过。他告诉我他发现了一组基因，有家公司从他那里买了去。”

“你知道是哪家公司吗？”

“不知道。我都不记得他有没有提到过公司的名字，很久以前的事儿了。但他说的话我倒是记得，因为他的情绪非常激动，跟平常相比举止很反常。”他再次语速加快，动作急促，显得很生气，“他说那是他毕生追求的事业，不仅如此，他还说将他发现的基因注入人体内是他人生的目标，说什么要在未来留下浓墨重彩的一笔。”

“在未来留下浓墨重彩的一笔？”我重复了一句，想到你的未来戛然而止我就气不打一处来。

威廉以为我没听明白：“意思是说他要将基因注入生殖细胞里，这样就可以遗传给后代。他说要‘提升人类的素质’。不过，尽管这项实验在动物身上进展顺利，但并不允许在人类身上进行。他被告知这是基因增强，用在人身上是非法的。”

“他发现的那组基因是什么？”我问。

“他说可以提高智商。”

威廉说他当时并不相信他，因为这样的实验结果太非同凡响了，会取得惊人的成果，说什么他还太年轻，不过我没有仔细听。只记得我上次造访克拉姆医疗公司的事。

我记得他们用恐惧的程度来测量智商的高低。

“我当时觉得他说得太玄乎了，”威廉继续道，“至少是添油加醋得太过了。我的意思是说，他的研究要是真那么厉害的话，为什么还要进入无聊的医院医学领域呢？不过他成为临床医生肯定是特意为之，等着时机在人体身上进行基因实验。”

我进入花园，像是需要更多的空间来消化这个惊人的消息。我不想独自思忖这些，幸好有威廉做伴。

“所以他必须销毁苔丝的病历本，”威廉说，“然后捏造事实，隐藏婴儿死亡的真正原因，这样一来，婴儿的死亡就跟治疗没有关系了，其实他还真就逃脱了惩罚。天哪，我总感觉像是在跟电视上的人或者和不相干的东西说话。我的天哪，我可是在跟雨果说话，一直以来我以为自己挺了解他的，我本来还挺喜欢他的。”

自从你的尸体被发现后，我还没用这么陌生的语言交谈过。现在我才明白你以前的词汇量并不足以描绘你所受的遭遇。

我看着一小块地，母亲和我决定在上面为你种上冬季开花的铁线莲。

“可这事肯定还有别的人参与吧？”我说，“苔丝生孩子的时候他不可能在场吧。”

“所有医生都接受过半年的产科培训，雨果知道怎么接生。”

“那肯定会有人留意吧？精神科医生去接生，肯定有人……”

“产科病房里人来人往，我们医院又特别缺人。只要在病房发现一个穿白大褂的人真要谢天谢地了，他会赶紧去参与别的急诊。许多医生都是临时代班的，我们医院百分之六十的助产士都是代理机构请的，所以她们谁也不认识谁。”他转身看着我，脸上焦急又严峻。

“他不是还戴着面具吗，碧儿，你不记得了吗？”

“可是，我觉得肯定还有人……”

威廉摇摇头：“我们都忙晕了。大家互相信任，因为实在是忙得不可开交，哪里还有心思去顾忌别的事情。我们都挺单纯的，觉得所有的同事都是为了一个目的：尽心照料病人，让他们健健康康的。”

他身体僵硬，紧抓着我的手：“他居然也骗了我，亏我还一直把他当朋友。”

尽管坐在羊毛毯上，和煦的阳光照在身上，我仍然直打冷战。

“我意识到他的身份简直太完美了，”我说，“要说把人逼疯，再逼得人自杀，谁能有精神病医生这么便利？而且他们见面的时候到底说了什么，我也只有他的一面之词。”

“你当时认为是他逼迫苔丝自杀的吗？”

“是的。可尽管饱受精神折磨，几近崩溃，她仍然没有自杀，后来他就把她杀了。”

难怪尼克尔斯说什么也要揽下对苔丝产后抑郁症误诊的责任，比起谋杀罪名，因为工作失职造成颜面尽失实在算不上什么。

莱特先生看了一眼笔记，我记得他早就记录下来了：“你说你从没怀疑过尼克尔斯会给苔丝播放《摇篮曲》？”

“是的，我说过，我觉得他没有动机。”我停顿了一会儿，“因为我觉得他虽然是个颓废的人，却也是个正人君子，还勇于承认自己犯了个致命的错误。”

我仍在颤抖。莱特先生脱下外套，披在我的肩膀上。

“我认为苔丝肯定发现了他剽窃囊性纤维症治疗方案的事，他才痛下杀手。一切都解释得通了。”

“一切都解释得通了”，这句话听起来是那样的干净利落，如同完成最后一块拼图，严丝合缝。

我们沉默无言，站在你那个方寸大小的后花园里，我看见一度枯死的细枝上长出了好几厘米长的绿芽，还有几朵细小的花蕾，万物复苏，含苞待放的花蕾到夏天便会绽放出美丽的花朵。

“我们最好告诉警方，”威廉说，“要我帮你吗，还是你自己来？”

“他们更愿意相信你的话。你没有老是报假案，精神状况也没问题。”

“好。警察叫什么名字？”

“可以找海恩斯探长。如果找不到他，还可以找芬伯勒警探。”

他拿起手机："这事儿还真没有这么容易。"他说着拨通了我给他的号码，说是找海恩斯探长。

威廉把刚才的话又跟海恩斯探长说了一遍，我真想破口大骂尼克尔斯医生，想一拳一拳地揍他，真想亲手杀了他。这种感觉就这样莫名其妙地释放出来后，我的愤怒最后终于宣泄出来，将一切抛诸脑后，觉得真是一种解脱，好比久握着一枚手榴弹，现在终于可以拔掉保险栓，将这枚一直威胁你、想要毁灭你的东西扔出去，身上背负的压力和紧张也随之一扫而空。

威廉挂断电话："他说叫我们去警局，但希望我们给他一小时请一些重要的人物参与此案。"

"你是说他也叫你去吗？"

"对不起，碧儿，现在真相马上就要揭晓了，我们胜利在望。"

"只要我们把真相说出来，肯定能赢。"

"我觉得咱俩都应该去，很高兴我们还有点儿时间。"

他伸手拨开我眼角的一缕头发。

吻了我。

我犹豫了一会儿，不知能否不那么矜持，或者说能否扯掉你束缚在我身上的那根道德准绳？

我转身朝公寓走去。

他跟在我后面，我转身吻了他，竭尽所能紧紧地抓住这一刻，全身心地投入其中，谁知道这样的机会会不会稍纵即逝。如果非要说你的死亡教会了我什么，那就是珍惜当下，不要虚耗时光。我终于明白了珍视当下的圣礼的意义，因为舍此之外你别无其他。

他褪去我的衣服，我也将旧我一并褪去，一丝不挂地暴露在他面前。他也没将那枚婚戒挂在脖子上，他赤裸着胸膛。我冰冷的皮肤能感觉他身体的温度，我的安全绳也慢慢滑落。

莱特先生从购物袋中拿出一瓶葡萄酒，又从办公室的饮水机处拿了两个塑料杯，我想他向来都是这么体贴入微，做起事情来很有条理。

他给我倒了一杯酒，我一饮而尽，没有来得及品评酒的味道。他也没有说什么，先前他也没有对我和威廉发生性关系的行为做出评论，他不会轻易评判他人，这点我很喜欢。

我们一起躺在你的床上，春日淡淡的阳光透过地下室的窗户照射进来。我靠在他身上，喝下他为我泡的茶，想尽可能长地留下这一刻。他贴在我身上，我仍能感觉他皮肤的温暖，但我知道，我们必须起床重新进入现实的世界。我想起了约翰·多恩责骂太阳那个忙碌的老傻瓜，害得他与情人分离[①]，惊奇地发现他的诗跟我的心境完全契合。

过了一会儿，酒精发挥作用了，我终于能感觉到自己温暖的身体。

“威廉进入洗手间，看着里面的柜子。发现里面有一瓶带医院标签的药瓶，是五氯苯酚。那瓶药一直放在那里。他说许多药在外面都是非法的，但医生可以以给病人治病为由开药。”

---

① 语出英国诗人约翰·多恩的《日出》：“忙碌的老傻瓜，任性的太阳，为什么你要穿过窗棂，透过窗帘前来招呼我们？难道情人的季节也得有你一样的转向？”——译者注

“标签上写了哪位医生开的药吗？”

“没有，但他说警方可以通过医院药房的记录轻而易举地查到开药的人就是尼克尔斯医生。我觉得自己真蠢，以为禁药会被藏起来，而不是无遮无拦地放在外面。那瓶药一直都放在那里。”

对不起，我又开始反复说同样的话了。我的精神有些不集中。

“后来呢……”他问。

笔录马上就要接近尾声了，所以我又抖擞精神继续说：

“我们一起离开公寓，威廉之前锁在马路对面栏杆上的自行车，竟然被人偷了，不过锁链却留了下来，他把锁链带上，开玩笑说顺便报警说自行车失窃了。”

我们决定经过海德公园去警局，而不是走那条令人生厌的大马路。公园门口有个露天花店。威廉建议在你死的地方献一束花，我们便过去买了一些。

趁他跟花店老板说话的当儿，我给卡莎发了条短信：odcisk palca，我知道她会明白我终于印上了爱的指印。

威廉捧着两束水仙花，转身对着我。

“你跟我说过这是苔丝最喜欢的花。因为水仙花里的黄色基因可以治疗孩子的视力问题。”

我很高兴，也很惊讶他还记得这些。

他揽着我，我们一起走过公园，我仿佛听见你在揶揄我。我得向你承认我就是个彻头彻尾的伪君子。其实我当然知道这种关系不可能维持太久，他是有妇之夫，而且我还知道我也不会有什么损失。倒不会为这段关系感到骄傲，但我不再守着过去的我，不再幻想，这确实让我感到一种解脱。我们一同走过公园，希望在我内心萌芽，我决心任由其生长。因为我已经对你的遭遇了然于心，终于可以向前看了，也敢于畅想那个没有你的未来。我记得差不多两个月前来过这里，我坐在雪地里，在一片毫无生机、光秃秃的树林里哭泣。如今，公园里有人在打球，到处都是欢声笑语，有人在这里野炊，郁郁葱葱的植物是那样的生机盎然。同样的地方，景象却是天壤之别。

我们来到那间公厕，我将包装水仙花的玻璃纸撕掉，让它看上去更像是从家中采摘的。我将花放在门口，某个记忆——或许是从未想到过的记忆——不期而遇地在我脑中闪过。

“可我从来没告诉过你她喜欢水仙花，也没跟你说过她喜欢水仙花的原因。”

“你当然说过，所以我才选的水仙花。”

“不。我只跟阿米亚斯和我妈说过，没告诉过你。”

我在他面前很少说起你的事，甚至很少说跟自己有关的事。

“肯定是苔丝告诉你的。”

他拿着给你的水仙花，一步步向我逼近：“碧儿。”

“别这么叫我。”我一边说一边往后退去。

他离我更近了，一把将我推到里面。

他关上身后的门，拿出一把刀对着我的喉咙。

我不再说话了，身体因肾上腺素而颤抖着。没错，他给海恩斯探长打电话的事是假的，八成是他从某部肥皂剧里学到的点子，我记得里奥还在的时候，医生会一直待在病房里。也许是因为我太绝望了，也许是因为我心不在焉，没有注意太多。莱特先生很体贴，没有指出我轻信他人的荒唐事。

那些少年不再大声叫喊着玩垒球了，而是放起了喧嚣的音乐。公园里也没有正在野炊的上班族，取而代之的也是一群带着学龄前儿童的母亲。他们也不再嘶叫，而是扯着嗓子高声尖叫，快活得差点儿流出了眼泪，这样的场景一直在反复出现，声音如水银般飘忽不定。我想让孩子的声音更大声一点儿、笑声更喧嚣一点儿、音乐声开到最大。我希望公园里人满为患，连个坐的地方都没有。我想让阳光晃得人眼花缭乱。

他关上厕所的门，将门用自行车锁链锁得紧紧的。他压根儿就没将自行车停在栏杆那里，对吗？光亮从肮脏、破裂的窗户射进来后似乎也变得污秽不堪，像是投下一个阴暗的噩梦。外面公园里的声音——孩子的笑声、哭声，CD 播放机的音乐声——都被湿漉漉的砖墙隔开了。没错，今天我同莱特先生在公园的情景跟那天出奇地相似，不过也许公园里的声音日复一日大抵如此吧。置身于冰冷、恐怖的建筑物里，我也希望孩子们的声音更大点儿、笑声更喧闹些、音乐开到最大的音量。也许是因为抱着只要我能听见他们的声音，他们就有可能听到我的尖叫声的侥幸心理，但事实却并非如此。这种情况不可能发生，因为我知道只要我喊出声，他就会用那把刀让我永远沉默。所以我只能选择在死亡的时候聆听生命的慰藉。

"是你杀了她，对吗？"我问。

如果我足够聪明，就会给他个台阶下，假装我以为他把我推进公厕是因为他有怪癖有性虐待倾向，因为如果我一旦指控他，他还会放我出去吗？不过，不管我做什么，或者说什么，他都不可能放过我。我脑子里闪过一个疯狂的想法，怎么跟劫持你的人做朋友（这个临时抱佛脚的想法到底是怎么来的？为什么大家认为普通人会有这样的本事？），但现在我显然想这么做。可惜我已经没办法跟他做朋友，因为他之前是我的情人，我们的关系无法再进一步。

"苔丝的死跟我没关系。"

那一瞬间，我也这么认为，觉得我误会他了。事情仍然会按照我之前深信不疑的套路发展，我们一起去警局，然后尼克尔斯医生将被绳之以法。但在刀和锁链的威逼下，我实在没办法自欺欺人。

“我也不想发生这样的事情，这不是我预谋的。我只是一个医生，从没想过杀害任何人。你能体会我现在的感觉吗？简直像在人间地狱中煎熬。”

“那现在就收手吧。求你了。”

他沉默不语，恐惧刺入我的皮肤，令我起了一层鸡皮疙瘩，汗毛直竖——本能地为我提供毫无意义的保护。

“你是她的医生？”

我得继续让他说话，倒不是因为我觉得会有人来救我，我只是想多活那么一会儿，即便跟这个男人在这么个地方，生命也是宝贵的。

而且我也必须弄清楚这件事。

“是的。她在怀孕期间一直是我在给她做检查。”

你从未提及过他的名字，只说是某个“医生”，我也从来没问。我有很多工作要忙，无暇他顾。

“给泽维尔接生的也是你？”我问。

“是的。”

我想起了你那幅噩梦般的画，一个戴着面具的男子藏在暗处，阴森恐怖。

“那天她在公园见到我的时候很放松，”威廉继续说，“还对我微笑。我……”

我打断他的话：“可她害怕你。”

“她怕的是给她接生的人，不是我。”

“但她肯定认出你来了，不是吗？即便你戴着面具她也认识，她至少认得你的声音。如果她怀孕期间都是你在给她做检查，那她一定认得你……”

他仍旧没说话，我现在才意识到他这副样子才让人胆战心惊。

“你没跟她说话。她分娩的时候，你都没跟她说话，即便她的孩子死了的时候，你也没跟她说话。”

“我大约每隔二十分钟都会去安慰她。我跟你说过，我一直对她很好。”

那个时候他脱下了面具，摇身一变成了那个悉心呵护你的人，你一直误会他了。我以前也是。

“我建议由我来帮她找人,”他继续说,“于是她把你的电话号码给了我。”

你以为我知道，以为我一直都了解这些情况。

莱特先生关切地看着我：“你的脸很苍白。”

“我知道。”

我感觉自己里里外外都一片空白，“苍白无力”恰能形容我现在的心境，一个在光亮的世界浑身苍白的人，自然毫无存在感。

我能听见外面的人在午后的阳光下发出的声响，身在厕所里的我对他们而言是隐形的。他解下领带，将我的手反绑在后面。

“我第一次见到你时你就叫她苔丝。”

我仍然要让他继续说话，这是我能活下去的唯一途径，而且有些情况我还得搞清楚。

“是的，我真是太鲁莽了，”他回答道，“看来我并不擅长掩饰身份，对吗？一点儿也不擅长阴谋诡计，或是撒谎。”

可他却是个中高手，从一开始就将我玩弄于股掌之间，引导我们的谈话方向，不露声色地化解问题。比如我问你的病历本在哪儿的时候，比如问他谁负责圣安妮医院囊性纤维症治疗的时候,他都没有提供任何有价值的信息，为了防止他的说辞没那么让人信服，他甚至还找好了借口。

“天哪，我总感觉像是在跟电视上的人或者不相干的东西说话。”

其实他就是在模仿。

“我没有刻意设计这一切。有个流氓从她的窗户里扔了一块石头进来，可那不是我。她却觉得那人袭击的目标就是她。”

他用麻绳将我的双腿绑住。

“《摇篮曲》是怎么回事？”我问。

“我很恐慌，脑子里想到什么就去做了。那张 CD 在产后病房里，我把它带回家，其实我也不知道要拿它做什么，自己也没想明白。我根本没想过她会把《摇篮曲》录到磁带上，都什么年代了，谁家里还会有放磁带的答录机啊？大家都从电话供应商里购买应答服务了吧。”

他每天都在日常琐事和杀人的巨大恐惧中徘徊，犯下的滔天恶行也融入了日常的琐事中。

“你知道米奇的病历本没什么用，因为谁也不会相信卡莎。”

“你最大的失策是把她男友的病历拿给警方，这样做也太蠢了。”

“但是你想要我信任你。”

“那是你要步步逼近我，迫使我这么做，让我无从选择。”

可是他在向我出示米奇的病历本之前我一直都很信任他，我缺乏安全感的性格让他有机可乘。我以为我对他的怀疑只是我对长相帅气的男人天生不信任，而从没真正怀疑他就是杀你的凶手，所以我一早就把他排除了，总觉得在整件事情中，他的出现只跟我相关，跟你没有关系。

我想的时间太长，我不能让沉默在我们之间蔓延。

“发现基因组合的研究员根本不是尼克尔斯医生，而是你对吗？”

“是的。雨果是个好人，却不怎么聪明。”

他对尼克尔斯医生的那番吹嘘根本就是在故意骗我，我现在才知道他老早就给尼克尔斯医生布了一个局，精心设计，把所有的罪恶都往他身上推，这样别人就不会怀疑到他头上了。而这个恶毒的计划是他处心积虑设计的。

“帝国医学院以及那个荒谬的道德委员会不允许在人身上实验。”威廉继续说，“他们都是井底之蛙，也没有胆量去研究。想想看，提高智商的基因意味着什么？后来克拉姆医疗公司找到我，我唯一的要求就是在人类身上实验。”

“他们的确是这么做的。”

“不。他们骗了我。让我失望了，我……”

“你还真相信吗？克拉姆医疗公司的董事很聪明，我看过他们的传记。他们精明得很，可以找替罪羊来替他们卖命，一旦出乱子就有人替他们背黑锅。”

他摇摇头，但我看得出来，我刚才触及他的痛处了。我看到机会了，得赶紧把握住：“基因增强，这才是真正的生财之道，不是吗？一旦合法，到时候肯定赚得盆满钵满。克拉姆公司想捷足先登，而且已经虎视眈眈了。”

“可他们并不知道。”

“他们一直在耍你，威廉。”

但我却犯了个错，因为害怕，我没表现出该有的老练，反而伤到了他的自尊，让他再次火冒三丈。他本来随意地将刀拿在手上，现在却紧紧地攥着那把刀。

“跟我说说人体实验的事吧，后来怎样了？”

他仍然将刀紧紧地握在手里，但指关节不再煞白，看来没那么用力了。他另一只手拿着一个手电，看来他应该是做足了准备：刀、手电筒、自行车锁链，简直是童子军之旅拙劣的翻版，可笑至极。也不知道他还带来些什么东西。

莱特先生握紧我的手，我特别感激他这样的举动，这次我表现得还算友善。

“他跟我说他的智商基因能排列出两种完全不同的东西，不仅会影响记忆力，还会影响肺功能。也就是说婴儿出生的时候有可能不能呼吸。”

对不起，苔丝。

“他还说如果婴儿在出生后马上插入管子，帮助他们呼吸一会儿，就会活下来了。”

他将我放在地板上，我是往左侧躺下的，混凝土的湿冷渗入我的体内。我想动，但四肢是那样的沉重。他肯定在给我泡的茶里下药了。我只能继续说话以延长生命。

“但你没有帮婴儿呼吸，对吗？泽维尔和哈蒂的孩子都是如此。”

“这不是我的错，是罕见的呼吸紊乱导致的，其他人肯定会提出疑问的。我需要时间一个人静静。将来不会有问题的。不少人围在我身边，没有给我私人空间。”

“所以关于婴儿致死的原因你没说实话？”

“我不能冒险让别人质疑。”

“我呢？你肯定没有想过设计我自杀的场景，对吗？像之前对我妹妹做的那样？因为如果这样的事情发生了两次，警方肯定会怀疑的。”

“设计？你想多了。我早告诉过你，这些事情都不是我一早计划好的。被你看出来只是因为我犯了错，不是吗？在研究和实验上我会一丝不苟地设计，但在这档子事上却不会。我都是被逼的。我还给她们钱了，却懒得去想这样做可能让人生疑。我从没想过她们还会有交流。”

“那你为什么要给她们钱？”

“完全只是出于好心。我想让她们吃些好的，为胎儿提供最佳的生长条件。这些钱本应该花在食物上，而不是买那些该死的衣服。”

我不敢问还有没有其他人，或者还有多少人。我不想因知道太多而被杀。但有几件事我必须搞清楚。

“你为什么会选择苔丝？因为她单身又没钱吗？”

“还因为她是天主教徒。信奉天主教的女人即便知道胎儿有问题也不会流产。”

“哈蒂也是天主教徒？”

“菲律宾人很多都是天主教徒。哈蒂·西姆在表格上填了这个，提醒你一下，她没有填父亲的名字，而是填了宗教信仰。”

“她的孩子得了囊性纤维症吗？”

“是的。只要有机会治疗囊性纤维症，我也会不失时机地测试我的基因。但符合所有标准的婴儿真的太少了。”

“比如泽维尔？”

他没有吭声。

“苔丝发现你的实验了吗？这是你痛下杀手的原因吗？”

他犹豫了一会儿，接下来的语气近乎自怨自艾。我觉得他是真的希望我能理解。

“还有一个我始料未及的后果。我的基因进入孕妇的卵巢后，所有的卵子都会发生同样的基因变异，如果她们继续生小孩，婴儿的肺部会出现同样的问题。按照常理推断，她们再生孩子的时候我不会在场了。她们会搬家，搬到别的地方。到头来肯定会有人发现真相，所以我才给哈蒂做了子宫切除手术。但苔丝分娩的时候太快了，她到达医院的时候，孩子的头已经出来了。没时间做剖宫产，更别说做紧急子宫切除手术了。”

你什么都没发现。

他杀了你，是因为你活着就是对他不利的证据。

我们周围的人渐渐离开公园，绿色的草地变得灰暗，夜幕降临，空气渐凉。我感到冰冷刺骨，莱特先生紧握着我的手，我只能靠他的手取暖。

“我问他为什么这么做，暗示他是不是为了钱。他勃然大怒，告诉我他的动机根本不是贪婪，也不是因为道德败坏。他说他卖不出那组基因，因为实验是非法的。追名逐利也不是他的动机。他没法出版实验成果。”

“那他告诉你原因了吗？”

“是的。”

我会在这个空气清爽、灰绿色的公园里告诉你。我们谁也不必回到那个公厕里听他说。

“他说科学拥有宗教宣扬的那种力量，但科学不是迷信和虚假的东西，而是真实的，是可以验证的。他说奇迹不会发生在十五世纪的教堂里，而会发生在实验室和医院里。他说特别护理中心可以让人起死回生，瘸子做完髋关节置换手术后可以重新走路，瞎子做完激光手术后可以重见光明，他告诉我新千年会有新的神祇出现，他们拥有可以验证的真正力量，这些神祇就是能增强人类素质的科学家。他说他的基因总有一天能进入基因库，到时候人类本身将变得更强大，谁也阻挡不了。”

他将手电直接照在我的脸上，我没办法看清他的样子。我仍然想动，但他在我的茶里下了太多药，以至于我的身体无法对脑部发出的命令做出反应。

“你那天跟踪她进了公园吗？”

我很怕听他说到这个，但我必须知道你是怎么死的。

“那个男孩离开后，她坐在长凳上，开始冒着雪在长凳上写信。这事情很不寻常，你不觉得吗？”

他看着我，等着我的反应，像是这样的谈话再正常不过。我随即意识到我可能是第一个，也是最后一个听他讲述这个故事的人——那也是我们的故事。

“我等了一会儿，确定那个男孩不会回来了。大约过了十分钟，她看到了我，心情很放松，这些我跟你说过吧？她面带微笑。我们的关系不错。我带来了一壶热巧克力，给了她一杯。”

灰色的公园渐渐变暗，变成了三色堇那种淡淡的紫黑色。

“他告诉我热巧克力里加了很多镇静剂，给她下完药，他就把她拖进了厕所里。”

我感觉筋疲力尽，说话有些迟缓。我想象着这几个丑陋的字慢慢说出口的样子。

“然后杀了她。”

我会告诉你他是怎么说的，虽然会让你很痛苦，但你有权知道。不，痛苦这个词完全用错了地方。单单想起他的声音，我就感到异常恐惧，好比我只是个五岁的小孩，独自待在黑黢黢的地方，凶手在使劲捶门，却无人帮我。

“医生动刀是件很容易的事，不过也并非天生就会。第一次用刀割破皮肤时，感觉像是在侵害别人。皮肤是最大的人体器官，将整个身体完好无损地包裹起来，而你却要故意伤害它。但有了第一次之后，就不会觉得这是一种伤害行为了，因为你知道这是进行外科手术的一个步骤。切割皮肤也不再是暴力或是侵犯他人的行为，而是治病救人的必要步骤。”

莱特先生温暖的手将我攥得更紧了。

我的腿变得麻木。

怦怦怦，我听见心脏在混凝土地板上猛烈跳动的声音，这是我看着他时身体唯一保持警觉的部分。跟着，令人惊讶的是，我看见他把刀放入了外套口袋里。

乐观情绪迅速在我麻木的身体里升温。

他帮我坐了起来。

他跟我说不会用刀子杀我，因为跟刀相比，服用过剂量的药不会那么引人怀疑。

我没办法重复他的原话。我做不到。

他说他已经在茶里给我下了足够剂量的镇静剂，会让我没办法挣扎或是逃脱。现在他要给我致命的剂量，还向我保证说死的时候会很平静，不会有什么痛苦，他言语中的虚情假意令人作呕，因为他只是想让自己心安罢了。

他说他本来也带来了镇静剂，但现在用不上了。

他从口袋里拿出一个药瓶，是托德从美国给我带来的安眠药，是我的医生开的处方药，他肯定是在洗手间的柜子里发现的。自行车锁链、手电筒、刀，以及这瓶安眠药，说明这一切都是他精心设计的，我现在才明白为什么有预谋的杀人比临时起意的杀人可恶得多。他在想夺我性命之前早就不安好心了。

暮色渐浓，带来了夜的寒意。公园的大门即将关闭，最后几个少年也要收拾东西走了。孩子们已经回家沐浴，准备睡觉，但我和莱特先生留了下来，还没有结束。不知何故，他们也没让我们离开，也许他们没有注意到我们在这儿。我很感激，因为要继续说下去，不留后续。

我的腿完全失去了知觉，我担心到时莱特先生要像消防员一样背我离开公园，也许他会叫辆救护车来送我走。

但我必须先把故事讲完。

我苦苦哀求。你当时也是这么做的吗？想来你肯定也求他了。我想你肯定跟我一样也曾渴望活下来。但当然并不管用，这么做只会激怒他。他拧开安眠药的瓶盖，我聚集身体残留的力气，想尽量说服他。

“如果警察在这里发现我，发现我跟苔丝死在同一个地方，他们肯定会怀疑的。到时候他们也会质疑苔丝的死。在这里杀我是不是太愚蠢了？”

他脸上愤怒的表情一度消失了，也不再拧瓶盖，尽管毫无希望，但我仍然赢得了一点点喘息的机会。

然后他笑了笑，仿佛既是在向我保证，又是让自己安心：“我无须担心这个。这个问题我早就想过了，警方知道苔丝死后你的精神状态，觉得你的精神有些错乱了，不是吗？即便警方想不到这点，任何精神病医生都会告诉他们，是你主动选择在这里自杀的。你想在你妹妹死去的地方自杀。”

他说完取下安眠药的瓶盖。

“毕竟，如果从逻辑上进行分析，哪个脑子正常的凶手会选择在同一幢建筑物里结束另一人的生命？”

“结束生命。”他将丧心病狂的杀戮行为说得这么轻描淡写，像是在帮人安乐死，而非谋杀。

他将安眠药倒在手心里，我在想，谁会怀疑我的自杀，谁又能保证我的精神没有问题？是那个我在他面前拼命唱《摇篮曲》的尼克尔斯医生吗？即便他在我们最后一次见面的时候认为我不会自杀，那也有可能怀疑他自己的诊断，就像他之前对你做的那样，责怪自己没能看出你的症状。海恩斯探长吗？他早就觉得我的情绪过于激动，不可理喻，而且我也怀疑芬伯勒警探——即便他愿意——也没办法说服他。还有托德，他认为我“总也没办法接受既定的事实”，其他人也会同意这样的看法，即使他们出于好心，没有当面跟我说。但他们也都认为自从你死后，我的情绪波动很大，失去了理智，心情沮丧，有可能自杀。而几个月前的我还很理智，也很传统，绝不会服用过量的药在这样的地方自杀。他们只会怀疑之前的我，而不会怀疑现在的我。

至于母亲，我跟她说过很快就会弄清事实的真相，我知道她会告诉警方。但我也知道他们不会信她的，或者说不会相信我跟她说的话。我想一段时间过后，母亲也不会相信的，因为她宁愿选择承受我自杀令其蒙羞的事实，而不愿相信我曾饱受恐惧的折磨。想到她将承受极大的痛苦悼念我，却无人安慰她，我实在难以忍受。

他把空瓶子放进外套口袋，然后告诉我尸检报告上会显示我把所有的药都吃了，因为这样才能看得出是我主动服用的。我不想听他的声音，但那个声音却不甘沉默，强行冲击我的耳膜。

“如果不是自愿的，谁能强迫一个人吞下所有的药？”

他拿刀对准我的喉咙，黑暗中，我温暖的皮肤能感觉到冰冷的刀锋。

“我本不是这样的人，这简直像个噩梦，我变得连我自己都不认识了。”

我想他是希望我能同情他。

他将手里的药放到我嘴边，药是满的，也就是说至少有十二颗。这种药的剂量是每二十四小时吃一颗，超过剂量就会有危险。我记得看过药瓶上的标签，知道十二颗药足够让我死好几回了。我记得托德应该跟我说过要我吃一颗，但我拒绝了，因为我得保持清醒，因为我不允许自己因为药的作用在几小时内处于无意识的状态，尽管我巴不得这样。因为我知道服用安眠药是懦夫的行为，只能让人短暂地解脱，我想反复说出这样的话来。他将药塞进我嘴里的时候，这就是我心里想的话，但我的舌头自然无法阻止他。

跟着，他将矿泉水瓶塞进我的嘴里，叫我喝下。

天已经黑了，犹如乡村的暗夜。我想起了所有夜间活动的动物，人们回家后它们全都出来了。我想起了我们那本童话书，晚上，泰迪熊会在公园里玩。“第三只小熊出来了，从滑梯滑了下来。”

“碧翠斯……”

莱特先生一直在帮我，鼓励我，引导我把笔录说完。他仍然紧握着我的手，但我几乎看不清他的脸了。

“我也不知道怎么弄的，反正我将药抵在了牙帮和面颊内侧，水只将一颗药，也许是两颗冲进了我的喉咙里。但我知道用不了多久，所有的药都会被我的唾液溶解。我想将药吐出来，但他手电的光全都照在我的脸上。”

“后来呢？”

“他从外衣口袋里拿出一封信，是苔丝写给我的。肯定是她临死前在公园的长凳上写的。”

我不再说了，簌簌而下的眼泪滴在了草地上，也许滴在了莱特先生的身上，黑暗中我已分不清楚。

“他用手电照着那封信，读给我听。也就是手电的光没再照在我身上了。我抓住这个稍纵即逝的机会，将头垂至膝盖处，把药吐在大腿上，落在我外套的褶皱处，没有发出声音。”

我知道你给我写了什么，但当时我听到的是威廉而不是你的声音。是他的声音把你的恐惧、绝望和悲伤告诉我的。这是杀害你的凶手告诉我，你走过街道、穿过公园，因为太害怕，你不敢待在公寓里，你曾对着冬日昏暗的天空，向你不再信任的上帝大声叫喊，叫他把孩子还给你。你以为做出这样的举动会证明你疯了。是杀害你的凶手告诉我，你一直不明白为什么我没有过来，没有给你打电话，没有回你的电话。是杀害你的凶手告诉我，你相信肯定是有原因的。他念出你的信时，声音违背了你在字里行间对我的信任。

但在信的末尾，他的声音下面暗含你柔声细语的呼唤：

“此时此刻，我真的好需要你，求你了，碧儿。”

你的话让我泪流满面，泪水刺痛了我的脸。

“他把那封信放进口袋里，之后可能会销毁吧。我也不大明白他为什么要留着，还读给我听。”但我想这可能像我之前跟莱特先生相处时那样，极度渴望跟某个人分享自己的愧疚。

“此时此刻，我真的好需要你，求你了，碧儿。”

他想让我跟他一样，从某种程度上也要担下这份罪责。

“后来呢？”莱特先生问，他得不停引导我，确保我将所有的细节都回忆出来。不过马上要结束了。

“他关掉我的电话，放在门边，这样我就拿不到了。然后他从口袋里拿出我的围巾——他肯定是从公寓里带来的——紧紧地绑着我的嘴，让我出不了声。”

他用围巾堵我嘴巴的时候，恐慌的想法充斥着我的脑袋，各种想法互相冲撞，就像第六大道上的车辆一样，一时间车头顶着车尾，互相撞击，无法逃离，有些想法只能通过尖叫释放出来，有的需要哭出来，还有的只能压抑在脑海里。我的大多数想法都变成了原始的本能，以前我并不知道我们的身体会有这么强大的思考能力，难怪要这么残忍地将其堵住。并不是因为我无法呼救——在这个荒凉的公园里，身处这么一幢空荡荡的建筑物里，谁又能听得见呢？而是因为我不能尖叫、不能哭泣，也不能呻吟。

“然后他的寻呼机响了。他用手机给医院打电话，说马上到。我想如果他再不走的话就会引起怀疑了。”

“碧翠斯？”

“我担心是因为卡莎要生了，他这才离开。”

黑暗中，莱特先生的手让人感觉很坚实。他的指关节在我柔软的手掌里，让我分外安心。

“他检查了堵在我嘴里的毛巾，以及手腕和腿上绑的结。他说他还会回来，把这些东西都拿掉，这样等我被发现的时候谁也不会怀疑了。不过他仍然不知道我把大多数药都吐了出来。但我知道，如果等他回来时我仍然活着，他会用刀杀了我，就像他当初对苔丝做的那样。”

“如果你还活着？”

“我也不知道吞了多少药，也不知道唾液溶解了多少安眠药，不知道药的分量是否致命。”

我尽量将精神集中在莱特先生紧握着我的手上。

“他离开了。几分钟后，我的寻呼机响了。他关掉了我的电话，却不知道我还有个寻呼机。我想是卡莎因为一些小事情呼我。毕竟，她的孩子还有三星期才到预产期。”

没错，跟你一样，她的预产期也提前了三星期。

莱特先生摩挲着我的手指，温柔的动作让我想哭。

“后来呢？”他问。

“他把手电也拿走了。我从来没在完全漆黑的地方待过。”

我独自待在黑黢黢的地方，那里如同沥青一般漆黑——那是焦油做成的沥青。

黑暗闻起来有股腐烂的气味，恶臭味令人害怕。那味道将我的嘴和鼻子封得死死的，涌入我的口鼻中，令我窒息，我想起了你在斯凯岛度假时的情景，从海里冒出来时，溅出水花，双颊绯红。“我没事！只不过是海水涌错了方向！”我吸了一口气，浓密的黑暗呛到了我的肺。

我看到黑暗在挪动，那是一个活生生的大怪兽，满满地占据整幢建筑物，在外面的黑夜中蔓延开来，天空不是它的皮肤，不能将它裹住。我感觉它要拽着我进入无尽的恐惧中——远离光亮、生命、爱和希望。

我想起了母亲，穿着沙沙作响的睡袍，散发着面霜的香味，朝我们的床边走来，但有关她的记忆被我尘封在童年，无法点亮这里的黑暗。

我等着莱特先生继续引导我讲下去。但没什么好说的了。我们已经讲到了最后。

结束了。

我试着动了动手臂，它们却被领带绑得紧紧的。右手的手指也被紧紧地扣在左手上。我在想不知道是否因为我是右撇子，所以右手才会这么不舒服。

我独自一人待在黑黢黢的地方，躺在混凝土地板上。

我的喉咙干得要命。冰冷的混凝土渗入麻木的身体，直钻骨髓。

我开始给你写信，我亲爱的妹妹。我假装这是一个星期天的晚上，那是我最安全的时候，我急不可待地要把我们的故事讲给你听。

亲爱的苔丝：

我愿意付出一切，只盼着此时此刻能与你相守，紧握你的双手、凝视你的脸庞、倾听你的细语。区区信纸，寥寥数言，如何抵得过亲手触摸、亲眼得见和亲耳聆听的感觉？只是，我们早已习惯以文字来交流了，对吗？自从我上了寄宿学校，我们便再也不能一起玩，一起大笑，喁喁诉说我们的秘密，我们能做的，只有写信。

我回想起寄宿学校的时候，想起了你用隐形墨水给我写的第一封信，此后，姐妹的亲情散发着柠檬的香味。

当我想起你、跟你说话的时候，我又能呼吸了。

第十二章

C h a p t e r T w e l v e

等待天亮的时刻

想来你那里应该比这儿冷得多吧。大雪会淹没树的声音吗？那里也是天寒地冻、万籁俱寂吗？我的外套能让你感到温暖吗？

几小时过去了，他应该就快回来了。我也不知道自己吞下了多少安眠药，但那个晚上筋疲力尽的麻木吞噬着我温暖的身体和清醒的头脑。我的意识断断续续的，身处一团漆黑的环境中我又怎能分辨得出？但如果真是如此，我在非自然力量的驱使下睡过去的时候，仍在跟你说话，也许那是我的想象力最活跃的时候。

现在我完全清醒了，所有的感官都紧张起来，我的脑袋嗡嗡作响，身体也战战兢兢的，肯定是肾上腺素在作祟，生成的“战或逃”反应[①]释放出大量的激素，足以让暂停的心脏重新启动，这股力量如此强大，让我猛然清醒过来。

我想动来着，但身体仍然被药物麻醉，而且绑得也太紧了。此刻，我感觉到黑暗几乎变成了固态，不似童话书中的天鹅绒那般光滑、柔和，而是带着恐怖的尖刺，如果你去戳一戳它，便能感觉到它的参差不齐，邪恶潜伏其中。我躺在混凝土地上的时候，能听见离我的脸几英寸远的地方有什么东西在动，是老鼠，还是昆虫？我的听觉已经失灵。双颊感觉生疼，肯定是脸被

---

① 心理学名词，当大脑察觉到威胁，它就会命令身体释放大量激素，使你具备应对挑战的能力，这被称作“战或逃”反应。——译者注

摁在了凹凸不平的混凝土地板上。

如果不是肾上腺素让我保持清醒,而是我正常地恢复了意识,又会怎样?也许是我没有吞下那么多药，也许是我吃了大剂量的药仍然莫名其妙地挺过来了。

但这没什么区别。即便我的身体没有摄入致命的剂量，但我全身都被绑着，口也被堵着，威廉会回来的。他会发现我还活着，然后就会用刀杀了我。

所以在他回来之前，我必须把事情跟你说清楚，从母亲最先给我打电话把你失踪的事告诉我，到此刻威廉把我留在这里等死，所有的事情都是我跟你说的那样。但最终的结局会跟你的一样，也会在这幢建筑物里，将来也无人知晓。我没有勇气面对这些，也许只是我太热爱生命，不愿让它这样悄无声息地逝去。我无法奢求从此以后就会过上幸福快乐的生活，但至少希望有一个公正的结局。我已经让这个我设想的安全的未来尽量真实，所有的细节都被安排得妥妥当当。

我担心你在等待芬伯勒警探前来救我，但我跟你讲述我们在卡卢西奥餐厅吃饭的实情时，我想你肯定会浑身打战。那只是一张安慰的毯子，顶多只能躺在上面做白日梦，而不必躺在冰冷的混凝土地上，我没什么值得你钦佩的，也缺乏勇气，但我知道你会明白的。

而且我想你在刚才就已经猜到了，根本没有什么莱特先生，律师只是我杜撰出来的，这样我才能参与到公正的结局中，会有所谓的审判和裁决，而且还可以让我严格地按照时间顺序来陈述可靠的事实。我需要有个人来帮我理解事情的始末和个中缘由，这还可以防止我发疯。我也不大明白为什么在精神正常的情况下死去对我这么重要，但事实本就如此，我特别渴望这种状态。我知道如果没有这样一个人，我写给你的信只不过是心底无声的呐喊、愤怒的绝望，我会溺死在当中。

在我向你讲述我们的故事时，我把他塑造成了一个善良、极有耐心的人，为了让他能够感同身受，把他设计成一个遭遇丧亲之痛的人。也许我从来没意识到我还把他当成了我的忏悔牧师，而且在他知晓我所有的事情后，在我幻想的未来，他仍会爱我。在这漫长的几小时里，他比笼罩在我周围的黑暗更加真实，而不仅仅是在绝望之中虚构的人，他有自己的个性和奇思妙想，这样我就可以迎合他，而不用让他总是按照我的要求去做，或者只会解决我的需要。在我的设计中，他的作用并非在于帮我完成点画作品，让我把事实的真相拼凑起来，而是在于我为自己设定了一面镜子，让我第一次好好看清楚自己。

我还在他身边安排了一位暗恋他的秘书，涂着指甲油，给他送去水仙花，还有咖啡机以及一些无关紧要的细节——将这些编织成一条普通的绳子，在我跌落恐怖的悬崖时，在我不能控制自己的身体，因为恐惧恶心、颤抖的时候，这些是我需要抓住的东西。

我把他的办公室安排得格外明亮，永远都开着灯，永远都很温暖。

我的寻呼机响起，我本想捂着耳朵不去听它，却因为手被反绑着无法做到。那玩意儿整晚都在叫，我想每隔二十分钟都会叫一次吧，虽然我不知道自己保持完全清醒的状态有多久了。帮不了卡莎让我心急如焚。我听外面的树发出声响，树叶的沙沙声、树枝的咔嚓声不绝于耳。我从没想过树也能弄出这么大的动静。但没有听到脚步声，至少现在还没有。

他为什么还没有回来？肯定是因为卡莎在生孩子，他一直跟她待在一块，现在仍然如此。但我老想这事儿的话，准会发疯的。所以我竭力说服自己，威廉被叫去医院还有许多别的理由。他是医生，寻呼机会响个不停。他所在的医院每年要接生五千个婴儿，他可能是因为别人被叫走的。

也许芬伯勒警探也针对死因的“质疑”进行了调查——他之前就答应过，也许他已经逮捕了威廉，现在已经在找我的路上了，这并不是我在痴心妄想，他是个勤勉、正派的警察。

也许罗森教授现在已经良心发现，冒着将来名誉扫地的危险，也许他会赌上囊性纤维症治疗和科研成果的风险去警局告发。他可能确实想做些好事弥补自己。他的抱负，包括名誉、荣耀甚至对金钱的渴望跟威廉相比更具人性，后者对权力贪得无厌。他的确来参加你的葬礼了，也想努力发现真相，尽管他之前有了结果也没采取行动。所以我宁愿相信罗森教授，尽管虚荣心非常强，但他本质上是个好人，我宁愿看到他身上最好的一面。

也许他们中的一个已经开车去抓捕威廉，抑或正在营救我的路上。如果我拼命集中精神，能听到寂静的夜里遥远的地方发出的警笛声吗？

我听见树叶低语、树干低吟的声音，却没有听见救我的警笛声。

但我允许自己做最后一个白日梦，保留最后一丝希望。卡莎并没有在生小孩，而是跟平常一样，上完英文课后正在回家的路上，今天她学了不少正能量的英语单词，准备告诉我。威廉不知道她现在跟我一起生活，也不知道你死了后，我变得非常细心体贴。只要我不在家，她联系不上我的手机和寻呼机，就知道我出事了。虽然我设想的空中楼阁很自私，但我必须告诉她，她的孩子需要呼吸才能活下来。所以，我想象着她会去找警察，叫他们四处找我。她以前明知道会挨打也曾站出来支持我。所以，她在海恩斯探长面前绝不会变成一个懦夫。

我能听见鸟叫声。那一瞬间，我觉得那就是鸟儿在黎明的合唱，已是清晨。但现在仍旧是黑夜，鸟儿肯定弄错了。不过更有可能是我想象的，可能是镇静剂的作用，让我听到了鸟鸣。我记得阿米亚斯跟我说过鸟儿唱歌的顺序，先是画眉，然后是知更鸟、鹪鹩、苍头燕雀、柳莺，然后才是歌鸫。我记得你跟我说过城市里的鸟不会彼此唱歌了，还用我和托德进行类比。我希望把这个也写在给你的信中。我跟你说过我研究过更多的鸟鸣声吗？我发现，不管是不是天黑，不管有没有浓密的植被，鸟鸣声总能穿过或者绕过这些物体，甚至在遥远的地方都能被听见。

苔丝，我知道我永远不会像你一样飞翔。我第一次尝试，或者说我以为自己在飞翔的时候，却被五花大绑，扔在这混凝土地板上。所以，就算这是飞翔，那我也是啪嗒一声，重重地砸在了地上。可令人惊讶的是，我并没有摔坏，更没有支离破碎。但恐惧让我反应迟钝，浑身战栗，恶心得想吐。此刻我并没有再感到不安全。因为我在调查你死因的过程中，发现我跟你不同。如果出现奇迹，我还是能重获自由的，而且我的幻想都会兑现：威廉被绳之以法，卡莎和她的孩子坐在我身边，我们一起坐在去波兰的长途汽车上。到时候，我紧紧抓住的山峰将倾斜过来，最后平卧在地上，我再也不需要立足点和安全绳，因为我可以在上面行走、奔跑、翩翩起舞，过自己想要的生活。让山翻转过来的力量不是我对你的悲伤，而是爱。

我好像听见有人在叫我的名字，声音在高处，在充满光亮的地方。是女孩的声音，想来是我太思念你而产生的幻听。

你知道在遥远的太空上也会有鸟鸣声吗？高能量的电子被地球上的辐射带捕获，落在地球上后，无线电波发出宛如鸟鸣一样的声音。你觉得这是十七世纪的诗人听到的声音、是宇宙的乐律吗？你现在待的地方能听得见吗？

我又听见有人在叫我的名字，在鸟鸣声之外，依稀能听得见。

我想黑暗正在渐渐变成灰暗的颜色。

鸟儿仍在歌唱，越发清晰了。

我听见了人的声音，是一群人，在呼喊我的名字。我想这肯定也是我想象的。如果不是，那我一定要回应才对，但我的嘴被堵住了，即便没被堵住我也喊不出来。起先，我尽量把唾液都吐出来了，因为害怕安眠药会溶解在里面，但后来我的嘴变得干干的，像是里面全是盐，我于是想象莱特先生的秘书不停地在给我端水。

“贝亚特！”

她尖声呼叫我的名字，在一群男人的声音中清晰可闻。是卡莎，错不了，她的声音是那样的真切。她没有生孩子，威廉也没跟她在一起。我悬着的心总算放下来了，想大声笑出来，但堵着的嘴自然笑不出来，我能感觉到眼泪温暖了我冰冷的面颊。

威廉猜得没错，他说警方以为我会自杀，所以卡莎报警说我失踪了，他们才会觉得事态严重，也许正如他所料，他们猜测我会选择在这里自杀。或许是我发给卡莎的那个短信“odcisk palca”把他们带到了这里？

我隐约能看到混凝土地板上的一块污渍，天真的变亮了，肯定是黎明降临了。

“贝亚特！”她的声音越来越近。

我的寻呼机再次响起。我不需要回电话了，因为我知道这是归航的信号，他们会循声找到我。看来卡莎整夜都在呼我，不是因为她要生产了需要我的陪伴，而是因为她担心我。这是镜子的最后一块碎片。因为这段时间一直是她在照顾我，不是吗？那晚她需要一隅安身之所的时候来到我的公寓，但她留下来是因为我悲伤、孤独、痛苦，需要照顾。那晚，她用伤痕累累的手臂安慰我，自从你死后，那是我睡得最香的一个晚上。我不想跳舞的时候，她会变着法儿地让我跳舞，我不想笑的时候，她会想方设法让我笑，她逼着我去感觉除却悲伤、愤怒之外的情感，哪怕只是一瞬间。

你也是如此。单是柠檬的香味就能让我想起你照顾我的情景。我在里奥的葬礼上牵着你的手，但你却将我的手抓得更牢。苔丝，是你让我劫后余生，让我不停地想你，跟你说话，是你在帮我呼吸。

我能听见远处警笛声嘶鸣，声音越来越近。你说得对，这是文明社会照顾市民的声音。

在我等待被救援的过程中，我知道虽然我失去了亲人，却没有因为你的死而被抛弃。因为你是我妹妹，我们同在每个纤维组织中。这些纤维组织都是清晰可见的，两股DNA缠绕在身体每个细胞的双螺旋结构上，这就是我们姐妹关系的明证。还有别的东西将我们联系在一块儿，即便是最厉害的电子显微镜也看不出来。我想着我们是怎样被这些事情联系的：里奥的死、父亲的离开、还有五分钟就要上课了却找不到作业本的慌张、去斯凯岛度假、圣诞节的习惯（五点过十分才可以打开长筒袜最上面的地方，四点五十分之前只能摸，在此之前只能看，而在午夜之前连看都不能看）……我们被无数记忆联系着，这些记忆沉淀在你身上，已经不再是记忆，而是变成了你身体的一部分。在我的内心深处，有个女孩骑着自行车，焦糖色的头发在风中翻飞，她埋葬了小兔子，用极具冲击力的色彩画出五彩缤纷的画，她爱朋友，不开心的时候会给我打电话，揶揄我，她活在当下，告诉我怎样才是享受生活，因为你是我妹妹，这些也都成为我的一部分，如果能回到两个月前，让我喊出你的名字，我愿意付出一切，苔丝。

想来你那里应该比这儿冷得多吧。大雪会淹没树的声音吗？那里也是天寒地冻、万籁俱寂吗？我的外套能让你感到温暖吗？我希望你死的时候能感觉到我对你的爱。

外面响起了脚步声，门开了。

在黑暗中经历数小时的阴森恐怖，说过的千言万语，到头来却只剩下这几句——

对不起。

我爱你。

永远爱你。

碧儿

感　谢

Thanks

我不知道会不会有人看这段致谢的话，但我希望你们能看到，因为没有以下这些人，我的小说永远写不出来，也不能出版。

首先，我要感谢我出色的编辑艾玛·比斯韦瑟里克，感谢她富有创造力的工作，感谢她的支持，她不仅坚定地鼓励我创作，而且还鼓励我同人分享。我还很幸运，有个非常出色的代理人，柯蒂斯·布朗经纪公司的费莉希蒂·布朗特，她同样富有创造精神，很聪明，而且还会接我的电话。

我还要感谢柯蒂斯·布朗经纪公司的凯特·库伯和尼克·马斯顿，以及利特尔 & 布朗英国公司其余的团队成员。

我还想特别感谢米歇尔·马修斯、凯利·马丁、桑德拉·伦纳德、特里克西·罗林森、艾莉森·克莱门茨、阿曼达·乔宾森和利维亚·朱焦利，他们在很多方面都给了我实实在在的帮助。

感谢科兹摩和乔在我需要写作、希望感到骄傲的时候出现，感谢他们的理解。

最后，也是最重要的，我要感谢我的妹妹托拉·奥德波利特，是她给了我灵感，不断鼓励我。

图书在版编目（CIP）数据

亲爱的妹妹 /（英）罗莎蒙德·勒普顿（Rosamund Lupton）著；刘勇军译.
—长沙：湖南文艺出版社，2017.6
书名原文：Sister
ISBN 978-7-5404-8084-4

Ⅰ.①亲… Ⅱ.①罗… ②刘… Ⅲ.①长篇小说－英国－现代 Ⅳ.①I561.45

中国版本图书馆 CIP 数据核字（2017）第 095709 号

著作权合同登记号：图字 18-2017-042

上架建议：畅销·外国文学

QIN'AI DE MEIMEI
亲爱的妹妹

作　　者：［英］罗莎蒙德·勒普顿（Rosamund Lupton）
译　　者：刘勇军
出 版 人：曾赛丰
责任编辑：薛　健　刘诗哲
监　　制：蔡明菲　邢越超
策划编辑：马冬冬　刘宁远
特约编辑：温雅卿
版权支持：辛　艳
营销支持：李　群　张锦涵　姚长杰
版式设计：利　锐
封面设计：李　洁
出版发行：湖南文艺出版社
（长沙市雨花区东二环一段508号　邮编：410014）
网　　址：www.hnwy.net
印　　刷：北京嘉业印刷厂
经　　销：新华书店
开　　本：880mm × 1270mm　1/32
字　　数：297千字
印　　张：10.5
版　　次：2017年6月第1版
印　　次：2017年6月第1次印刷
书　　号：ISBN 978-7-5404-8084-4
定　　价：39.80元

质量监督电话：010-59096394
团购电话：010-59320018